서푼짜리 오페라

서푼짜리 오페라
Die Dreigroschenoper

베르톨트 브레히트 희곡선집 이은희 옮김

**DIE DREIGROSCHENOPER,
MUTTER COURAGE UND IHRE KINDER
by BERTOLT BRECHT (1928, 1939)**

일러두기

「서푼짜리 오페라」의 번역 대본으로는 1988년 독일 Suhrkamp 출판사에서 출간된 *Bertolt Brecht: Werke. Große kommentierte Berliner und Frankfurter Ausgabe, Bd. 2*를 사용했으며, 「억척어멈과 자식들」의 번역 대본으로는 같은 전집의 Bd. 6을 사용했다.

이 책은 실로 꿰매어 제본하는 정통적인 사철 방식으로 만들어졌습니다.
사철 방식으로 제본된 책은 오랫동안 보관해도 손상되지 않습니다.

서푼짜리 오페라
7

억척어멈과 자식들
137

역자 해설
진정한 리얼리스트 브레히트, 연극을 통해 세상 낯설게 보기
279

베르톨트 브레히트 연보
305

서푼짜리 오페라

존 게이John Gay의 「거지 오페라The Beggar's Opera」에 의한

공동 작업자
엘리자베트 하우프트만Elisabeth Hauptmann,
쿠르트 바일Kurt Weill

「서푼짜리 오페라」는 서사극*의 한 시도이다.

* 서사극은 베르톨트 브레히트에 의해 만들어진 개념으로 두 개의 문학 장르, 즉 드라마와 서사 문학이 결합된 연극을 말한다.

등장인물

조나단 제레미아 피첨 거지 떼 두목
피첨 부인
폴리 피첨 부부의 딸
매키스 노상 강도단의 두목
브라운 런던 경찰청장
루시 브라운의 딸
제니
수양버들 월터
엽전 매시어스
갈고리 손 제이콥
톱날 로버트
지미
에드
필치 피첨의 거지들 중 한 명
스미스 경찰관
창녀들
거지들
경찰들
군중
거리 발라드* 가수

---

* Moritat. 17~19세기 영국, 독일, 서유럽에서 유랑하는 거리의 가수가 큰 장터 등에서 대개 공포스러운 이야기를 손풍금 반주에 맞추어 부르던 발라드 형식의 노래이다.

서막

매키 메서의 거리 발라드[1]

소호[2]의 대목 장터.

거지들은 구걸하고, 도둑들은 도둑질하고, 갈보들은 갈보 짓한다. 거리 발라드 가수는 거리 발라드를 부른다.

> 상어란 놈에겐 이빨이 있어
> 얼굴에 버젓이 드러나지.
> 매키스에게는 칼이 있지만
> 그 칼은 보이지 않는다네.
>
> 상어의 지느러미
> 피를 흘리면 붉게 변하지.

---

1 Die Moritat von Mackie Messer.
2 Soho. 영국 범죄 소설에 자주 등장하는 런던의 한 지역이다.

매키 메서는 장갑을 끼고 있어
어떤 범행도 알아챌 수 없다네.

녹음이 짙은 템스 강가에서
느닷없이 사람들이 고꾸라지네.
페스트도 콜레라도 아니야.
웬걸, 이렇게들 말하네. 매키 메서가 나타났다고.

화창하고 청명한 일요일,
스트랜드 가[3]에 한 사내가 죽어 있네.
누군가 모퉁이로 사라지니
그 이름은 매키 메서.

유대인 마이어 없어지고
그 많은 부자들도 실종되었네.
그들의 돈은 매키 메서에게 있으나
증명할 방법이 없다네.

피첨이 부인과 딸과 함께 왼쪽에서 오른쪽으로 무대를 산책하듯 지나간다.

제니 타울러가 발견되었지,

---

3 Strand. 런던 중심부 템스 강 북쪽에 나 있는 큰 거리로, 상업 가게들이 즐비한 상점가이다.

가슴에 칼이 꽂힌 채로.
부둣가에 매키 메서 지나가네,
아무것도 모른다는 듯.

운송업자 알퐁스 글라이트는 어디에?
언젠가는 밝혀질까?
누가 아는지 몰라도
매키 메서는 모른다네.

소호 대화재에서 희생된
아이들 일곱과 노인 하나.
군중 속에 매키 메서 있어도 누구 하나 그에게
묻지를 않네. 그는 아무것도 모른다네.

나이 어린 과부,
모두가 그녀의 이름을 알고 있네.
일어나 보니 능욕을 당했다는데
매키, 그래서 넌 뭘 얻었지?

창녀들 가운데서 폭소가 터지고 그들 틈바구니에서 한 사내가 빠져나와 황급히 광장을 가로질러 사라진다.

선술집 제니   매키 메서다!

제1막

제1장

사업가 피첨은 사람들이 점점 더 냉담해지는 것에 대처하기 위해 상점을 열었다. 불쌍한 사람들 중에서 가장 불쌍한 이들은 이곳에서 사람들의 냉정한 마음에 호소하기에 효과적인 모양새를 갖출 수 있다.

조나단 제레미아 피첨의 거지 의상실.

피첨의 아침 성가[4]

일어나라, 너 타락한 기독교인이여!
죄 많은 인생을 시작하라.
네가 어떤 놈팡이인지 보여 주라.
그러면 주님께서 네게 본때를 보여 주시리니.

---

4 Der Morgenchoral des Peachum.

너의 형제를 팔아먹으라, 이 악당!
네 아내를 헐값에 넘기라, 이 불한당!
하느님, 그가 네게는 맹물 같더냐?
최후의 심판에서 네 앞에 나타나시리라!

피첨 (관객에게) 뭔가 새로운 게 필요합니다. 제 사업이 좀 어렵거든요. 그 사업이란 것이 사람들의 동정심을 불러 일으키는 일인데요, 사람들을 감동시킬 수 있는 건 몇 가지밖에 없지요. 하지만 여러 번 사용하다 보니 이미 약발이 떨어졌습니다. 인간은 퍽 쉽게도 자신을 무디게 만드는 엄청난 능력을 가졌기 때문이죠. 예를 하나 들어 볼까요? 한 사람이 길모퉁이에서 팔이 잘린 어떤 사람을 봤다고 칩시다. 아마 처음에는 놀라서 그에게 10페니를 기꺼이 주겠지만 두 번째에는 5페니를 줄 것이고 세 번째에는 냉정하게 그를 경찰에 넘겨 버릴 겁니다. 심리적인 보조 수단을 써도 마찬가지입니다. (〈주는 것이 받는 것보다 더 행복하다〉[5]라고 쓴 커다란 칠판이 천장에서 내려온다) 그렇게 빨리 약발이 떨어지니 제아무리 아름답고 간절한 격언들을 구미가 확 당기도록 칠판에 쓴들 무슨 소용이 있겠습니까. 성경에는 마음을 움직이는 대여섯 개의 격언들이 있지요. 하지만 여러 번 써먹어 진부해지면 돈벌이도 곧 끝장이죠. 예를 들어 여기 걸려 있는 〈남에게 주어라. 그러면 너희도 받을 것이다〉[6]라는

---

5 「사도행전」 20장 35절 일부.

격언도 거의 3주 만에 약발이 떨어진 걸 보십시오. 그래서 항상 새로운 것을 제공해야 합니다. 성경을 또 써먹어야 되는데 그것이 몇 번이나 더 가능하겠습니까?

문 두드리는 소리에 피첨이 문을 열자 필치라는 젊은 사내가 들어온다.

필치 피첨 회사인가요?
피첨 내가 피첨이오.
필치 당신이 〈거지들의 친구〉라는 회사의 사장입니까? 사람들이 당신에게 가보라고 하더군요. 그래, 격언들! 저게 장사 밑천이군요! 당신한테는 아마 저런 문구들이 있는 책이 많이 있나 봅니다. 저건 완전히 새로운 거네요. 우리 같은 것들이야 저런 생각을 해낼 수 있겠습니까? 배운 것도 없으니 사업이 번성할 리 없죠.
피첨 이름이?
필치 들어 보세요, 피첨 씨. 전 어렸을 때부터 불행한 놈이었습니다. 엄마는 주정뱅이에 아버지는 도박꾼이었습죠. 다섯 살 때부터는 저 스스로 벌어먹고 살아야 했고, 어머니의 애정 어린 보살핌 없이 점점 대도시의 늪에 빠져들었습니다. 아버지의 돌봄은 물론 아늑한 가정의 행복도 모르고 자랐습니다. 그래서 보시다시피……
피첨 그래서 보시다시피…….

6 「루가의 복음서」 6장 38절 일부.

필치 (당황해서) 무일푼이고 먹고는 살아야 하니…….

피첨 망망대해의 난파선과 다를 바 없다는 거지? 자 말해 보게, 난파선 씨. 그런 유치한 시를 어떤 구역에서 읊어 대셨나?

필치 왜 그러세요, 피첨 씨?

피첨 이런 사설을 공공연하게 늘어놓고 다니는가?

필치 예. 피첨 씨, 어제는 하일랜드 거리에서 난처한 일이 있었습니다. 제가 거기 모퉁이에서 모자를 손에 쥔 채 어떤 불길한 일이 일어날지 전혀 눈치채지도 못한 채 그저 불쌍하게 서 있는데…….

피첨 (장부를 넘긴다) 하일랜드 거리라, 그래그래, 맞아. 네가 바로 어제 하니와 샘이 붙잡은 그 썩을 놈이구나. 넌 뻔뻔하게도 10번 구역에서 사람들을 성가시게 굴었어. 네가 아직 세상이 얼마나 무서운지 모르는 거 같아서 한번 흠씬 두들겨 패는 걸로 끝낸 거야. 하지만 다시 한 번 눈에 띄면 톱이 날아갈 게다. 알겠어?

필치 제발, 피첨 씨, 제발 부탁입니다. 도대체 제가 어떻게 하면 되나요, 피첨 씨? 그분들이 저를 정말 시퍼렇게 멍이 들도록 패고 나서 사장님의 명함을 주었습니다. 제가 윗옷을 벗으면 무슨 검푸른 내구 한 마리가 있나 하실 겁니다.

피첨 이 친구야, 자네를 넙치처럼 두들겨 패지 않았다면 내 식구들이 엄청 직무 태만한 것이지. 이 시퍼런 풋내기가 와서 앞발만 뻗으면 스테이크를 차지할 수 있다고 생각하는 모양인데. 누가 네 연못에서 제일 좋은 송어를 잡아가면 넌 뭐라고 하겠냐?

필치 아시다시피, 피첨 씨, 저는 연못이 없습니다요.

피첨 그러니까, 허가증은 프로들에게만 발급된다는 얘기지. (사업가답게 도시 지도를 보여 준다) 런던은 열네 개의 구역으로 나뉘어 있어. 그중 한 군데에서 거지 영업을 할 생각이라면 누구나 이 조나단 제레미아 피첨 회사에서 허가증을 받아야 하지. 자, 누구나 여기에 올 수 있네. 먹고살아야 하니까.

필치 피첨 씨, 실링 몇 푼이면 저도 굶어 죽지는 않겠죠. 이 손에 있는 2실링으로 뭔가 안 될까요?

피첨 20실링.

필치 피첨 씨! (애원하듯 〈가난한 자에게 너희들의 귀를 닫지 말아라!〉라고 적힌 플래카드를 가리킨다)

피첨 (〈남에게 주어라. 그러면 너희도 받을 것이다〉라고 적힌, 진열장에 쳐진 커튼을 가리킨다)

필치 10실링.

피첨 그러면 매주 정산 시 50퍼센트. 장비까지 빌리면 70퍼센트.

필치 도대체 장비는 어떤 겁니까?

피첨 그건 회사가 정하네.

필치 그럼 전 어떤 구역에 들어갑니까?

피첨 베이커 거리 2번지에서 103번지까지. 거기는 가격이 더 싸네. 장비까지 해서 겨우 50퍼센트지.

필치 자, 여기요. (지불한다)

피첨 이름이?

필치 찰스 필치요.

피첨 좋아. (소리를 지른다) 피첨 여사! (피첨 부인이 온다) 이 사람은 필치요. 번호는 314. 구역은 베이커 거리. 내가 기록하지. 당연히 자네는 대관식 전에 고용되길 바라겠지. 한 세대에 몇 번 안 돌아오는, 한몫 건질 수 있는 기회니까. 장비는 C로. (그가 진열장 앞에 쳐진 아마포 커튼을 열자, 다섯 개의 밀랍 인형이 서 있다)

필치 이게 뭡니까?

피첨 이건 인간의 심금을 울리는 데 딱 알맞은 다섯 가지 가난의 기본 유형이지. 이런 걸 보면 사람들은 돈을 기꺼이 내놓는 부자연스러운 상태에 빠지게 된다네. 장비 A형, 교통수단의 발달에 의한 희생자. 유쾌한 마비 환자지. 항상 밝아. (흉내를 낸다) 늘 천하태평이고. 팔이 절단되어서 효과가 보강되었네. 장비 B형, 전쟁 기술의 희생자. 몸을 덜덜 떨며 행인을 성가시게 하는 유형이지. 역겨운 효과를 내지만 (흉내를 낸다) 명예 훈장이 그걸 좀 완화시켜 주지. 장비 C형, 산업 발전의 희생자. 가련한 맹인 또는 구걸의 달인이네. (흉내를 내며, 필치에게 비틀비틀 다가간다. 필치에게 부딪치는 순간 필치가 기겁을 하고 소리를 지른다. 피첨이 바로 멈추어 서서 놀란 듯 그를 훑어보다가 냅다 소리를 지른다) 동정심을 가지고 있다니! 자네는 평생 거지는 못 되겠네. 그런 건 행인들에게나 필요한 거지. 그리고 이건 장비 D형! 셀리아, 당신 또 술을 마셨군! 그러니 저렇게 정신을 못 차리지. 136번이 제복이 더럽다고 불평을 했다잖아. 신사는 더러운 옷을 몸에 걸치지 않는다고 내가 몇 번이나 얘기해야 돼. 136번은 신상품 값을 지불했다고. 그 옷에서 동정심을 불러일으킬 수 있는 유일한 것은 얼룩뿐이니, 스테아린 촛농을 떨어뜨리고 다림질하면 돼. 도대체 머리를 안 쓴다니까! 죄다 나 혼자 해야 하니. (필치에게) 옷을 벗고 이걸 입어. 잘 간수해야 돼!

필치 그럼 제 옷은 어떻게 되는 겁니까?

피첨 회사가 간수하지. 장비 E형, 비교적 잘살다가 망했거나 아니면 태어날 때부터 비참하게 자란 젊은일세.

필치 아하, 두 유형이 같은 옷을 사용하시나요? 그럼 저는 왜 잘살다가 망한 젊은이 역을 할 수 없는 겁니까?

피첨 다른 사람에게 자신의 불행을 믿게 할 능력이 없기 때문이지. 이 친구야, 자네가 아무리 배가 아프다고 해도 다른 사람들을 불쾌하게 할 뿐이거든. 어쨌거나 아무것도 묻지 말고 이걸 입게.

필치 이건 좀 더럽지 않나요? (피첨이 그를 뚫어져라 쳐다본다) 죄송합니다. 저, 죄송합니다.

피첨 부인 꼬맹아, 좀 빨리 해라. 날이 새도록 네 바지를 들고 있을 수는 없지 않니.

필치 (갑자기 격하게) 하지만 장화는 벗지 않을 거예요! 절대로요. 차라리 일을 포기하겠어요. 이건 불쌍한 우리

엄마가 준 유일한 선물이에요. 절대로, 절대로, 내가 아무리 절박해도…….

피첨 부인 말도 안 되는 소리 하지 마. 네 발이 더러운 거 다 아니냐.

필치 어디서 발을 씻겠어요? 한겨울에! (피첨 부인이 그를 칸막이 뒤로 데려간다. 그러고는 왼쪽에 앉아서 양복에 왁스를 뿌리고 다리미질한다)

피첨 당신 딸은 어딨소?

피첨 부인 폴리요? 위에요!

피첨 그 인간이 어제 또 여기에 왔었나? 내가 나가면 항상 그 작자가 오니까.

피첨 부인 의심하지 말아요, 조나단. 그렇게 세련된 신사도 없어요. 대장님은 우리 폴리에게 호감이 많아요.

피첨 그래.

피첨 부인 내가 눈치가 좀 발바닥이긴 하지만 폴리도 관심이 있는 것 같아요.

피첨 셀리아, 당신 딸을 그렇게 헤프게 돌리진 마. 내가 무슨 백만장자라도 되는 줄 알아! 결혼이라도 시키려는 거야? 그 구더기 같은 염탐꾼에게 발목이라도 잡히면! 이 너저분하기 그지없는 사세가 일주일이니 갈 거라고 생각해? 신랑감이라! 그 작자는 우리를 곧 자기 손아귀에 넣을걸! 분명 그럴 거야! 당신 딸이 베갯머리에서 당신보다 주둥이를 더 잘 닥치고 있을 거라고 생각해?

피첨 부인 당신 딸을 참 좋게도 생각하시는구려.

피첨 나쁜 년이야. 아주 나쁜 년. 육욕 덩어리라구!

피첨 부인 어쨌든 당신을 닮지는 않았군요.

피첨 결혼! 내 딸은 내게 굶주린 자의 빵과 같아. (책장을 넘긴다) 성경 어딘가에 쓰여 있지. 결혼, 그것은 추잡한 짓이라고. 걔가 결혼 생각을 아예 못 하게 해야지.

피첨 부인 조나단, 당신은 정말 교양이 없어요.

피첨 교양이 없다고! 그래, 그 신사 이름이 뭐지?

피첨 부인 사람들이 그냥 〈대장〉이라고 불러요.

피첨 그래, 둘 다 이름도 물어보지 않았다고? 가관이로구만.

피첨 부인 그렇게 품위 있는 양반이 우리 둘에게 스텝 좀 밟자고 오징어 호텔로 초대했는데, 몰상식하게 출생증명서라도 받아 놓으라는 거예요?

피첨 어디로?

피첨 부인 스텝 좀 밟자고 오징어 호텔로요.

피첨 대장이? 오징어 호텔이라? 그래그래…….

피첨 부인 그 신사 양반은 항상 윤이 나는 가죽 장갑을 끼고 내 딸과 나를 배려하면서 매너 있게 대한다고요.

피첨 윤이 나는 가죽 장갑이라!

피첨 부인 어쨌든 정말 항상 장갑을 끼고 있죠. 게다가 하얀, 새하얀 가죽 장갑이에요.

피첨 그래, 가죽 장갑과 상아 손잡이가 달린 지팡이, 각반이 달린 에나멜가죽 구두, 그리고 거부할 수 없는 성품에다 흉터가…….

피첨 부인 목에요. 당신이 그 사람을 어떻게 알아요?

필치가 칸막이에서 기어 나온다.

필치 피첨 씨, 조언을 좀 더 해주실 수 있나요. 전 항상 체계적인 것을 좋아해서. 되는대로 아무거나 지껄이는 게 아니라.

피첨 부인 그럼 체계를 가져야지!

피첨 그냥 바보짓을 해.

피첨 오늘 저녁 6시에 와. 그럼 필요한 것을 가르쳐 줄게. 꺼져!

필치 정말 감사합니다. 피첨 씨, 천만번 감사합니다. (퇴장한다)

피첨 50퍼센트라! 이제 그 장갑 낀 신사가 누구인지 얘기해주지. 바로 매키 메서야! (계단을 올라 폴리의 침실로 뛰어 들어간다)

피첨 부인 하느님 맙소사! 매키 메서라고! 주여! 주님, 오셔서 우리와 함께하소서! 폴리! 폴리는 어떻게 됐죠?

피첨 폴리? 집에 안 왔어. 침대가 깨끗해.

피첨 부인 폴리는 양모 상인과 저녁 식사를 했어요. 분명해요, 조나단!

피첨 제발 양모 상인이기를!

피첨과 피첨 부인이 막 앞으로 나와 노래를 한다.
노래 조명: 황금 불빛. 세 개의 등이 달린 긴 봉이 위에서 내려오고 칠판에는 노래 제목이 적혀 있다.

그것 대신의 노래[7]

1

집구석 따뜻한 침대에
누워 있는 대신
그들은 특별한 재미를 필요로 하지.
마치 특별 대우를 받는 듯.

피첨 부인 그건 소호에 뜬 달빛 탓이에요.
〈내 심장이 고동치는 걸 느끼시나요?〉라는 망할 놈
의 가사 탓이지요.
〈당신이 어디를 가든 나도 따라가요, 조니!〉 탓이
에요.
사랑이 타오르고, 달이 차오르면.

2

피첨 의미 있고 목적 있는 일을 하는 대신
그들은 재미를 보지.
물론 그 뒤엔 바로 시궁창행.

둘이서 그건 소호에 뜬 달빛 탓이에요.
소호에 뜬 달이 무슨 소용이 있는데.
〈내 심장이 고동치는 걸 느끼시나요?〉라는 빌어먹
을 가사 탓이지요.
〈내 심장이 고동치는 걸 느끼시나요?〉라는 빌어먹

---

7 Der Anstatt-Dass-Song.

을 가사는 대체 어디서 온 건지.
〈당신이 어디를 가든, 나도 따라가요, 조니!〉 탓이에요.
〈당신이 어디를 가든, 나도 따라가요, 조니!〉는 다 어디로 갔는지.
사랑이 끝나고 시궁창에 뻗어 버리면.

제2장

소호의 심장부 깊숙한 곳에서 노상강도 매키 메서는 거지왕의 딸 폴리 피첨과 결혼식을 올린다.

텅 빈 마구간.

매시어스 (권총을 든 채 마구간을 불로 비춰 본다) 이봐, 누구 있으면 손들어!

매키스가 등장해서 무대 전면을 따라 한 바퀴 돈다.

매키스 거기 누구 있나?
매시어스 없습니다! 여기서라면 방해받지 않고 결혼식을 올릴 수 있겠네요.
폴리 (신부 드레스를 입고 등장) 그래도 여긴 마구간인데!

맥 잠깐 구유에 앉아 있어, 폴리. (관객을 향해) 이 마구간에서 오늘 저는 폴리 피첨 양과 결혼식을 올립니다. 그녀는 사랑으로 저를 따라왔고 남은 생을 저와 함께할 것입니다.

매시어스 피첨 씨의 외동딸을 꼬셔 낸 건 대장이 지금까지 한 일 중에서 가장 용감한 일이라고 런던의 많은 사람들이 말하게 될 겁니다.

맥 피첨 씨가 누구야?

매시어스 자칭 런던에서 가장 가난한 사람이죠.

폴리 설마 여기서 결혼식을 하려는 건 아니죠? 여긴 그저 평범한 마구간이잖아요. 이리로 목사님을 모실 순 없어요. 게다가 우리 것도 아니고. 무단 침입으로 새 인생을 시작해서는 안 되잖아요. 오늘은 우리 생애 가장 아름다운 날이에요.

맥 사랑스러운 내 아가, 당신이 바라는 대로 이루어질 거야. 당신 발이 행여 돌부리 하나에도 부딪쳐선 안 되지.[8] 결혼식 장비도 이제 막 들어오는군.

매시어스 저기 가구가 옵니다.

커다란 트럭이 다가오는 소리가 들린다. 사내 여섯이 양탄자와 가구, 그릇 등을 끌고 들어온다. 그들은 가져온 물건들로 마구간을 호사스러운 음식점으로 탈바꿈시킨다.

---

8 「시편」 91장 12절 참조.

맥 고물들이군.

사내들이 왼쪽에 선물들을 내려놓고, 신부에게 축하를 한 뒤 신랑에게 보고한다.

제이콥 축하드립니다! 진저 거리 14번지 2층에 있던 사람들을 일단 쫓아냈습니다.
로버트 축하합니다. 스트랜드 가에서 경찰관 한 명이 죽었습니다.
맥 아마추어 같이.
에드 저희가 할 수 있는 모든 것을 했습니다만 웨스트엔드[9]에 있던 세 사람을 구할 순 없었습니다. 축하드립니다.
맥 아마추어에 돌팔이 같은 놈들.
지미 나이 지긋한 한 신사가 혼쭐이 났죠. 하지만 제 생각에 심각한 건 아닙니다. 축하합니다.
맥 나의 지침은 다음과 같다. 피를 흘리는 건 피해다. 생각만으로도 기분이 나빠지는군. 너희들은 사업가는 못 되겠어! 식인종은 몰라도 사업가는 못 되겠다고!
월터 (일명 〈수양버들 월터〉) 축하합니다. 부인, 이 쳄발로는 반시간 전에만 해도 서머셋셔 공작 부인의 것이었습니다.
폴리 이건 무슨 가구예요?
맥 가구가 마음에 드나, 폴리?

---

9 West End of London. 런던에서도 가장 번화한 상업 지구이며, 영화관이나 극장 등이 모여 있는 오락 지구이다.

폴리　(운다) 가구 몇 개 때문에……. 불쌍한 사람들.

맥　무슨 가구가 이래! 고물 같으니라고! 당신이 화내는 것도 당연해. 장미목 쳄발로에 르네상스식 소파라니. 용서가 안 돼. 도대체 탁자는 어디 있는 거야?

월터　탁자요?

그들은 구유 위에 널빤지를 몇 개 걸쳐 놓는다.

폴리　맥! 너무 불행해요. 차라리 목사님이 오시지 않았으면 좋겠어요.

매시어스　물론 목사님께는 길을 아주 자세히 설명해 드렸습니다요.

월터　(탁자를 앞으로 가져온다) 탁자입니다!

맥　(폴리가 운다) 내 아내가 지금 정신이 없군. 도대체 다른 의자들은 어디 있는 거야? 쳄발로만 있고 의자는 없다니! 생각들이 있는 거야? 내가 결혼식을 올리는 게 뭐 얼마나 자주 있는 일이라고! 수양버들, 아가리 닥쳐! 내가 너희들한테 일을 시키는 게 그렇게 자주 있는 일이냐고? 그런데 너희들은 처음부터 내 아내를 우울하게 만들어?

에드　사랑스러운 폴리.

맥　(에드의 머리를 휘갈기자 모자가 내동댕이쳐진다) 〈사랑스러운 폴리〉! 네 대갈통을 휘갈겨 창자 속에 처박아 주겠다. 〈사랑스러운 폴리〉라니, 이 똥물을 튀길 놈아. 다 들었지? 〈사랑스러운 폴리〉란다! 네가 저 여자랑 자기라도 했어?

폴리 맥, 제발!

에드 그러니까 맹세코…….

월터 마님, 장비가 부족하다면 저희가 한 번 더…….

맥 장미목 쳄발로에 의자가 없다니. (웃는다) 이런데 신부로서 무슨 말을 하겠어?

폴리 아주 형편없진 않아요.

맥 의자 두 개에 소파 하나, 그리고 바닥에 앉은 신랑 신부!

폴리 그래요, 그건 좀 그러네요.

맥 (날카롭게) 쳄발로의 다리를 톱으로 잘라! 어서! 어서!

사내 넷 (다리를 자르면서 노래한다)
    빌 로전과 매리 사이어
    지난 수요일 부부가 되었네.
    그들이 결혼식을 하러 갔을 때
    신랑은 신부 드레스가 어디서 났는지 몰랐네.
    그리고 신부는 신랑 이름도 정확히 몰랐다네.
    건배!

월터 다행히 이렇게 긴 의자 하나가 생겼습니다, 마님!

맥 이제 제가 더러운 누더기를 벗고 섬잖게 차려입으시라고 신사분들께 부탁드려도 되겠소? 이건 평범한 남자의 결혼식이 아니니까. 폴리, 음식 바구니를 좀 챙겨 주겠소?

폴리 이게 결혼식 음식인가요? 다 훔친 거예요, 맥?

맥 물론이지, 물론이야.

폴리 지금 보안관이 노크를 하고 여기로 들어오면 당신이 어떻게 할지 보고 싶군요.

맥 그러면 당신 남편이 어떻게 하는지 보여 주지.

매시어스 오늘 그런 일은 절대 안 일어납니다. 말 탄 경관들은 죄다 대번트리에 있으니까요. 금요일 대관식에 여왕을 모셔 와야 하거든요.

폴리 칼 두 개에 포크는 열네 개라! 의자 하나당 칼 하나군요.

맥 이런 실수가! 이건 견습생 수준이지 능숙한 사내들의 작품은 아니야! 너희들은 도대체 스타일이 뭔지도 모르냐? 치펀데일[10]과 루이 14세 양식[11]은 구별해야지.

갱단이 돌아온다. 사내들은 이제 우아한 턱시도를 입었지만 유감스럽게도 거동이 복장과 걸맞지 않는다.

월터 우린 값비싼 물건들을 가져오려고 했습니다. 목재를 보십쇼! 소재는 완전히 최상급입죠.

매시어스 쉿! 쉿! 대장, 저, 괜찮으시다면······.

맥 폴리, 이리 와.

신랑 신부가 축하받을 포즈를 취한다.

---

10 Chippendale. 18세기 영국의 가구 디자이너 토마스 치펀데일의 이름을 딴 가구 스타일이다.
11 17~18세기 루이 14세 시대의 궁정을 중심으로 한 화려한 장식 미술 양식이다.

매시어스 대장, 우리는 당신 생애의 가장 아름다운 날, 당신 생애의 한창때, 그러니까 인생의 전환점에서 마음에서 우러나는, 간절한 축하를 삼가 바치는 바입니다. 이런 거드름 피우는 톤은 좀 느끼한가? 단도직입적으로 (맥과 악수를 한다) 대가리를 높이 들게, 친구!

맥 고맙네, 친절하군, 매시어스.

매시어스 (감동해서 맥을 껴안은 다음 폴리와 악수하면서) 이건 진심으로 하는 말입니다! 그러니까 낡은 돛단배처럼 대가리를 떨어지게 하면 안 된다는 거죠. 말하자면, (히죽히죽 웃으면서) 대가리에 관한 한 그건 떨어뜨려서는 안 되는 거지.

하객들이 포복절도할 정도로 웃는다. 갑자기 맥이 매시어스를 단번에 가볍게 넘어뜨린다.

맥 아가리 닥쳐. 음담패설은 키티한테나 해. 그러기에는 제격인 잡년이니까.

폴리 맥, 그렇게 상스럽게 굴지 말아요.

매시어스 야, 인정 못 하겠군. 키티가 잡년이라고? (힘겹게 다시 일어난다).

맥 그래서 반항하겠다고?

매시어스 대체로 난 그 여자 앞에서 음담패설은 절대 내 주둥이에 담지 않아. 게다가 난 키티를 아주 존중하지. 생겨 먹은 걸 보면 넌 그런 걸 전혀 이해 못 하겠지만…….

너라면 음담패설 안 하고는 못 살지. 네가 루시한테 한 얘기를 루시가 나한테 안 했을 거 같아? 거기에 비하면 난 아주 점잖은 편이야.

맥 (그를 빤히 바라본다)

제이콥 자, 자, 결혼식이잖아. (사람들이 그를 끌고 간다)

맥 아름다운 결혼식이군, 안 그래, 폴리? 결혼 서약을 하는 날 당신이 이런 쓰레기들을 봐야 하다니. 당신 남편이 친구들 때문에 이렇게 곤경에 빠지리라고는 생각 못했을 거야! 하지만 당신도 세상이 어떤지 배워야지.

폴리 마음에 드는걸요.

로버트 (일명 〈톱날 로버트〉) 말도 안 되는 소립니다. 곤경에 빠지다니요. 견해 차이는 언제나 있는 법이죠. 키티는 다른 여자들처럼 훌륭해. 그러니 이제 결혼 선물을 내놔 봐. 낡은 엽전 같은 놈아!

모두 자, 어서, 어서.

매시어스 (빈정이 상한 듯) 여기.

폴리 아, 결혼 선물이군요. 정말 친절하세요, 엽전 매시어스 씨, 여기 좀 보세요, 맥, 얼마나 예쁜 잠옷인지 몰라요.

매시어스 이것도 음담패설인가? 어때, 대장?

맥 그래, 좋아. 이런 경삿날 자네 기분을 상하게 하려는 건 아니었어.

월터 자, 이건? 치펀데일이야! (거대한 치펀데일 스타일의 대형 탁상시계에서 덮개를 벗긴다)

맥 루이 14세 양식이지.

폴리　멋져요. 너무 행복해. 뭐라고 해야 할지 모르겠어요. 여러분의 선물이 너무 환상적이네요. 하지만 들여놓을 집이 없으니 유감이에요, 안 그래요, 맥?

맥　자, 시작이라고 생각하자고. 시작은 다 어려운 법. 고맙네, 월터. 자, 이제 물건들을 치워. 음식을 가져와 봐!

제이콥　(다른 사람들이 식탁을 차리고 있는 동안) 난 물론 아무것도 가져오지 않았습니다. (폴리에게 열렬하게) 젊은 부인, 그래서 제가 마음이 불편하다는 건 믿어 주세요.

폴리　갈고리 손 제이콥 씨, 걱정 마세요.

제이콥　젊은 사내들이 모조리 선물을 뿌리고 있는데 나만 이렇게 멍청히 서 있다니. 제 입장이 되어 보세요. 저야 항상 이렇죠. 이런 일들이 허다했죠! 에이, 참. 당신은 도저히 이해 못 할 거예요. 최근에 선술집 제니를 만났는데, 그러니까 그 잡년을……. (갑자기 뒤에 서 있는 맥을 보고 말없이 가버린다)

맥　(폴리를 자리로 데리고 간다) 이건 당신이 이런 날에나 맛볼 수 있는 최고급 음식이야, 폴리. 앉으실까요!

모두 피로연 음식을 먹기 위해 앉는다.

에드　(식기를 가리키면서) 예쁜 접시죠. 사보이 호텔[12] 겁니다.
제이콥　마요네즈 계란 요리는 셀프리지 백화점[13]에서 왔습니다. 거위 간 파이 한 통도 가져오려고 했는데, 지미가

---
12 Savoy Hotel. 1889년 런던 템스 강변에 지어진 호화 호텔이다.

배에 구멍이 났는지 도중에 미친 듯이 다 처먹었죠.

월터 세련된 사람들은 구멍이라는 말을 쓰지 않는다네.

지미 계란을 그렇게 꾸역꾸역 처먹지 마, 에드. 오늘 같은 날!

맥 누가 노래 좀 부르지? 신 나는 걸로 말이야.

매시어스 (웃다가 사레들린다) 신 나는 거? 그거 멋진데. (맥이 경멸의 눈초리로 쳐다보자 당황해서 주저앉는다)

맥 (누군가의 손에 들고 있던 사발을 쳐서 떨어뜨린다) 난 아직 식사를 시작할 마음이 없어. 너희들처럼 음식을 보자마자 곧장 〈식탁으로 달려들어 여물통에 머리를 박는〉게 아니라 분위기 있는 뭔가가 있기를 바랬었는데. 다른 사람들은 오늘 같은 이런 날에 뭔가를 하지.

제이콥 예를 들자면 어떤 거?

맥 나 혼자 다 생각해 내야 해? 내가 여기서 너희들한테 오페라를 하라는 건 아니잖아. 처먹고 음담패설 하는 게 다란 말이야? 너희들이 뭐든 준비했어야 하는 거 아니야? 자, 그래. 얼마큼 기대할 수 있는 친구들인지는 보통 이런 날 드러나지.

폴리 연어가 살살 녹아요, 맥.

에드 아직 그런 걸 먹어 본 적이 없나 보네요. 매키 메서의 집에서는 매일 먹을 수 있죠. 당신은 정말 꿀단지에 앉은 거라니까요. 내가 늘 얘기했잖아요. 맥은 고상한 취미를 가진 아가씨에게 맞는 배우자라고요. 그걸 어제 루

---

13 Selfridges. 1909년 해리 고든 셀프리지가 런던의 옥스퍼드 가에 세운 백화점으로 영국에서는 두 번째로 큰 백화점이다.

시한테도 얘기했는데.

폴리 루시라고요? 루시가 누구예요, 맥?

제이콥 (당황해서) 루시요? 아, 아시다시피, 그걸 그리 자세히 알 필요는 없어요.

매시어스 (일어나서 폴리의 뒤에서 제이콥에게 아무 말도 하지 말라고 팔을 크게 내젓는다)

폴리 (그를 본다) 뭐가 필요하세요? 소금……? 막 무슨 말을 하려고 했죠, 제이콥 씨?

제이콥 오, 아무것도 아닙니다. 아무것도 아니에요. 정말 무슨 말을 하려고 했던 건 아니고요. 내 주둥이가 방정을 떨 뻔했네요.

맥 자네 손에 뭔가, 제이콥?

제이콥 칼입니다, 대장.

맥 그럼 접시에는 뭐가 있지?

제이콥 연어입니다, 대장.

맥 그래, 그러면 칼을 가지고 연어를 먹으려는 건가? 그래? 제이콥, 나도 그런 말은 들어 본 적이 없어. 폴리, 당신은 그런 거 봤어? 칼을 가지고 생선을 먹는다! 그렇게 처먹는 놈은 돼지야. 알겠어, 제이콥? 좀 배워. 폴리, 저런 쓰레기들을 인간으로 만들려면 별일을 다 겪어야 할 거야. 너희들은 도대체 인간이 뭔지나 알아?

월터 인간이라면 사람도 있고 계집년도 있는데?

폴리 참, 월터 씨도!

맥 그러니까 노래를 부르지 않겠다는 얘기지? 오늘 같은 날을 아름답게 만들 수 있는 그 무엇도 준비하지 않았단 말이지? 그렇다면, 항상 그랬던 것처럼 오늘도 슬프고, 뻔하고, 망할 놈의 기분 더러운 날이 되는 건가? 문 앞에 누가 서서 손님맞이를 하기는 하는 거야? 내가 손수 챙겨야 돼? 이런 날 내가 문 앞에 서 있어야 해? 너희들은 내 돈으로 배 터지게 먹으면서?

월터 (퉁명스럽게) 내 돈이라니요?

지미 그만해, 월터! 내가 나갈게. 도대체 누가 온다는 거야! (나간다)

제이콥 이런 날 하객 전체가 현장에서 체포되면 정말 우습 겠는데!

지미 (뛰어 들어온다) 이봐, 대장, 경찰이야!

월터 호랑이 브라운!

매시어스 저런 엉터리 같은 놈! 저건 킴볼 목사잖아.

킴볼이 들어온다. 모두들 아우성이다.

모두 안녕하세요, 목사님.

킴볼 자, 이제야 여러분들을 찾았군요. 이런 초라한 오두막 에서 여러분들을 만나다니. 물론 자기 땅이겠지요?

맥 데본셔 공작의 것입니다.

폴리 안녕하세요, 목사님. 아, 전 정말 행복해요. 우리 생의 가장 아름다운 날 목사님께서 —

맥 이제 목사님을 위해 노래 한 자락을 청하고자 합니다.

매시어스 빌 로전과 매리 사이어는 어떨까요?
제이콥 그래, 빌 로전. 어쩌면 어울릴 거 같은데.
킴볼 자네들이 한 자락 부르면 좋겠군, 젊은이들!
매시어스 여러분 자, 시작!

사내 셋이 일어나서 머뭇거리며 자신이 없다는 듯 쭈뼛거리면서 시원찮게 노래를 한다.

가난한 사람들을 위한 결혼 축가[14]

빌 로전과 매리 사이어
지난 수요일 부부가 되었네.
머리가 파뿌리가 될 때까지, 건배, 건배, 건배!
그들이 결혼식을 하러 갔을 때
신랑은 신부 드레스가 어디서 났는지 몰랐네.
그리고 신부는 신랑 이름도 정확히 몰랐다네.
건배!

당신 아내가 무얼 하고 다니는지 아나요? 아니요!
방탕한 생활을 그만둘 건가요? 아니요!
머리가 파뿌리가 될 때까지, 건배, 건배, 건배!
빌리 로전 얼마 전에 내게 말하길
그녀에게 많은 걸 바라지 않아.

---

14 Hochzeitslied für ärmere Leute.

돼지 같은 놈.

건배!

맥 이게 다야? 허접스럽군!

매시어스 (다시 사례들린다) 허접스럽다고! 정말 적절한 표현이군. 여러분, 허접스럽답니다.

맥 아가리 닥쳐!

매시어스 자, 내 말은 감동도 없고, 화끈하게 달아오르는 맛도 없고, 그렇다는 거지.

폴리 여러분, 뭐 별다른 게 없으시면, 제가 흥을 돋우어 볼까 합니다. 제가 옛날 소호의 작은 싸구려 술집에서 봤던 아가씨 흉내를 낼게요. 그 아가씨는 접시 닦는 처녀였는데 모두들 그 처녀를 비웃으면, 그 처녀는 손님들을 불러 세우고 제가 불러 드릴 노래 가사처럼 손님들에게 말을 했답니다. 자, 이게 초라한 카운터라고 생각하세요. 아침이나 밤이나 처녀는 카운터에 서 있는데, 엄청나게 더러운 아가씨를 상상하셔야 해요. 이건 설거지통이고, 이건 아가씨가 술잔을 닦는 행주예요. 지금 여러분의 자리에 아가씨를 비웃었던 손님들이 앉아 있었어요. 여러분은 웃어도 되고요. 정말 그랬으니까요. 하지만 우습지 않다면 안 웃어도 돼요. (가짜로 술잔을 닦는 시늉을 하며 혼자 중얼거린다) 이제 예를 들어 여러분 중 하나가 (월터를 가리키면서) 이렇게 말을 합니다. 당신. 〈자, 도대체 네가 말하던 배는 언제 오는 거니, 제니?〉

월터 자, 도대체 네가 말하던 배는 언제 오는 거니, 제니?

폴리 다른 사람이 말합니다. 예를 들어, 당신. 〈넌 만날 술잔만 닦고 있니, 해적의 신부 제니?〉

매시어스 넌 만날 술잔만 닦고 있니, 해적의 신부 제니?

폴리 그럼, 이제 제가 시작할게요.

노래 조명: 황금 불빛. 긴 봉에 세 개의 등이 매달려서 내려오고, 칠판에는 노래 제목이 적혀 있다.

해적의 제니[15]

1

(폴리가 노래한다)
여러분, 전 오늘도 이렇게 술잔을 닦고
손님들의 잠자리를 정돈하지요.
1페니를 받으면 전 얼른 고맙다고 말한답니다.
당신은 이 초라한 호텔에서 내 누더기를 보고 있지만
누구와 얘기를 하는지는 영 모르시네요.
하지만 어느 날 밤 항구에서 비명 소리가 들리면
사람들은 묻겠죠. 이게 대체 무슨 소리지?
그 순간 술잔을 닦으며 미소 짓는 날 보게 될 거예요.
그러고 말하겠죠. 쟤는 왜 웃지?
    돛이 여덟 개 달린 배 한 척

---

15 Die Seeräuber-Jenny.

대포 쉰 개를 내세우고
부두에 정박해 있을 거예요.

2

사람들이 말하길, 야, 넌 가서 접시나 닦아라.
그러고 1페니를 건네주면
난 그걸 받고
침대를 정리하지요.
하지만 이 밤 아무도 그 침대에서 자지 못할 거예요.
당신은 여전히 내가 누구인지 모르시네요.
하지만 어느 날 밤 항구에서 울부짖는 소리 들리면
사람들은 묻겠죠. 이게 대체 무슨 소리지?
그 순간 창문 뒤에 서 있는 내 모습을 볼 거예요.
그러고 말하겠죠. 쟤는 왜 저리 기분 나쁘게 웃지?
    돛이 여덟 개 달린 배 한 척
    대포 쉰 개를 내세우고
    도시를 폭격할 거예요.

3

여러분, 그러면 아마 더 이상은 웃지 못하겠죠.
벽들이 무너져 내릴 테니까요.
도시는 지진이 난 꼴이 되고
거지 같은 호텔만 폭격을 피할 수 있어요.
사람들은 묻겠죠. 저기 어떤 특별한 사람이 살길래?

이 밤 호텔 주변에서 비명 소리가 들리면
사람들은 묻겠죠. 왜 호텔만 안전한 거지?
아침 무렵 제가 문을 나서는 걸 보면
사람들은 말하죠. 쟤가 저기 살았어?
   돛이 여덟 개 달린 배 한 척
   대포 쉰 개를 내세우고
   돛대에 깃발을 휘날릴 거예요.

4

점심 무렵 수백 명이 육지에 상륙해
음지로 숨어들 거예요.
그리고 집집마다 한 명씩 잡아
사슬로 엮어 내 앞에 끌고 와서는 묻겠죠.
어떤 놈을 죽일까요?
대낮에 항구는 적막해지고
누가 죽어야 하는지 물으면
내가 이렇게 말하는 소리를 듣겠죠. 모두 다!
그리고 머리통이 떨어지면, 나는 말하겠죠.
어머, 깜짝이야!
   돛이 여덟 개 달린 배 한 척
   대포 쉰 개를 내세우고
   나를 태우고 사라질 거예요.

매시어스   정말 친절하시군요. 재밌어, 안 그래? 정말 능숙하게 하시네요, 부인!

맥 뭐가 친절하다는 거야? 이건 친절한 게 아니야, 이 바보야! 이건 예술이지 친절한 게 아니라고. 당신 정말 멋지게 했어, 폴리. 하지만 저런 쓰레기들한테는 — 죄송합니다, 목사님 — 이런 게 전혀 의미가 없어. (폴리에게 나직하게) 어쨌든 당신이 이런 거 하는 건 맘에 안 들어. 이렇게 변장하고 하는 거 말이야. 다음에는 이런 거 제발 하지 마. (식탁에서 폭소가 터진다. 갱단들이 목사를 놀린다) 손에 그게 뭐죠, 목사님?

제이콥 칼 두 개요, 대장!

맥 접시에 뭐가 있지요, 목사님?

킴볼 연어 같은데요.

맥 칼로 연어를 드시려고요?

제이콥 너희들 저런 거 본 적 있어, 칼로 생선 먹는 거? 그런 짓을 하는 사람은 그냥 —

맥 돼지 같은 놈. 알겠어, 제이콥? 좀 배워.

지미 (뛰어 들어오며) 이봐, 대장, 경찰이야. 경찰이 와.

월터 브라운, 호랑이 브라운이다!

맥 자, 호랑이 브라운이라. 맞아, 호랑이 브라운으로 말할 거 같으면 런던에서 가장 높은 경찰이자 올드 베일리[16]의 버팀목이지. 이제 여기 매키스 대장의 궁색한 오두막으로 납시실 게다. 좀 배우라고!

---

16 Old Bailey. 영국의 런던 중심부에 있는 재판소이다.

갱단이 숨는다.

제이콥 이제 교수형이다!

브라운이 등장한다.

맥 헤이, 재키!
브라운 헤이, 맥! 시간이 별로 없어. 곧 다시 가야 돼. 하필 왜 이런 잘 모르는 마구간인가? 이건 무단 침입이잖나.
맥 하지만 재키, 안락하잖아. 자네가 이 오랜 친구 맥의 결혼식에 참석하러 오다니 정말 기뻐. 자, 당장 내 아내를 소개하지. 성은 피첨이야. 폴리, 이쪽은 호랑이 브라운이야. 안 그런가, 여보게? (그의 등을 두드린다) 그리고 재키, 이쪽은 내 친구들이야. 이미 봤을지도 모르지만.
브라운 (불쾌하다는 듯) 난 개인적인 일로 여기 온 거야, 맥.
맥 저들도 마찬가지야. 이봐, 제이콥!
브라운 갈고리 손 제이콥이군, 대단한 잡놈이지.
맥 이봐, 지미, 로버트, 월터!
브라운 자, 오늘만큼 공적인 일은 잊기로 하세.
맥 이봐, 에드, 매시어스!
브라운 앉지요. 여러분, 앉아요!
모두 감사합니다. 선생님!
브라운 내 오랜 친구 맥의 매력적인 부인을 알게 돼서 기쁩니다.

폴리 천만에요, 선생님!

맥 이보게들, 앉자고. 위스키에 한번 빠져 보세! 나의 폴리 그리고 여러분, 오늘 여러분 중에 한 남자가 있습니다. 이 사람은 왕의 헤아릴 수 없는 뜻에 따라 경찰의 우두머리가 됐지만 온갖 풍랑과 위험 등등에서도 나의 친구로 남아 주었습니다. 누구를 말하는지 여러분도 아시고, 브라운 자네도 알지. 아, 재키, 우리가, 나도 그리고 자네도 군인이었을 때, 인도의 군대에서 어떻게 군 복무를 했었는지 기억하나? 아, 재키, 우리 당장 「대포의 노래」를 부르세.

두 사람이 탁자 위에 앉는다.
노래 조명: 황금 불빛. 긴 봉에 세 개의 등이 매달려 내려오고 칠판에는 다음과 같이 쓰여 있다.

대포의 노래[17]

1

그들 중에 존이 있었고, 짐도 거기 있었지.
조지는 중사가 되었지만
군대는 누가 누가인지 어느 누구에게도 묻지 않고
북으로 행군을 했지.
병사들은

---

17 Kanonen-Song. 키플링의 발라드 「대포 Screwguns」에 영향을 받아 쓴 시이다.

대포 위에 산다네.
최남단 갑에서 비하르 평야까지
비가 내리는 어느 날
갈색이든 백색이든
낯선 인종을
만나면
그들은 아마 저민 살코기로
타타르 비프스테이크[18]를 만들어 먹겠지.

2

조니에게 위스키는 너무 미지근했고
지미에게는 담요가 충분치 않았네
하지만 조지가 두 사람의 팔을 잡고 말했다네.
병사들은 뒈지지 않을 거야.
병사들은
대포 위에 산다네.
최남단 갑에서 비하르 평야까지
비가 내리는 어느 날
갈색이든 백색이든
낯선 인종을
만나면
그들은 아마 저민 살코기로
타타르 비프스테이크를 만들어 먹겠지.

18 저민 쇠고기를 소금과 후추로 간하여 날로 먹는 요리이다.

3

존은 죽고 짐도 죽었지.

그리고 조지는 실종된 채 썩어 갔다네.

하지만 피는 여전히 붉고

또다시 용병을 모집하네!

(그들은 앉아서 발로 행군을 한다)

병사들은

대포 위에 산다네.

최남단 갑에서 비하르 평야까지

비가 내리는 어느 날

갈색이든 백색이든

낯선 인종을

만나면

그들은 아마 저민 살코기로

타타르 비프스테이크를 만들어 먹겠지.

맥 인생의 급류가 우리 젊은 시절의 친구들을 뿔뿔이 찢어 놓고, 직업상 이해관계가 서로 아주 다르지만 — 그래, 어떤 이들은 대립된다고 말하기도 하지 — 우리 우정은 모든 것을 견뎌 냈네. 좀 배워! 카스토르와 폴룩스[19]처럼, 헥토르와 안드로마케[20]처럼. 평범한 노상강도인 나

---

19 Castor, Pollux. 그리스 신화에서 제우스와 레다 사이에서 태어난 쌍둥이 형제로 떨어질 수 없는 친구를 의미한다.

20 Hector, Andromache. 트로이의 영웅과 그의 부인이다.

는 내 친구인 브라운에게, 변치 않는 신의의 증거이자 선물로서 그중 일부를, 아니 상당한 부분을 — 내가 무슨 말을 하는지 여러분도 아시겠지만 — 브라운에게 송금하지 않고는 한몫을 챙긴 적이 거의 없습니다. 그리고 막강한 경찰청장인 그는 — 제이콥, 아가리에서 칼을 빼 — 젊은 시절 친구인 내게 미리 귀띔을 해주지 않고는 단속을 한 적이 거의 없지요. 자, 기타 등등, 기타 등등. 결국 서로에게 의지하는 것입니다. 좀 배워라. (그는 브라운과 팔짱을 낀다) 자, 재키, 자네가 와줘서 기쁘네. 이건 진정한 우정이야. (잠시 쉬는데 브라운이 양탄자를 유심히 쳐다본다) 진짜 시라즈[21]산이야.

브라운 오리엔트 양탄자 회사 제품이지.

맥 그래, 거기서 죄다 가져왔지. 자, 알겠지만 난 오늘 자네를 부르지 않을 수 없었네. 재키, 부디 자네 입장이 난처해지지 않았으면 하네.

브라운 자네도 알잖아, 맥. 난 자네가 어떤 부탁을 해도 거절할 수 없네. 한데 이제 가야겠어. 머릿속이 복잡해. 여왕의 대관식에 무슨 일이라도 일어나면 —

맥 이봐, 재키. 알다시피, 내 장인은 역겹고 늙어 빠진 바보라네. 혹 그가 내게 싸움이라도 건다면 그건 런던 경찰 관청에 나를 문제시하는 세력이 있다는 얘기겠지?

브라운 런던 경찰 관청에 자네를 반대하는 세력은 결코 없네.

맥 당연하지.

21 Shirāz. 이란의 남서부 지역에 있는 도시이다.

브라운 내가 다 처리했네. 그럼 좋은 밤이 되기를.

맥 너희들 안 일어날 거야?

브라운 (폴리에게) 행운이 있기를! (맥과 함께 퇴장한다)

제이콥 (그 사이 매시어스와 월터가 함께 폴리에게 상담을 한다) 고백하자면 좀 전에 호랑이 브라운이 온다는 말을 들었을 때 공포심 같은 걸 억누를 수가 없었어요.

매시어스 아세요, 부인? 우리는 경찰 관청의 우두머리와 관계를 맺고 있죠.

월터 그래요. 맥은 우리 같으면 생각지도 못하는 탈출구를 항상 마련해 놓고 있답니다. 하지만 우리도 나름 대책이 있긴 있어요. 여러분, 9시 30분입니다.

매시어스 이제 가장 중요한 것이 남았지.

모두들 뒤편 왼쪽에 뭔가를 가려 놓은 양탄자 뒤로 간다.
맥이 등장한다.

맥 자, 무슨 일이지?

매시어스 대장, 깜짝 놀랄 만한 작은 선물이 하나 있어요.

그들이 양탄자 뒤에서 빌 로전의 노래를 아주 분위기 있고 나지막하게 부른다. 〈이름도 정확히 몰랐다네〉라는 대목에서 매시어스가 양탄자를 젖힌다. 그러고서 모두들 그 뒤에 세워져 있는 침대를 두드리며 떠들썩하게 노래를 계속한다.

맥 고맙네, 친구들, 고마워.

월터 이제 조용히 사라지겠습니다.

　모두 퇴장한다.

맥 이제 분위기를 잡을 시간이군. 이런 게 없다면 인간은 일 밖에 모르는 동물이 될 거야. 폴리, 앉아 봐! 소호에 뜬 달이 보여?

폴리 달이 보여요, 내 사랑. 내 심장이 뛰는 걸 느끼나요, 내 사랑?

맥 느껴, 내 사랑.

폴리 당신이 어디를 가든 나도 따라갈 거예요.

맥 당신이 어디에 있든 나도 거기 있을 거야.

둘이서　혼인 서류가 없어도
　　　　　제단에 꽃 한 송이 없다 해도
　　　　　신부 드레스가 어디서 났는지 몰라도
　　　　　머리에 은매화[22]를 꽂지 않았어도
　　　　　피로연 음식일랑
　　　　　이제 그만 던져 버려요.
　　　　　사랑은 오래가기도 하지만 짧기도 한 법.
　　　　　여기서나, 저기서나.

---

22 가지를 엮어 신부 화환으로 사용되는 식물로 순결을 상징한다.

제3장

세상의 냉혹함을 알고 있는 피첨에게 딸을 잃는 것은 완전한 파산이다.

피첨의 의상실.

오른쪽에 피첨과 피첨 부인. 문간에 폴리가 외투를 입고 모자를 쓰고 여행 가방을 든 채 서 있다.

피첨 부인 결혼했다고? 옷이며, 모자며, 장갑이며, 양산이며 앞뒤로 치장해 주느라 배 한 척만큼이나 돈이 들어갔는데, 썩은 오이처럼 쓰레기 더미에 몸을 던져? 너 정말 결혼했니?

노래 조명: 황금 불빛. 긴 봉에 세 개의 등이 매달려 내려오고, 칠판에는 이렇게 적혀 있다.

강도 매키스와의 결혼을 암시하는 폴리의 짧은 노래[23]

1

폴리   아직 순진했던 시절, 난 생각했죠.
그때는 어머니처럼 그랬어요.
언젠가 한 남자가 내게 오면

---

23 Durch ein kleines Lied deutet Polly ihren Eltern ihre Verheiratung mit dem Räuber Macheath an.

무엇을 해야 하는지 알아야 한다고요.
남자가 돈이 있고
친절하고
평일에도 옷깃이 깨끗하고
여자 앞에서 예의를
차릴 줄 안다면
그때 나는 말하리라. 〈안 돼.〉
고개를 높이 쳐들고
아주 차갑게 말이죠.
물론 달빛이 온 밤을 비추고
보트도 강변에 정박해 있지만
더 이상은 안 돼.
그래요, 그냥 벌러덩 누울 순 없어요.
그래요, 그럴 땐 냉정하고 잔인해져야 해요.
그래요, 많은 일이 일어날 수도 있겠지만
아, 대답은 단지 이것뿐. 〈안 돼.〉

2

처음으로 내게 온 남자, 켄트 출신에
사내다운 남자라고 생각했어요.
두 번째 남자는 항구에 배가 세 척.
세 번째 남자는 나한테 미쳐 있었죠.
그들은 돈이 있고
친절하고

평일에도 옷깃이 깨끗하고
여자 앞에서 예의를
갖출 줄 알았기에
그들에게 말했죠. 〈안 돼〉.
머리를 높이 쳐들고
아주 차갑게 말이죠.
물론 달빛이 온 밤을 비추고
보트가 강변에 정박해 있었지만
더 이상은 안 돼.
그래요, 그냥 벌러덩 누울 순 없어요.
그래요, 그럴 땐 냉정하고 잔인해져야 해요.
그래요, 많은 일이 일어날 수도 있었겠지만
아, 대답은 단지 이것뿐. 〈안 돼.〉

3

구름 한 점 없이 어느 청명한 날
한 남자 나타났지만, 내게 아무것도 청하지 않았죠.
남자는 내 방 옷걸이에 모자를 걸었죠.
난 내가 무슨 짓을 하는지 알 수 없었어요.
남자는 돈이 없고
친절하지도 않았고
일요일조차 옷깃은 안 깨끗했고
여자 앞에서 예의를
갖출 줄도 몰랐지만

난 그에게 〈안 돼〉라고 말하지 않았거든요.
머리를 높이 쳐들지 않고
차갑게 대하지도 않았죠.
아, 달빛이 온 밤을 비추고
강가에 묶여 있던 보트도 풀렸지만
달리 어쩔 수 없었어요!
그래요, 그냥 벌러덩 누워 버린 거예요.
그래요, 그땐 냉정하고 잔인해질 수 없었죠.
아, 많은 일이 일어난 거예요.
그래요, 〈안 돼〉라고 할 수가 없었어요.

피첨 그래, 도둑놈의 계집이 됐구나. 좋아. 아주 좋아.

피첨 부인 네가 도대체 결혼이라는 걸 할 정도로 양심이 없다 해도, 하필 왜 말 도둑, 노상강도냐? 대가를 톡톡히 치르게 될 게다! 그렇게 될 줄 알았어야 했는데. 어렸을 때부터 쟨 자기가 무슨 영국 여왕이라도 되는 양 콧대를 높이 쳐들고 다녔다니까요.

피첨 그러니까 정말 결혼했다는 거지!

피첨 부인 그래요, 어제 저녁 5시에요.

피첨 악명 높은 그 도둑놈이랑. 아무리 곰곰이 생각을 해봐도, 이건 이 인간이 엄청나게 대담하다는 증거야. 내 노년의 마지막 자금원인 내 딸을 줘버리면 우리 집은 망하고, 내 마지막 충견까지도 도망칠 거야. 곧장 굶어 죽지 않으려면 손톱 밑의 때라 하더라도 줄 수 없지. 그래, 장작 하나로 우리 셋이 겨울을 난다면야 혹 내년을 맞을 수 있을지도 모르지만, 어쩌면.

피첨 부인 그래, 도대체 넌 무슨 생각인 거니? 이게 네 어미에 대한 보답이라니, 조나단. 미칠 거 같아요. 머릿속이 뒤죽박죽이에요. 더 이상 버틸 수가 없어요. 오! (기절하며) 코르디알 메독[24] 한 잔!

피첨 봐라, 네 엄마가 어떤 지경인지. 빨리 가져와! 도둑놈의 계집이라니, 좋아, 아주 좋아. 가엾은 여자, 그걸 그리 심각하게 생각하다니 웃기는군. (폴리가 코르디알 메독 한 병을 들고와 피첨에게 준다) 이게 네 불쌍한 엄마에게 유일한 위안이겠구나.

폴리 그냥 두 잔 주세요. 엄마는 정신이 나갔을 때 곱빼기를 마셔야 돼요. 술이 들어가면 다시 일어나실 거예요. (장면 내내 폴리는 아주 행복한 모습이다)

피첨 부인 (깨어난다) 오, 가식적인 얼굴로 엄마를 걱정하는 척하지 마라!

사내 다섯이 등장한다.

거지 강력하게 항의하겠어요. 이건 엉망이에요. 제대로 된 몽당발이 아니라 이건 그냥 허접쓰레기예요. 이런 걸 빌리느라 내 돈을 낸 게 아니라고요.

---

24 Cordial Médoc. 프랑스 보르도 근처 메독 지방의 리큐르로, 브랜디와 제비꽃 뿌리 등의 약초로 만드는 술이다.

피첨 원하는 게 뭐야? 다른 것도 그렇지만 이건 좋은 몽당 발이었다고. 자네가 간수를 잘 못해서 그렇지.

거지 그럼 왜 난 다른 거지들만큼 벌지를 못하는 거죠? 아니요, 날 속일 생각일랑 마세요. (몽당발을 내던진다) 이런 고물을 쓰느니 차라리 내 발을 잘라 내겠어요.

피첨 아니, 너희들 도대체 뭘 하자는 거야? 사람들의 심장이 돌멩이 같은 걸 나보고 어쩌라고? 몽당발 다섯 개나 다시 만들 순 없어! 하지만 개라도 너희들을 보면 5분 안에 울고 갈 가련한 폐물로 만들어 줄 수는 있지. 사람들이 울지를 않는데 나보고 어쩌라고! 몽당발 하나 가지고 부족하면 저기 하나 더 가져가. 하지만 물건은 잘 간수해야 돼.

거지 이거면 되겠네요.

피첨 (다른 거지의 의족을 검사한다) 가죽이 안 좋아, 셀리아, 고무는 더 구역질 나는데. (세 번째 거지에게) 혹도 줄어들었어. 이게 마지막인데 말이야. 다시 처음부터 만들어야겠어. (네 번째 거지를 검사하면서) 진짜 부스럼 딱지보다 인조가 못한 건 당연하지. (다섯 번째 거지에게) 야, 넌 왜 그렇게 변한 거야? 또 처먹었군. 뜨거운 맛을 보여 줘야겠어.

거지 피첨 씨, 정말 별로 먹지 않았어요. 그런데도 살이 자꾸 쪄요. 그런 걸 어쩌겠어요.

피첨 나도 어쩔 수 없지. 넌 해고야. (다시 한 번 두 번째 거지에게) 〈감동을 시키는 것〉과 〈신경을 건드리는 것〉은 당연히 다르지, 이 친구야. 그래, 난 예술가가 필요해. 요즘은 예술가만이 마음을 움직일 수 있거든. 너희들이 제대로 일을 한다면 관중이 손뼉을 칠 거야! 아무 생각 없이 말이야! 그러니 내가 네 고용 계약을 연장해 줄 수 없는 거야.

거지들이 퇴장한다.

폴리 제발, 그를 좀 봐주세요. 그이가 잘생겼냐고요? 아니에요. 하지만 그 남자는 먹고살 만한 수입이 있어요. 내 생계를 책임질 수 있다고요! 그이는 뛰어나고 게다가 안목이 넓고 능숙한 노상강도예요. 그이가 얼마를 저축해 두었는지 알려 드릴 수도 있어요. 정확히 아니까요. 사업을 몇 탕 해치우고 나면 우리는 은퇴해서 작은 시골 별장에서 살 수도 있어요. 아버지가 그렇게 좋아하시는 셰익스피어처럼 말이죠.

피첨 그러니까 아주 간단해. 넌 결혼을 한 거야. 결혼을 하면 무얼 할 수 있지? 생각을 않는다니까. 자, 이혼을 할 수 있지, 안 그래? 그걸 생각하기가 그렇게 어렵나?

폴리 무슨 말인지 모르겠어요.

피첨 부인 이혼!

폴리 하지만 그이를 사랑해요. 어떻게 이혼을 생각할 수 있겠어요?

피첨 부인 말해 봐라, 넌 부끄럽지도 않니?

폴리 엄마, 엄마도 예전에 사랑을 해 봤다면 —

피첨 부인 사랑을 해봤냐고! 네가 읽는 그 빌어먹을 책들 때문에 네가 미쳤구나. 누구나 다 똑같이 산단다.

폴리 그럼 전 예외가 될래요.

피첨 부인 그럼 볼기짝을 두드려 팰 테다. 예외 좋아하네.

폴리 그래요, 모든 엄마들이 그러죠. 하지만 아무 소용 없어요. 사랑은 엉덩이를 맞는 것보다 더 강력하니까요.

피첨 부인 폴리, 해도 해도 너무하는구나.

폴리 내 사랑을 뺏기지 않을 거예요.

피첨 부인 한 마디만 더 해봐라. 따귀를 올릴 테니.

폴리 하지만 사랑은 세상에서 가장 고귀한 거라고요.

피첨 부인 그놈은 여자가 많아. 교수형이라도 당하면 아마 반 다스나 되는 여편네들이 아이 하나씩 안고 미망인이라고 나설걸. 아, 조나단!

피첨 교수형이라고? 어떻게 그런 생각을. 좋은 생각이야. 나가 있어, 폴리. (폴리가 퇴장한다. 그녀는 문 뒤에 쪼그리고 앉아 있다) 맞아. 40파운드가 생기겠어.

피첨 부인 당신이 무슨 생각을 하는지 알겠어요. 경찰에 신고하자는 거죠?

피첨 당연하지. 그러면 우리는 그놈을 거저 교수형시키는 거지. 일석이조야. 다만 그놈이 숨어 있는 곳이 어딘지 알아야만 해.

피첨 부인 내 당신에게 정확히 알려 드릴게요, 여보. 바로 창녀들과 같이 있어요.

피첨 하지만 창녀들은 고발하지 않을걸.

피첨 부인 내가 어떻게 좀 해보죠. 돈이 세상을 지배하니까요.[25] 곧장 턴브리지로 가서 그곳 아가씨들 좀 만나 봐야겠어요. 그 신사가 지금부터 두 시간 이내에 한 여자를 만난다면 그는 곧장 경찰로 넘어갈 거예요.

폴리 엄마, 그러지 않으셔도 돼요. 맥이 그런 여자를 만나기 전에 스스로 올드 베일리 감옥으로 갈 거니까요. 그이가 올드 베일리로 가더라도 경찰관이 그이에게 칵테일을 대접하고 서로 담배를 피우며 이 거리의 사업에 대해 수다를 떨겠죠. 이 거리에서 모든 일이 정당하게만 일어나는 건 아니니까요. 왜냐하면 아버지, 제 결혼식에 경찰관이 왔었는데 분위기가 아주 유쾌했었거든요.

피첨 그 경찰관 이름이 뭔데?

폴리 브라운요. 하지만 호랑이 브라운이라고 하면 아빠가 아실까? 그를 두려워하는 사람들은 호랑이 브라운이라고 부르죠. 하지만 내 남편은 그를 재키라고 불러요. 그거 아세요? 브라운은 그의 절친한 친구 재키예요. 어릴 적부터요.

피첨 그래그래. 친구지. 경찰과 강도 우두머리라. 자, 이 도시에서 유일한 친구겠군.

폴리 (시적으로) 그들이 칵테일을 함께 마실 때마다 서로 얼굴을 쓰다듬으며 말했죠. 〈자네가 한 잔 하면 나도 한

---

[25] 17세기 프리드리히 폰 작센 공작의 좌우명 〈돈이 이 세상의 왕이며 세상을 지배한다〉에서 생겨난 말이다.

잔 하지.〉 그중 하나가 나가면 다른 하나는 눈이 촉촉해지면서 말하죠. 〈자네가 어디를 가든 나도 따라가지.〉 런던 경찰 관청에 맥을 반대하는 세력은 없어요.

피첨 그래그래. 화요일 밤부터 목요일 아침까지 매키스 씨는 내 딸 폴리를 결혼이라는 명목하에 부모의 집에서 꾀어내었다. 이런 이유로 그는 이번 주가 지나기 전에 교수대로 끌려갈 것이다. 그는 응당한 처분을 받는 거지. 〈매키스 씨, 목에 상처가 있는 당신은 일찍이 하얀 가죽 장갑을 끼고 상아 손잡이가 달린 지팡이를 짚고 오징어 호텔에 들락거렸습니다. 당신의 표지 중 가장 미약하다고 할 수 있는 목에 난 상처는 여전히 남아 있겠지만 당신은 이제 감옥에 들락거리게 될 것이고 다른 어떤 곳에서도 당신을 볼 수 없게…….〉

피첨 부인 아, 조나단, 성공하지 못할 거예요. 상대는 런던 최악의 범죄자인 매키 메서예요. 그는 자기가 원하는 걸 얻을 거예요.

피첨 매키 메서가 누군데? 빨리 준비해. 런던의 경관에게 가야겠어. 그리고 당신은 턴브리지로 가.

피첨 부인 창녀들한테 말이죠.

피첨 이 세상은 야비하기 짝이 없어서 두 발을 도둑맞지 않으려면 발바닥이 닳도록 달려야 해.

폴리 아빠, 전 브라운 씨와 반갑게 다시 악수할 수 있을 거예요.

세 사람이 모두 앞으로 나와서 노래 조명 아래에서 첫 번째 피날레를 부른다. 칠판에는 이렇게 적혀 있다.

첫 번째 서푼짜리 피날레: 인간 상황의 불확실성에 대하여[26]

    내가 바라는 게 너무 많은 건가요?
    쓸쓸한 삶에서 한 번쯤
    한 남자에게 나를 바치는 것.
    이것이 너무 높은 목표인가요?

피첨   (성경을 손에 들고)
    그건 이 세상을 사는 인간의 권리란다.
    너무 짧은 생이기에 행복을 느끼고,
    세상의 온갖 쾌락을 향유하고
    돌이 아닌 먹을 빵을 얻는 것.
    이 지상을 사는 인간의 유일한 권리란다.
    하지만 유감스럽게도 지금껏 들어 보지 못했지.
    그 권리를 얻었다는 걸. 아, 어디에 있을까!
    누군들 자신의 권리를 얻고 싶지 않을까!
    하지만 상황이, 상황이 그렇지 않은걸.

피첨 부인   나도 너에게 기꺼이 착한 사람이 되고 싶단다.
    너에게 모든 걸 주고 싶지.
    네가 삶에서 무언가 얻을 수 있도록.
    누구나 그러고 싶어 하니까.

26 1. Dreigroschen-Finale: Über die Unsicherheit menschlicher Verhältnisse.

피첨 선한 사람이 되는 것.
그래, 누군들 그러고 싶지 않겠어?
가난한 이들에게 자기 것을 나누는 것, 왜 아니겠어?
모두들 선하면 하느님 나라가 멀지 않으리.
누군들 하느님의 광명 속에 살고 싶지 않겠어?
선한 인간이 되는 것? 누군들 그러고 싶지 않겠어?
하지만 유감스럽게도 이 별에서
식량은 빠듯하고 인간은 야비하지.
누군들 평화 속에 조화롭게 살고 싶지 않겠어?
하지만 상황이, 상황이 그렇질 않아.

폴리와 피첨 부인 유감이지만 그 말이 맞아요.
세상은 가난하고, 사람들은 악해요.

피첨 유감스럽게도 내 말이 맞지.
세상은 가난하고, 사람들은 악해.
누군들 지상에서 파라다이스를 꿈꾸지 않겠어?
하지만 상황이, 상황이 그걸 허락하나?
아니, 상황은 그걸 허락하지 않아.
너를 몹시 걱정하던 네 형제.
고기가 부족해지면
바로 네 얼굴을 밟아 버리지.
그래, 성실하게 사는 것, 누군들 그러고 싶지 않겠어?
하지만 너를 걱정하던 네 부인
네 사랑이 충분하지 않으면
바로 네 얼굴을 밟아 버리지.

그래, 감사하며 사는 것. 누가 그러고 싶지 않겠어?
하지만 너를 걱정하던 네 아이
노년에 빵이 부족해지면
바로 네 얼굴을 밟아 버리지.
그래, 인간적인 것. 누가 그러고 싶지 않겠어!

폴리와 피첨 부인 그래요, 애석한 일이죠.
그건 지독히도 맥 빠지는 일이에요.
세상은 가난하고, 인간은 악하다니.
하지만 유감스럽게도 그 말이 맞아요.

피첨 물론 유감스럽지만 내 말이 맞아.
세상은 가난하고, 인간은 악해.
우리는 야비한 대신 선할 수도 있을 텐데.
하지만 상황이, 상황이 그렇지 않아.

세 사람이 함께 그래요, 그러니 아무것도 아니에요.
그러니 모든 게 다 추잡할 뿐!

피첨 세상은 가난하고, 인간은 악해.
유감스럽지만 내 말이 맞아!

세 사람이 함께 이건 애석한 일이죠.
이건 지독히도 맥 빠지는 일이에요.
그러니 아무것도 아니에요.
그러니 모든 게 다 추잡할 뿐.

제2막

제4장

목요일 오후. 매키 메서는 장인 때문에 하이게이트의 습지로 피신해야 한다. 떠나기 전 아내와 작별 인사를 한다.

마구간.

폴리 (들어온다) 맥, 맥! 놀라지 말아요.
맥 (침대에 누워 있다) 무슨 일이야. 왜 그래, 폴리?
폴리 브라운한테 갔었어요. 아버지도 거기 있었는데 두 사람이 당신을 잡기로 합의를 봤어요. 아버지가 뭔가 끔찍한 걸로 협박을 했고 브라운은 우리 편이었지만 곧 무너졌죠. 이제 그도 당신이 당분간 사라져야 한다고 생각하는 거 같아요, 맥. 당장 짐을 싸야 해요.
맥 아, 말도 안 돼. 짐을 싸다니. 이리 와, 폴리. 짐 싸는 거 말고 당신하고 다른 걸 해야겠어.

폴리 아니에요, 맥. 지금 이래선 안 돼요. 너무 놀랐어요. 교수형에 대한 얘기를 끊임없이 했다고요.

맥 난 변덕 부리는 걸 좋아하지 않아, 폴리. 런던 경찰 관청에 나를 반대하는 세력은 없다고.

폴리 그래요. 아마 어제까지는 없었겠죠. 하지만 오늘 갑자기 엄청나게 많아졌어요. 여기 고소장을 가져왔어요. 고발 리스트가 끝도 없어서 다 헤아릴 수 없을 정도예요. 당신은 상인 두 명을 죽이고, 가택 침입 30회 이상에다, 노상강도 23회, 방화, 고의적 살인, 위조, 위증, 이 모든 게 1년 반 만에 저지른 일들이에요. 당신은 정말 끔찍한 인간이에요. 그리고 윈체스터에서는 두 미성년자 자매를 농락했어요.

맥 나한테는 스무 살이 넘었다고 했다고. 그나저나 브라운은 뭐래? (그는 천천히 일어나서 파이프를 피우며 오른쪽부터 무대 끝을 따라 걷는다)

폴리 브라운은 복도에서 나를 잡고 당신을 위해 이제 아무것도 할 수 없다고 말했어요. 아, 맥. (그의 목에 매달려 안긴다)

맥 내가 떠나야만 한다면 당신이 내 사업을 맡아 줘야 해.

폴리 지금 사업 얘기는 하고 싶지 않아요. 맥, 나는 아무것도 들리지 않아요. 당신의 불쌍한 폴리에게 한 번 더 키스를…… 그리고 맹세해 주세요, 나를 절대로 —

맥은 돌연 멈춰 서더니 그녀를 탁자로 데려가 의자에 앉힌다.

맥 이건 장부야. 내 말을 잘 들어. 여기에 직원 리스트가 있어. (읽는다) 그러니까 갈고리 손 제이콥은 사업에 몸담은 지 1년 반 됐어. 그가 뭘 했는지 봐. 금시계 하나, 둘, 셋, 넷, 다섯 개. 많은 건 아니지만, 일 처리는 깨끗해. 내 무릎에 앉지 마. 지금 그럴 기분이 아니야. 여기 수양버들 월터. 못 믿을 개새끼지. 제멋대로 물건을 헐값에 팔아 치워. 집행 유예 3주간, 그러고 나서는 끝이야. 브라운에게 그냥 넘겨 버려.

폴리 (훌쩍거리며) 브라운한테 그냥 넘겨 버릴게요.

맥 지미 2세, 파렴치한 놈이지. 벌이는 되는데, 뻔뻔해. 상류층 귀부인들의 엉덩이 밑에서 침대보를 빼내지. 녀석에겐 가불을 해줘.

폴리 네, 가불을 해줄게요.

맥 톱날 로버트, 좀생이야. 특기라고는 눈곱만치도 없지만 교수형은 당하지 않을 거야. 하지만 남는 것도 없지.

폴리 남는 것이 없군요.

맥 이외에 당신은 지금까지 해온 것처럼 그대로 해. 7시에 일어나서 씻고 샤워도 하고, 등등.

폴리 당신이 옳아요. 난 이를 악물고 사업을 감독해야 돼요. 당신 것은 이제 내 것이기도 하죠, 안 그래요, 매키? 당신 방은 어떡하죠, 맥? 포기해야 할까요? 월세를 내기에는 아까운데!

맥 아니, 아직 필요해.

폴리 하지만 어디다 쓰게요? 돈만 축나요!

맥 마치 내가 다시는 돌아오지 않을 것처럼 말하는군.

폴리 무슨 소리예요? 그땐 다시 방을 빌리면 되죠! 맥……, 맥, 전 더 이상 할 수가 없어요. 지금 계속 당신 입술만 보고 있어요. 당신이 무슨 말을 하는지 하나도 안 들려요. 나에게 충실할 거죠, 맥?

맥 당연히 당신에게 충실할 거야. 당신이 하는 만큼 보답해 줄게. 내가 당신을 사랑하지 않는다고 생각해? 난 단지 당신보다 멀리 볼 뿐이야.

폴리 당신에게 너무 고마워요, 맥. 다른 사람들이 마치 사냥개처럼 당신 뒤를 쫓는데도 당신은 이렇게 날 걱정하다니…….

그는 〈사냥개〉라는 말을 듣고 흠칫하더니, 일어나 오른쪽으로 가 외투를 벗고 손을 씻는다.

맥 (다급하게) 순이익은 맨체스터에 있는 잭 풀 은행으로 보내. 우리끼리 얘긴데 내가 완전히 은행 업무로 전환하는 건 시간문제야. 그건 안전할 뿐만 아니라 수입도 짭짤하거든. 길어 봤자 2주 안에 이 사업에서 돈을 빼낼 거야. 그러면 당신은 브라운에게로 가서 경찰에 이 리스트를 넘겨. 길어 봤자 4주 안에 이 인간 망종들은 올드 베일리 감옥으로 사라져 버리겠지.

폴리 하지만, 맥! 그렇게 해서 그들이 교수형이라도 당하게 된다면 그 사람들 눈을 제대로 볼 수 있겠어요? 그러고도 그들과 악수를 할 수 있겠어요?

맥 누구랑? 톱날 로버트, 엽전 매시어스, 갈고리 손 제이콥이랑?

　　일당이 등장한다.

　　여러분, 반갑군.

폴리 안녕하세요, 여러분.

매시어스 대장, 대관식 행사 리스트를 이제 받았어요. 아마 고된 날들이 될 거예요. 30분 내에 캔터베리 대주교가 도착할 겁니다.

맥 언제?

매시어스 5시 30분이요. 어서 출발해야 합니다, 대장.

맥 그래, 너희들 어서 출발해.

로버트 뭐라고요, 너희들이라니요?

맥 그래, 나로 말할 거 같으면, 유감스럽지만 잠깐 여행을 떠나야 해.

로버트 이런, 당신을 체포하려고 하나요?

매시어스 그것도 하필 대관식을 코앞에 두고! 대장 없는 대관식은 숟가락 없는 죽과 같아요.

맥 주둥이 닥쳐! 이 일을 위해 당분간 내 아내에게 사업을 넘기겠다. 폴리! (그녀를 앞으로 밀고 뒤로 물러나 그녀를 바라본다)

폴리 여러분, 대장은 아무 걱정 없이 여행을 떠날 수 있을 거예요. 우리가 일을 잘해 낼 테니까요. 완벽하게요. 안 그래요, 여러분?

매시어스 할 말이 없군. 하지만 글쎄, 여자가 이런 시기에……. 당신에게 반대하는 건 아닙니다, 부인.

맥 (뒤에서) 이제 뭐라고 얘기할 건가, 폴리?

폴리 너 말 한번 잘했다, 이 돼지 새끼야. (소리를 지른다) 물론 나한테 하는 말은 아니겠지. 그랬다가는 여기 있는 사내들이 벌써 네놈의 바지를 벗기고 볼기짝을 후려갈겼을 테니까. 안 그래요, 여러분?

잠깐의 침묵 후 모두들 미친 듯이 박수를 친다.

제이콥 그래요, 뭔가가 있어. 믿고 맡겨도 되겠어.

월터 브라보, 대장 부인께서 뭔가 아시는군! 폴리 만세!

모두 폴리 만세!

맥 내가 대관식에 갈 수 없다니 기분 더럽군. 이건 확실한 사업인데. 낮에는 집들이 텅텅 빌 테고 밤에는 상류 계층 사람들이 죄다 곤드레만드레 취할 텐데. 어쨌거나 넌 너무 많이 마셔, 매시어스. 지난주에도 그리니치의 어린이 병원 방화가 네 소행이라는 게 뻔히 드러났잖아. 그런 일이 다시 한 번 생기면 넌 해고야. 누가 어린이 병원에 방화를 저질렀지?

매시어스 나지요.

매키스 (다른 사람들에게) 누가 방화를 저질렀다고?

다른 사람들 당신입니다. 매키스 씨.

매키스 누가?

매시어스 (무뚝뚝하게) 당신입니다. 매키스 씨. 하지만 이런 식으로는 우리 같은 사람들은 출세할 수가 없어요.

매키스 (목매다는 시늉을 하면서) 네가 나랑 경쟁할 수 있다고 생각한다면, 넌 물론 높은 곳에 매달릴 수 있을 거야.

로버트 부인, 당신 남편이 여행을 떠나면, 매주 목요일에 우리에게 결산을 명하십시오, 부인.

폴리 매주 목요일이군, 친구들.

일당이 퇴장한다.

맥 이제 안녕, 내 사랑. 항상 깨끗이 하고 매일 화장하는 거 잊지 마. 내가 있을 때처럼. 아주 중요한 거야, 폴리.

폴리 자, 맥, 어떤 여자도 쳐다보지 않고 바로 여행을 떠나겠다고 약속해 줘요. 그리고 당신의 작은 폴리가 질투 때문에 이러는 게 아니라는 걸 믿어 줘요. 이건 정말 중요한 거라고요. 맥.

맥 폴리, 내가 왜 그런 새는 양동이처럼 칠칠치 못한 여자들에게 신경을 쓰겠어. 당신만을 사랑하오. 제법 어두워지면 아무 마구간에서나 흑마를 골라 타고 떠나리다. 당신이 창가에서 달을 바라보기 전 난 이미 하이게이트 늪지대를 지날 거야.

폴리 아, 맥. 가슴이 찢어지는 것 같아요. 내 곁에서 날 행복하게 해줘요.

맥 나도 마음이 찢어지는 거 같아. 이렇게 떠나야만 하다니. 내가 언제 돌아올지 아무도 모르지.

폴리 너무 짧았어요, 맥.

맥 끝나는 것도 아니잖아?

폴리 아, 어제 꿈을 꿨어요. 창문을 내다보고 있는데 골목에서 웃음소리가 들렸어요. 고개를 내밀었더니 달이 보이더라고요. 그런데 달이 닳아 빠진 동전처럼 아주 얇디얇은 거예요. 맥, 새로운 도시에 가더라도 나를 잊지 마세요.

맥 물론이지, 폴리. 키스해 줘.

폴리 안녕, 맥.

맥 잘 있어, 폴리. (퇴장한다)

폴리 (혼자서) 그는 다시 오지 않아.

종소리가 울리기 시작한다.

이제 여왕이 런던으로 입성하시는데
우리는 대관식 날 어디에 있게 될지!

성의 노예에 관한 발라드[27]

피첨 부인과 선술집 제니가 막 앞으로 등장한다.

---

27 Die Ballade von der sexuellen Hörigkeit.

피첨 부인 너희들이 언제고 매키 메서를 보거든 가장 가까운 경찰에게 가서 신고를 해. 그러면 그 대가로 10실링을 줄게.

제니 경찰관들이 쫓고 있는데 그이가 나타나겠어요? 추격이 시작되면 그이는 우리랑 시간을 보내러 오지도 않을 거예요.

피첨 부인 제니, 런던 전체가 그를 쫓아도, 매키는 자기 습관을 버릴 사람이 아니야. (노래한다)
악마와 다름없는 한 사람, 여기 있지.
그는 백정, 그 외엔 어린 송아지!
파렴치한 개새끼! 악독한 포주!
온갖 사람들을 후려 먹는 그 인간을
누가 후려 먹을 수 있을까? 바로 계집들뿐.
원하든 원하지 않든 그는 준비가 되어 있지.
이게 바로 성의 노예.
　그는 성경을 따르지 않아. 그는 법전을 비웃지.
　스스로 위대한 이기주의자라고 생각하지.
　계집을 보면 혼란스러워진다는 것도 알지.
　그래서 주위에 계집이 없어.
　하지만 저녁이 오기 전 하루를 칭찬해서는 안 되지.
　밤이 오기 전 그는 다시 올라타고 있으니까.

　그런 식으로 수많은 사내들이 돼지는 걸 수많은 사내들은 보았지.

한 위대한 인물도 창녀에게 빠졌나니
사내들이 뭐라고 맹세한들, 그저 바라다볼 뿐.
사내들이 뒈졌을 때, 누가 그들을 묻어 주었지? 창
   녀들이지.
사내들은 원하든 원하지 않든 이미 준비가 되어 있어.
이게 바로 성의 노예.
   그는 성경에 매달리지. 그는 법전을 개선하지.
   남자라면 기독교인, 유대인은 무정부주의자!
   점심때는 샐러리를 자제하고
   오후에는 이념에 자신을 바치지.
   저녁에는 이렇게 말하지. 나는 점점 고귀해지네.
   하지만 밤이 오기 전, 다시 올라타고 있지.

제5장

대관식 종소리가 채 사라지기 전, 매키 메서는 턴브리지의 창녀들과 함께 있다. 창녀들이 그를 밀고한다. 목요일 저녁이다.

턴브리지의 사창가.

평범한 오후. 창녀들은 대부분 속옷 바람으로 다림질을 하거나 말판 놀이를 하거나 몸을 씻고 있다. 서민적 정경이다. 갈고리 손 제이콥은 신문을 읽고 있는데 어느 누구도 그를 신경 쓰지 않는다. 오히려 방해가 될 뿐이다.

제이콥 (침묵하다가) 오늘 그는 안 와.
창녀 그래?
제이콥 내 생각인데 이제 안 올 거야.
창녀 유감인걸.
제이콥 그래? 내가 대장을 아는데 이미 도시를 벗어났을걸. 말하자면 줄행랑을 친 거지!

   매키스가 등장해서 모자를 옷걸이에 걸고 탁자 뒤에 있는 소파에 앉는다.

맥 커피!
빅센 (여러 번 놀라면서) 〈커피〉!
제이콥 (깜짝 놀라서) 왜 하이게이트에 있지 않고?
맥 오늘은 목요일이잖아. 이런 사소한 일 때문에 내 습관을 버릴 순 없지. (고소장을 바닥에 던진다) 그것도 그렇지만, 비가 오잖아.
제니 (고소장을 읽는다) 왕의 이름으로 매키스 대장을 고소한다. 세 번의 —
제이콥 (그녀에게서 고소장을 낚아챈다) 나도 나와?
맥 물론이지, 다 나와!
제니 (다른 창녀에게) 저건 고소장이야. (침묵) 맥, 당신 손을 줘봐요.

그는 다른 손으로 커피를 마시면서 한 손을 내민다.

돌리 그래, 제니. 손금을 읽어 봐. 넌 잘 보잖아. (석유 램프를 갖다 댄다)

맥 유산을 많이 받아?

제니 아니, 유산은 많이 못 받아.

베티 왜 그렇게 쳐다봐, 제니? 등골이 오싹해지네.

맥 곧 먼 여행을 떠나?

제니 아니, 그건 아니야.

빅센 그럼 뭐가 보이는데?

맥 제발, 좋은 것만 말해, 나쁜 건 말고!

제니 아, 어쩌나. 칠흑 같은 어둠이 보여. 빛은 거의 없고. 그리고 커다란 L 자가 보이는데, 그건 계집의 계략[28]을 말하는 거야. 그리고 또…….

맥 잠깐. 칠흑 같은 어둠이랑 계략에 대해 자세히 알고 싶어. 말하자면 계략을 꾸미는 계집의 이름 같은 거.

제니 내가 아는 건 J로 시작한다는 거야.

맥 그럼 틀렸어. P로 시작하겠지.

제니 맥, 웨스트민스터의 대관식 종소리가 울리면 당신은 힘든 시간을 보내게 될 거야!

맥 더 말해 봐!

제이콥 (요란하게 웃는다)

맥 무슨 일이야? (제이콥에게 달려가서 고소장을 읽는다) 전

28 계략은 독일어로 *List*.

혀 틀려. 단지 세 번뿐이었다고.

제이콥　(웃는다) 그렇고말고!

맥　속옷이 예쁘군.

창녀　요람에서 무덤까지 어쨌거나 속옷이 예뻐야죠!

늙은 창녀　난 실크는 안 입어. 당장에 남자들이 병에 걸렸다고 생각하거든.

제니가 몰래 문밖으로 빠져나간다.

두 번째 창녀　(제니에게) 어디 가, 제니?

제니　곧 알게 될 거야. (퇴장한다)

몰리　하지만 집에서 만든 리넨도 싫어들 해.

늙은 창녀　난 그걸로 재미 좀 봤는데.

빅센　그러면 남자들이 집에 있는 것처럼 느끼거든.

맥　(베티에게) 넌 여전히 검은 레이스냐?

베티　항상 검은 레이스지.

맥　넌 어떤 속옷인데?

두 번째 창녀　아이, 부끄럽게. 우리 이모가 남자라면 환장을 해서, 난 방에 아무도 못 데려가. 하지만 너희들도 알다시피 난 현관에서부터 속옷을 아예 안 입지.

제이콥　(웃는다)

맥　다 읽었어?

제이콥　아니, 지금 막 강간 부분을 읽고 있어.

맥　(다시 소파에 앉는다) 그런데 도대체 제니는 어디 있는 거지? 여러분, 내 별이 이 도시를 비추기 훨씬 전에…….
빅센 내 별이 이 도시를 비추기 훨씬 전에…….
맥 ……여러분 중 하나와 나는 궁핍한 속에서도 함께 살았지. 오늘날 매키 메서가 이렇게 행복해졌어도 내 어려운 시절의 동반자를 잊지는 않을 거야. 특히, 아가씨들 중에서 가장 사랑스러웠던 제니를. 두고 봐!

맥이 노래를 부르는 동안, 오른쪽 창문 앞에 제니가 서서 경찰관 스미스에게 손짓을 한다. 그러고 나서 피첨 부인이 그녀에게 합류하고 가로등 아래 세 사람이 서서 왼쪽을 바라본다.

포주의 발라드[29]

1

오래전 이미 지나가 버린 시절
그녀와 나, 우리는 함께 살았지.
나의 머리와 그녀의 아랫도리를 팔아먹으면서.
난 그녀를 지켜 주고, 그녀는 날 먹여 살렸지.
다르게 살 수도 있었지만, 그렇게도 살 수 있는 법.
손님이 오면 난 침대에서 기어 나와
버찌 브랜디를 마시는 척 살짝 피해 주는 친절을 베

---

29 Zuhälterballade. 이 시는 프랑스의 시인 비용의 「비용과 뚱뚱한 마르고트의 발라드Ballade von Villon und der dicken Margot」가 본보기가 되었다.

풀었다네.

그리고 손님이 화대를 주면, 이렇게 말했지.

선생님, 원하신다면 언제든지.

그렇게 우리는 꼬박 반년을 살았다네.

우리가 살림을 차렸던 사창가에서.

문간에 제니가 등장하고 뒤에 스미스가 뒤따른다.

2

제니 이제 지나가 버린 시절.

그이는 여러 번 나를 덮쳤지요.

하지만 돈이 떨어지면, 나를 호되게 다그쳤어요.

그러면서 하는 말이, 야, 네 속옷이라도 팔아.

속옷? 좋아, 없어도 되니까.

나는 악이 받쳐서, 그래, 자 보라고!

이따금 노골적으로 묻기도 했죠, 어쩜 그리 뻔뻔스
    럽냐고.

그러면 그이가 내 아가리를 후려갈겨

난 곧장 앓아누웠죠.

둘이서 그 반년 동안은 성말로 아름다웠지.

우리가 살림을 차렸던 사창가에서.

3

이제는 지나간 시절.

(번갈아 가면서)

맥 지금처럼 그렇게 암담하진 않았지.

제니 낮에만 함께 누웠었지.

맥 이미 말했지만
밤엔 대부분 다른 사람이 그녈 차지하니까.
그건 보통 밤에 하지만 낮에도 되지.

제니 그러다 언젠가 한 번 당신의 아이를 갖게 되었지.

맥 그래서 우리는 이렇게 했죠. 내가 밑에 눕는 거야.

제니 아이를 엄마 배 속에서 깔아 죽이기는 싫었겠지.

맥 하지만 아이는 하늘로 갈 운명이었나 봐.
그리고 반년의 동거도 곧장 끝나 버렸어.
우리가 살림을 차렸던 사창가에서.

춤을 추다가 맥이 칼 달린 지팡이를 집어 들자, 그녀가 모자를 건네준다. 그가 아직 춤을 추고 있는데 스미스가 그의 어깨에 손을 올린다.

스미스 자, 이제 갑시다!
맥 이 너저분한 집엔 아직도 출구가 하나뿐인가?

스미스가 매키스에게 수갑을 채우려하자 맥이 그의 가슴을 밀친다. 스미스는 비틀거리고, 맥은 창문으로 튀어 나간다. 창문 앞에는 경찰과 함께 피첨 부인이 서 있다.

(침착하고, 아주 정중하게) 댁의 남편은 안녕하십니까?

피첨 부인 친애하는 매키스 씨. 내 남편이 말하길 세계사의 위대한 영웅들이 이 작은 문지방에 걸려 넘어졌다는군요. 애석하지만 이제 여기 매력적인 숙녀들과 작별하셔야겠네요! 여기요, 경관님. 이 신사를 새 거처로 데려가시죠. (그를 끌고 간다. 창문 안쪽에 대고) 숙녀 여러분, 새 거처로 오면 만나고 싶을 때 언제든지 이 신사를 만날 수 있어요. 이제부터 올드 베일리에 살거든요. 이자가 창녀들을 만나러 싸돌아다닌다는 걸 진작에 알고 있었지요. 대가는 지불하겠어요. 숙녀 여러분, 그럼 잘 있어요. (퇴장한다)

제니 이봐, 제이콥, 일 났어.

제이콥 (큰 소리로 읽느라 아무것도 눈치채지 못하다가) 맥은?

제니 경찰들이 왔다 갔어!

제이콥 맙소사, 나는 계속 읽고, 읽고, 또 읽기만 하고 있었는데……. 저런, 저런! (퇴장한다)

제6장

창녀들에게 밀고당한 매키스는 다른 계집의 사랑으로 감옥에서 풀려난다.

올드 베일리 형무소, 감방.

브라운이 등장한다.

브라운 내 부하들이 제발 매키를 놓쳤기를! 아아, 매키가 하이게이트 습지를 벗어나 이 재키를 생각하고 있으면 좋겠군. 하지만 모든 위대한 남자들처럼 그 역시 너무 경솔한 게 문제야. 부하들에게 끌려온 매키가 충실한 친구의 눈으로 나를 바라본다면 견딜 수 없을 거야. 달빛이라도 있으니 다행이야. 지금 말을 타고 늪지를 지나고 있다면 적어도 길을 잃지는 않겠지. (뒤에서 소리가 들린다) 뭐야? 오! 하느님, 부하들이 그를 잡아 오네.

맥 (두꺼운 포승줄로 묶인 채 여섯 명의 경찰관에게 포위되었지만 위풍당당하다) 자, 이 돌대가리들아, 무사히도 다시 옛 별장으로 돌아왔군. (그는 감방의 뒤쪽 모퉁이에 숨어 있는 브라운을 알아본다)

브라운 (한참 동안 말이 없다가, 하나밖에 없는 친구의 끔찍한 시선을 받으며) 아, 맥, 난 아니였어. 내가 할 수 있는 모든 걸 다 했다네. 그렇게 쳐다보지 말게, 맥……. 참을 수가 없어. 자네가 아무 말도 안 하는 건 견딜 수 없네. (한 경관에게 호통을 친다) 밧줄로 끌고 오지 말랬잖아. 이 돼지 같은 놈아! 뭐라고 말 좀 해보게, 맥. 자네의 불쌍한 이 재키에게 뭐라고 좀 해봐. 한 마디라도……. 자네 친구의 어두운……. (머리를 벽에 기대고 운다) 한마디 할 가치도 없는 놈으로 여기는군. (퇴장한다)

맥 불쌍한 브라운. 양심의 가책이 생생하게 전해지는군. 저런 게 경찰청장이라니. 그에게 소리를 치지 않은 건 잘한 거야. 처음엔 그러려고 했지. 하지만 더 깊이 책망하는 눈빛으로 바라보는 게 오히려 더 등골을 오싹하게 만들 거라는 생각이 때마침 들었지. 역시 내 예상이 적중했어. 그를 쳐다보자 그가 서글프게 울었거든. 이런 요령은 성경에서 배웠지.[30]

스미스가 수갑을 가지고 등장한다.

자, 교도관 나리, 이게 당신이 가지고 있는 가장 무거운 겁니까? 미안합니다만 좀 편안한 걸로 부탁하고 싶은데요. (수표장을 꺼낸다)

스미스 대장, 이곳에는 모든 가격대의 수갑이 있습니다. 중요한 건 당신이 어떤 걸 차고 싶어 하느냐는 겁니다. 1기니에서 10기니까지 있습니다.

맥 안 차려면 얼마요?

스미스 50입니다.

맥 (수표를 발행한다) 하지만 루시와의 일이 들통 나면 최악이야. 만약 브라운이 내가 등 뒤에서 자기 딸이랑 거시기를 했다는 걸 알면 진짜 호랑이로 변할걸.

스미스 그럼요, 뿌린 대로 거두는 법이죠.

맥 분명 그 잡년이 밖에서 기다릴 텐데. 처형될 때까지 멋진 날들이 계속되겠군.

30 「루가의 복음서」 22장 61절 이후 참조.

노래 조명. 칠판에는 노래 제목이 적혀 있다. 〈안락한 삶에 관한 발라드〉

여러분, 이제 직접 판단해 보십시오, 이게 사는 건가요?
만사가 마음에 들지 않습니다.
전 어릴 때부터 치가 떨리도록 이런 말을 들었습니다.
부자만이 안락한 삶을 누릴 수 있다고!

안락한 삶에 관한 발라드[31]

1

쥐새끼가 갉아 대는 오두막에서
배 속은 텅텅 빈 채, 책이나 뒤적거리는
위인들의 삶을 찬양들 하지.
하지만 이런 피죽으로 날 괴롭히지 마오!
그리고 싶은 사람이나 소박하게 살라지!
(우리끼리 얘기지만) 난 이제 그런 것에 질렸어.
아무리 작은 새라도 이곳에서 바빌론까지
이런 음식으로는 단 하루도 버티지 못해.
자유가 무슨 소용? 안락하지 않은데.
부자만이 안락하게 살 수 있다네!

---

31 Ballade vom angenehmen Leben. 이 시는 비용의 동명 시가 본보기가 되었다.

2

대담한 기질을 지닌 모험가들,
욕망에 사로잡혀 위험을 무릅쓰네.
늘 그토록 자유롭게 진리를 말하는 그들,
덕분에 속물들에게 대담한 읽을거리를 제공하네.
하지만 그들을 보면, 대담함도 밤에는 얼어붙는지
냉담한 아내와 아무 말 없이 잠자리에 들지.
아무도 갈채를 보내지 않는지, 아무도 이해하지 못
   하는지 귀만 기울일 뿐
근엄한 표정으로 5천 년 뒤를 응시하네.
이제 그대에게 묻노니, 이것이 안락한 삶인가?
부자만이 안락하게 살 수 있다네!

3

내가 차라리 위대하고 고독한 위인이라면
자신을 이해할 수 있을 텐데
하지만 주변에서 그런 위인들을 보고
스스로 말했지, 넌 그런 걸 단념해야 해.
가난은 지혜를 가져오지만 불쾌하기도 하고
대담함은 명성을 가져오지만 쓰디쓴 노고도 안겨
   주니까.
가난하고 고독하고, 지혜롭고 대담했던 너.
하지만 이제 위대함과 이별하네.
그러면 행복의 문제가 저절로 풀리지.

부자만이 안락하게 살 수 있다네!

루시 등장.

루시 이 비열한 악당, 야! 우리 사이에 온갖 일들이 있었는데, 날 대할 면목은 있나 보지?

맥 루시, 당신은 심장도 없어? 코앞에 남편이 이 꼴로 서 있는 걸 보고도!

루시 내 남편? 이 짐승아! 넌 내가 피첨 아가씨 얘기를 모른다고 생각하니? 눈깔을 파버릴까 보다!

맥 루시, 당신, 진심으로, 폴리를 질투할 정도로 그렇게 어리석은 건 아니지?

루시 너 그 여자랑 결혼한 거 아니야, 이 짐승 같은 놈아?

맥 결혼이라고! 좋아. 난 그 집에 드나들면서 그 여자랑 말을 하지. 가끔 키스 같은 것도 하긴 하고. 멍청한 계집년들이 돌아다니며 그 여자가 나랑 결혼했다고 여기저기 퍼뜨린 거야. 사랑스러운 루시, 당신이 그 여자가 나랑 결혼했다고 믿는다면, 난 당신을 안심시키기 위해 무슨 일이라도 할 수 있어. 신사가 이 이상 무얼 더 말하겠어. 더 이상 할 말이 없어.

루시 오, 맥, 나도 정숙한 여자가 되고 싶어.

맥 나랑 결혼해야 정숙한 여자가 된다고 생각한다면, 좋아. 신사가 무얼 더 얘기할 수 있겠어? 더 이상 할 말이 없어!

폴리가 등장한다.

폴리 내 남편은 어디 있지? 오, 맥, 당신 거기 있군요. 고개를 돌리지 말아요. 내 앞에 부끄러워할 필요 없어요. 당신 아내잖아요.

루시 오, 이 비열한 악당.

폴리 오, 매키가 감옥에 있다니! 왜 하이게이트의 늪지를 벗어나지 않았어요? 내게 말했잖아요? 더 이상 여자들에게 가지 않겠다고. 그들이 당신에게 어떤 짓을 할지 난 알고 있었어요. 하지만 당신을 믿었기 때문에 아무 말도 하지 않았죠. 맥, 당신 곁에 있겠어요, 죽을 때까지. 아무 말도 하지 않는군요, 맥. 쳐다보지도 않고. 오, 맥. 당신이 이런 꼴을 하고 있는 걸 보니 내가 얼마나 괴로운지 아세요?

루시 야, 이 잡년아.

폴리 이게 무슨 소리예요, 맥. 도대체 누구예요? 적어도 내가 누구라고 이 여자한테 말해야죠. 당신 아내라고 제발 이 여자한테 말해요. 당신 부인이잖아요. 나를 봐요! 내가 당신 아내가 아니에요?

루시 이 음흉한 사기꾼아. 아, 넌 부인이 둘이냐, 이 괴물 같은 놈아?

폴리 맥, 말해 봐요. 내가 당신 아내잖아요? 당신을 위해 모든 걸 하지 않았던가요? 당신과 결혼할 때 난 처녀였어요. 알잖아요. 당신이 일당을 내게 넘긴 뒤 우리가 약속

한 대로 난 모든 것을 다 했어요. 제이콥이 전해 달라고
했는데, 그가 —

맥 너희 둘, 2분 동안만 주둥이를 닥치면 다 설명할게.

루시 아니, 난 주둥이를 닥치지 않을 거야. 참을 수가 없어. 피와 살이 있는 인간이라면 이런 일을 참을 수 없지.

폴리 그래, 아가씨, 물론 이럴 때는 아내가 —

루시 아내라고!

폴리 아내가 당연히 우선권을 갖지요. 애석하지만 아가씨, 적어도 외적으로는 그래요. 불쾌해 죽겠네.

루시 불쾌하다고? 좋아. 그래서 네가 찾아낸 게 뭐야? 이 더러운 새끼야! 그러니까 이게 당신의 위대한 정복이로군! 이년이 바로 네가 찾아낸 소호의 미녀구나!

질투의 이중창[32]

1

소호의 미녀, 이리 나와 봐!
네 예쁜 다리 한번 좀 보자!
나도 예쁜 걸 보고 싶어.
너 같은 미인은 이 도시에 없거든!
나의 맥에게 얼마나 예쁜지 보여 줘야지!

폴리 그래야 하나? 그래야 하나?

루시 하, 정말 웃기네.

---

32 Eifersuchtsduett.

폴리   웃기다고? 웃기다고?

루시   하, 말도 안 돼!

폴리   뭐? 말이 안 돼?

루시   맥이 너를 좋아한다면 말이지!

폴리   맥은 날 좋아해.

루시   하, 하, 하! 어차피 저런 건
       아무도 상대 안 해.

폴리와 루시   그래, 두고 보자고!
       그래, 두고 보자고!
       매키와 나, 우리는 비둘기처럼 평화로웠죠.
       그는 나만을 사랑해요, 뺏기지 않을 거예요.
       솔직히 말해서
       저런 더러운 년 때문에
       우리 사랑이 끝날 순 없잖아요!
       기가 막혀!

2

폴리   아, 사람들은 저를 소호의 미녀라고 부르죠.
       내 다리가 너무 아름답다나.

루시   그렇게 생각해?

폴리   사람들은 예쁜 여자를 한번 보고 싶어 하죠.
       이렇게 예쁜 여자는 단 하나뿐이라나.

루시   이 더러운 년아!

폴리   네가 더러운 년!

남편에게 얼마나 예쁜지 보여 줘야지.

루시 그럴래? 그럴래?

폴리 그래, 정말 웃음이 나오네.

루시 웃음이 나와? 웃음이 나온다?

폴리 말도 안 돼!

루시 아, 말도 안 돼!

폴리 누군가 나를 좋아하지 않는다면 말이야.

루시 어느 누구도 널 좋아하지 않아.

폴리 정말 그렇게 생각해? 어차피
이런 여자는 아무도 상대 안 한다고?

루시 그래, 두고 보면 알게 되겠지.

폴리 그럼, 두고 보자고.

루시 그래, 두고 보자고.

폴리와 루시 매키와 나, 우리는 비둘기처럼 평화롭게 살았어요.
그는 나만을 사랑해요, 뺏기지 않을 거예요.
솔직히 말해서
저런 썩을 년이 나타났다고
우리 사랑이 끝날 순 없잖아요!
기가 막혀!

매키스 자, 사랑하는 루시, 진정해, 응? 이건 그냥 폴리의 속임수야. 저 여자는 나랑 당신을 떼어 놓으려고 저러는 거야. 내가 교수형 당하면 내 미망인 행세를 하려고 저러는 거라고. 폴리, 정말 이건 적당한 때가 아니야.

폴리 당신, 나를 부인할 용기가 있어요?

맥키스 당신은 나랑 결혼했다고 계속 떠벌릴 용기가 있어? 폴리, 왜 나를 불행하게 만들려고 해? (비난하듯 머리를 흔든다) 폴리, 폴리!

루시 피첨 양, 사실 당신 혼자 웃음거리가 된 거예요. 그건 둘째 치고 이런 상황에 있는 남자를 이렇게 흥분시키다니 정말 어이가 없군요!

폴리 내 생각에 당신은 가장 기본적인 예의범절을 배워야 할 것 같군요. 부인이 있는 데서라면 좀 더 신중하게 그를 대해야 하는 거 아닌가요, 존경하는 아가씨.

맥키스 폴리, 정말 농담이 너무 심하잖아.

루시 존경하는 부인, 여기 감옥에서 소란을 피우신다면 어쩔 수 없이 교도관을 불러야겠어요. 교도관이 나가는 문을 알려 줄 겁니다. 유감스럽군요, 귀하신 아가씨.

폴리 부인이라고요, 부인! 당신에게 이 한마디는 해야겠어요. 친절하신 아가씨, 이런 우아한 척하는 태도는 당신한테 너무 안 어울리거든요. 남편 곁에 있는 건 내 의무예요.

루시 너 지금 뭐라고 했어? 뭐라고 했냐고? 아, 가지 않겠다는 거지! 거기 서 있다 밖으로 내쳐질망정 가지 않겠다! 더 확실하게 보여 줘야 알겠니?

폴리 이제 그만 더러운 입 좀 닥치지, 이 걸레야. 안 그러면 주둥이를 갈겨 버릴 테니까, 귀하신 아가씨!

루시 널 밖으로 던져 버리겠어, 이 뻔뻔스러운 년! 너 같은 건 확실히 해줘야 돼. 고상한 방식을 이해하지 못하니까.

폴리 네 고상한 방식! 오, 내 품위만 떨어지지! 그러기에 난 너무 착해서…… 나는……. (엉엉 운다)

루시 그럼 내 배를 봐, 이 잡년아! 맑은 공기를 마신다고 배가 이렇게 되는 줄 아니? 아직도 눈이 안 뜨여, 엉?

폴리 아, 그래! 애를 뱄네! 그렇다고 너무 자랑하는 거 아니야? 차라리 그이가 올라타지 못하도록 하면 좋았을 걸 그래, 고귀한 숙녀님!

매키스 폴리!

폴리 (울면서) 이거 정말 너무해요, 맥. 이런 일은 없었어야죠. 어떻게 해야 할지 모르겠어요.

피첨 부인이 등장한다.

피첨 부인 이럴 줄 알았어. 이놈한테 와 있을 줄 알았어. 이 더러운 년, 당장 이리 와. 이놈이 교수형 당하면 너도 목을 매겠다? 이 고상한 어미가 여기 감옥까지 와서 너를 끌어내게 하다니. 게다가 저놈은 한꺼번에 둘씩이나……. 네놈이 무슨 네로[33]라도 되는 줄 알아!

폴리 나를 내버려 둬요, 제발, 엄마. 엄마는 아무것도 몰라!

피첨 부인 집으로 가자, 당장.

루시 좀 들어요. 당신 엄마가 어떻게 해야 한다고 말씀하시

---

33 Nero(A.D. 37~A.D. 68). 방탕한 생활로 유명한 로마의 황제이다. 그는 애인 포페아와 결혼하기 위해 부인 옥타비아를 추방했다.

는지.

피첨 부인 빨리 가.

폴리 금방 갈게요. 전 단지……, 그이에게 얘기할 게 있어요. 정말로……, 아세요? 이건 정말 중요한 말이에요.

피첨 부인 (따귀를 때린다) 그래, 이것도 중요해. 빨리 가자!

폴리 오, 맥! (끌려 나간다)

맥 루시, 당신 정말 훌륭했어. 내가 저 여자에게 동정심을 느끼는 건 당연하잖아. 그래서 그 계집에게 응당 해야 할 행동을 못 한 거지. 당신도 처음엔 저 여자 말이 맞는다고 생각했지? 그렇지?

루시 그래요, 그렇게 생각했어요, 내 사랑.

맥 헛소문이 아니라면, 장모라는 사람이 어떻게 나를 이 지경으로 만들었겠어. 그 여자가 내 험담을 하는 거 들었지? 적어도 딸을 꼬셔 낸 놈이라면 모를까 사위를 그렇게 대하는 사람은 없어.

루시 당신이 이렇게 진심에서 이야기를 해주니 얼마나 행복한지 몰라요. 당신을 너무 사랑해서, 다른 여자 품에 있는 당신을 보느니 차라리 교수대에 있는 당신을 보는 게 낫겠어요. 참 이상하지 않나요?

맥 루시, 당신 때문에라도 더 살고 싶어.

루시 당신이 그런 말을 하다니 놀랍군요. 다시 한 번 말해줘요.

맥 루시, 당신 때문에 더 살고 싶어.

루시 그럼 나랑 도망갈래요, 내 사랑?

맥 그래, 하지만 당신도 알잖아. 우리가 함께 도망가면 숨기가 힘들어. 사람들이 추격을 그만두면 내가 당신을 바로 데려갈게. 초스피드로. 무슨 말인지 알겠지?

루시 어떻게 하면 당신을 도울 수 있는데요?

맥 모자와 지팡이를 가져와!

루시가 모자와 지팡이를 들고 돌아와서 감방으로 던져 준다.

스미스 (무대에 등장해서 감옥으로 들어가 맥에게 말한다) 지팡이를 이리 주십시오. (스미스가 의자와 쇠막대기를 가지고 맥을 이리저리 쫓지만 맥은 창살을 넘어간다. 경찰들이 그의 뒤를 추적한다. 브라운이 등장한다)

브라운 (목소리) 이봐, 맥! 맥, 제발, 대답을 해봐, 나 재키야. 맥, 제발, 기분 풀고 대답 좀 해봐, 더 이상 참을 수가 없어. (들어온다) 매키! 이게 뭐야? 도망쳤군. 다행이야! (나무 침상에 앉는다)

피첨 (감방 앞에 나타난다) 안녕하시오! 거기 매키스 씨입니까? (브라운은 아무 말이 없다) 아, 그렇군요! 다른 신사는 나들이를 가셨나? 범죄자를 면회하러 왔는데, 누가 앉아 있나 봤더니, 브라운 씨군요. 호랑이 브라운이 감방에 앉아 계시고, 그의 친구 매키스는 없다.

브라운 (신음 소리를 내며) 오! 피첨 씨, 내 잘못이 아니오.

피첨 확실히 아니죠. 당신이 손수 그런 건 아니겠죠. 뭐 때문에 그러겠어요. 그랬다간 상황이 어떻게 될 줄 뻔히 아는 마당에 그건 아니겠죠, 브라운.

브라운 피첨 씨, 지금 난 정신이 하나도 없소.

피첨 그런 거 같군요. 물론 불쾌하시겠죠.

브라운 그렇소. 이런 무기력한 기분 때문에 이렇게 넋이 나가는군요. 놈들은 자기 멋대로지. 끔찍하군. 정말 끔찍하다고.

피첨 좀 눕지 않으시겠어요? 그냥 눈을 감고 아무도 없는 것처럼 계세요. 어여쁜 흰 구름이 떠 있는 푸른 초원에 있다고 상상해 보십시오. 중요한 건 이런 소름 끼치는 일들을 당신 머릿속에서 몰아내는 겁니다. 이미 일어난 일과 특히 아직 일어나지 않은 일들을.

브라운 (불안하게) 무슨 말이오?

피첨 당신이 정말 놀랍게도 잘 버틴다는 말입니다. 이런 상황이라면 난 그냥 무너져서 침대로 기어 들어가 따뜻한 차나 마실 겁니다. 누군가 내 이마 위에 손을 올려놓는 걸 그저 바라보면서.

브라운 제기랄, 그 녀석이 도망친 건 내 책임이 아니라니까! 이런 경우 경찰이 무슨 일을 할 수 있겠소.

피첨 그럴 경우 경찰이 아무것도 할 수 없다고요? 여기서 매키스 씨를 다시 볼 거라곤 생각하지 않으시는군요?

브라운이 어깨를 으쓱한다.

그러면 당신은 끔찍하게 부당한 일을 겪게 될 텐데요. 사람들은 경찰이 그자가 도망치도록 두지 말았어야 했다고 거듭 말하겠지요. 그래요, 화려한 대관식 행렬을 아직 못 봤으니까.

브라운 그게 무슨 말입니까?

피첨 어떤 역사적 사건을 상기시켜 드릴까요? 기원전 1400년에 대단한 이목을 끌었었지만 오늘날에는 별로 알려지지 않은 사건이 있죠. 이집트의 왕 람세스 2세가 죽었을 때 니니베인지 카이로인지의 경찰대장이 하층민들에게 어떤 사소한 잘못을 저질렀습니다. 그 결과는 정말 끔찍했어요. 역사서에 따르면 세미라미스 여왕의 대관식 행렬은 〈하층민이 격렬하게 참여해서 재난의 연속〉이 되었다고 합니다. 그런데 역사가들은 세미라미스 여왕이 그 경찰 대장에게 내린 끔찍한 처벌에 경악을 금치 못했죠. 기억이 희미하긴 하지만, 뱀들이 그의 가슴을 파먹게 했다고 하던가.

브라운 정말이오?

피첨 주님께서 당신과 함께하시기를 빌겠소, 브라운. (퇴장한다)

브라운 이제 가차 없이 무력을 쓸 수밖에 없군. 경관들, 집합, 비상이다!

막이 내린다. 매키스와 선술집 제니가 막 앞에 등장해서 노래 조명을 받으며 노래를 부른다.

두 번째 서푼짜리 피날레[34]

맥 정직하게 살고 죄와 악행을 저지르지 말라고
   우리를 가르치는 신사 양반들.
   우선 우리에게 먹을 걸 줘야지.
   그럼 말할 수 있지, 그때부터 시작하라고.
   당신들의 배때기와 우리의 정직함을 좋아하는 당신들
   이것만은 꼭 알아 두길.
   당신들이 아무리 둘러대고 속임수를 쓸지라도
   우선은 처먹고 나서야 다음이 도덕이라는 것을.
   가난한 사람들도
   커다란 빵 덩이에서 자기 몫을 얻을 수 있어야지.

무대 뒤에서   도대체 인간은 무엇으로 사나요?

맥 도대체 인간이 무엇으로 사느냐고? 매 순간 인간을 괴롭히고, 벗겨 먹고, 덮치고, 목 조르고, 먹어 치우며 살지.
   자신이 인간이라는 걸 까맣게
   잊어버려야만 인간은 살 수 있다네.

합창   신사 양반들, 착각하지 말아요.
   인간은 악행으로만 살 수 있어요.[35]

선술집 제니   계집이 언제 치마를 들어 올리고 눈을 다소곳하게

---

34 2. Dreigroschen-Finale.
35 「마태오의 복음서」 4장 4절 참조.

떠야 하는지 우리에게 가르치는 당신들.
우선 우리에게 먹을 걸 줘야지요.
그럼 얘기할 수 있어요, 그때부터 시작하라고요.
우리의 수치심과 당신들의 쾌락을 원하는 당신들
이것만은 꼭 알아 두세요.
당신들이 아무리 둘러대고 속임수를 쓸지라도
우선은 처먹고 나서야 다음이 도덕이라는 것을.
가난한 사람들도
커다란 빵 덩이에서 자기 몫을 얻을 수 있어야죠.

무대 뒤에서   도대체 인간은 무엇으로 사나요?
선술집 제니   도대체 인간은 무엇으로 사냐고? 매 순간 인간을
괴롭히고, 벗겨 먹고, 덮치고, 목 조르고, 먹어 치우며 살지.
자신이 인간이라는 걸 까맣게 잊어버려야만
인간은 살 수 있다네.
합창   신사 양반들, 착각하지 말아요
인간은 악행으로만 살 수 있어요.

막이 내린다.

제3막

제7장

같은 날 밤 피첨은 출발할 채비를 한다.
극빈층의 시위로 그는 대관식 행렬을 방해하려고 한다.

피첨의 거지 의상실.

거지들은 〈내 눈을 왕에게 바쳤다〉 등등의 문구를 팻말에 쓰고 있다.

피첨 여러분, 이 시각 드루어리 레인에서 턴브리지에 이르는 우리 열한 개 지점에서 1,432명이 여러분들처럼 이런 팻말을 가지고 여왕의 대관식에 참여하기 위해 움직이고 있습니다.

피첨 부인 빨리! 빨리! 일하지 않으려면 구걸도 하지 마. 눈이 멀었나, K 자 하나도 제대로 못 쓰게? 그건 어린애 필체잖아, 늙은이 필체가 아니고.

요란한 북소리.

거지 이제 대관식 경호병들이 총을 들고 대열로 정렬을 하겠군. 군대 생활 중 가장 명예로운 오늘, 우리랑 엮일 줄은 상상도 못하겠지.
필치 (안으로 들어와서 보고한다) 저기 밤잠 안 자는 암탉 같은 년 열두어 명이 바빠 오고 있습니다. 피첨 부인. 여기서 돈을 받아야 한다고 하네요.

창녀들이 등장한다.

제니 부인.
피첨 부인 자, 너희들 꼭 나무에서 떨어진 원숭이 같은 황당한 표정이구나. 매키스를 넘긴 대가로 돈을 받으러 왔겠지. 하지만 한 푼도 줄 수 없어, 알겠니? 한 푼도.
제니 어떻게 그럴 수가 있죠, 부인?
피첨 부인 한밤중에 불시에 들이닥치다니. 새벽 3시에, 점잖은 이 집에 말이야! 영업이 끝났으면 차라리 잠이나 더 자지. 몰골들은 병든 암탉같이 해가지고.
제니 그러니까 우리가 매키스 씨를 체포하는 데 대한 사례금을 받을 수 없다는 말인가요, 부인?
피첨 부인 그래, 똥물이나 받아 가! 배신의 대가는 없어.

제니 도대체 왜죠, 부인?

피첨 부인 왜냐하면 그 결백한 매키스 씨가 또 다시 흔적도 없이 사라졌기 때문이지. 그 때문이야. 이제 점잖은 우리 집에서 빨리 나가시지, 숙녀 여러분.

제니 정말 믿을 수가 없군요. 이러지 마세요. 이 말은 해야겠어요. 우리에게 이러시면 안 되죠.

피첨 부인 필치, 숙녀분들이 나가고 싶어 하신다.

필치가 여자들에게 다가가자 제니가 그를 밀어낸다.

제니 당신에게 부탁드리고 싶군요, 그 더러운 주둥이 좀 닥치라고. 안 그러면 무슨 일이 일어날지……

피첨이 등장한다.

피첨 무슨 일이야? 당신, 돈을 주지는 않았겠지. 자, 어때, 숙녀 여러분? 매키스 씨가 지금 감옥에 있나, 없나?

제니 매키스 씨 일로 더 이상 괴롭히지 마세요. 당신은 그이의 발치에도 못 미치니까요. 난 오늘 밤 손님을 그냥 보내야 했어요. 그 신사를 당신에게 판 일을 생각하고 베개에 파묻혀 울었거든요. 그래요, 여러분. 오늘 아침에 무슨 일이 일어났는지 아세요? 한 시간도 채 되지 않아 울다가 잠이 들었는데 휘파람 소리가 들렸어요. 나를 울게 했던 바로 그 신사가 길가에 서 있는 거예요. 그이는 열쇠를 아래로 던져 달라고 했죠. 내 품에 안겨서 내가 그에게 저질렀던 배신을 잊어버리고 싶어 했어요. 그이는 런던의 마지막 신사예요, 여러분. 우리 동료 수키 토드리가 여기 같이 오지 않은 이유는 그이가 그녀에게도 들렀기 때문이에요. 그녀를 위로해 주기 위해서죠.

피첨 (혼자서) 수키 토드리라고.

제니 당신이 이 신사의 발치에도 못 미친다는 걸 이제 아시겠죠. 이 비열한 앞잡이.

피첨 필치, 빨리 가까운 경찰 초소로 가. 매키스 씨가 수키 토드리 양과 같이 있네. (필치가 퇴장한다) 하지만 숙녀 여러분, 우리가 왜 싸우지요? 돈은 당연히 지불될 겁니다. 셀리아, 숙녀들에게 무례하게 굴지 말고 가서 커피를 끓여 와.

피첨 부인 (퇴장하면서) 수키 토드리!

이제 한 사람이 교수대에서 처형되게 생겼어요.
무덤에 넣을 석회도 이미 사놓았죠.[36]
그의 생명은 썩은 동아줄에 달려 있어요
하지만 그의 머릿속은 아직도 무슨 생각?
계집 생각.
이미 교수대에 서 있건만, 그는 아직도 그 생각뿐.
이것이 성의 노예예요.
어쨌든 그는 이제 통째로 팔린 몸.

---

36 무덤에 물이 고이는 것을 방지하고 무덤 주위의 흙을 단단하게 하며 박테리아의 활동을 억제하기 위해 무덤을 만들 때 흙에 석회를 섞어 넣는다.

>   그녀의 손에서 배신의 대가를 보았죠.
>   이제야 그는 이해하기 시작했어요.
>   계집의 구멍이 무덤 구멍이었다는 걸.
>   혼자서 분노로 미쳐 날뛰겠지만
>   밤이 되면 다시 올라타고 있겠죠.

피첨 빨리! 빨리! 너희들은 벌써 턴브리지의 하수구에 빠져 뒈졌을 게다. 내가 밤잠을 설치면서 가난을 이용해서 한 푼이라도 건질 수 있는 방법을 간구하지 않았다면 말이지. 이 지상의 불행은 부자들 때문에 시작되지만 그들이 불행을 똑바로 바라보지 못한다는 사실도 알아냈지. 그들은 바로 너희들처럼 약골에 멍청이들이니까. 부자들은 죽을 때까지 처먹어야 하고, 식탁에서 떨어지는 빵 부스러기도 기름지도록 마룻바닥에 버터 칠을 하는 작자들이거든. 그래도 배고파서 쓰러지는 사람을 태연하게 보고만 있을 수는 없을 거야. 물론 그들의 집 앞에서 쓰러져야지.

피첨 부인이 커피 잔들을 받친 쟁반을 들고 등장한다.

피첨 부인 내일 상점에 들러서 돈을 받아요. 하지만 대관식이 끝난 다음에.

제니 피첨 부인, 할 말이 없네요.

피첨 집합! 한 시간 후에 버킹엄 궁전 앞에서 모인다. 앞으로 가!

거지들이 대열을 정렬한다.

필치 (뛰어 들어온다) 경찰입니다. 초소까지 가지도 못했어요. 경찰이 벌써 왔습니다!

피첨 숨어! (피첨 부인에게) 이제부터 내가 〈순박한〉이라고 말하면 악대를 소집해, 앞으로! 내 말 알아듣겠어? 〈순박한!〉

피첨 부인 〈순박한〉요? 무슨 말인지 모르겠어요.

피첨 당연히 당신은 이해 못 하지. 그럼 내가 〈순박한〉이라고 말하면 (문을 두드리는 소리가 들린다) ─ 다행이군, 암호가 있으니 ─ 〈순박한〉이라는 말이 있으면, 너희들은 아무 음악이나 연주해. 이제 가!

피첨 부인이 거지와 함께 퇴장한다. 〈군부 폭압의 희생자〉라는 팻말을 든 소녀를 제외하고 거지들은 자기 물건을 가지고 옷걸이 뒤에 숨는다. 브라운과 경찰관이 등장한다.

브라운 자, 이제 단호한 조치를 취할 것입니다, 거지들의 친구 씨. 당장 사슬로 묶어, 스미스. 아, 재밌는 팻말들이 있군. (소녀에게) 〈군부 폭압의 희생자〉가 당신이요?

피첨 안녕하세요, 브라운. 좋은 아침입니다. 잘 주무셨소?

브라운 엉?

피첨 안녕하시오, 브라운.

브라운 저자가 나한테 뭐라는 거야? 너희들 중에 저자를 아는 사람이 있나? 난 당신을 아는 영광을 누리지 못한 것 같은데.

피첨 그래, 날 몰라? 안녕하시오, 브라운.

브라운 저놈의 모자를 벗기시오.

스미스가 피첨의 모자를 벗긴다.

피첨 보시오, 브라운. 이제 당신이 지나는 길에 들르셨으니 — 내 말은 지나는 길이라는 말이죠 — 브라운, 매키스라는 작자를 감옥에 투옥시키라고 부탁할 수 있겠군요.

브라운 저 남자가 미쳤군. 웃지 말게, 스미스. 어떻게 그 악명 높은 범죄자가 런던에서 활개를 치고 다니는 게 가능한지 말해 보시오, 스미스.

피첨 당신 친구이기 때문이지, 브라운.

브라운 누가?

피첨 매키 메서요. 난 아닙니다. 난 범죄자가 아니거든요. 난 가난한 사람이오, 브라운. 당신이 나를 이렇게 막 대할 수는 없소, 브라운. 당신은 곧 생애 최악의 순간을 맞이할 테니까. 커피 마시겠소? (창녀들에게) 얘들아, 경찰청장님께 한 모금 따라 드려라. 예의를 갖춰야지. 우리는 모두 사이좋게 지낸답니다. 우린 모두 법대로 살죠! 법은 오로지 법을 이해하지 못하거나 찢어지게 가난해서 법을 지킬 수 없는 사람들을 착취하기 위해 만들어진 것이니까요.

브라운 그래, 당신은 재판관을 매수할 수 있다고 생각하는군!

피첨 반댑니다, 나리, 정반대예요! 재판관은 전혀 매수할 수가 없죠. 어떤 돈으로도 재판관이 정의를 말하도록 매수할 수는 없으니까요!

두 번째 북소리.

인간 울타리를 만들려고 일개 부대가 행진을 시작하는군요. 반 시간 후 가난한 자들 중에서도 가장 가난한 자들이 행진을 할 겁니다.

브라운 그래, 옳소, 피첨 씨. 가난한 자들 중 가장 가난한 자들이 30분 후 올드 베일리의 감옥, 즉 겨울 숙소로 행진을 할 것이오. (경찰관들에게) 자, 젊은이들, 저기 있는 것들을 다 잡아들여. 여기 있는 애국자들을 다 잡아들여. (거지들에게) 호랑이 브라운에 대해서 들어 봤나? 오늘 밤, 피첨, 난 해결책을 발견했소. 이렇게 말해도 된다면, 생명의 위험으로부터 한 친구를 구해 내는 거야. 당신의 소굴 전체를 소탕해서 말이지. 몽땅 가두는 거야. 무슨 죄목으로? 그러니까 노상 구걸이지. 당신이 이런 날 나와 여왕님한테 거지들을 귀찮게 떠맡기려고 하나 본데, 그러니 이 거지들을 체포해야겠어. 좀 배우시게.

피첨 아주 좋아. 다만 어떤 거지를 말하는 거지?

브라운 자, 여기 이 병신들 말이야. 스미스, 이 애국자들을 당장 데려가.

피첨 브라운, 너무 서두르지 말라고 충고하고 싶소. 다행이오, 브라운, 당신이 내게 왔으니. 보시오, 브라운. 당신은 이 순박한 사람들을 물론 체포할 수 있겠죠. 이 〈순박한〉!

음악이 시작되고, 미흡함의 노래 중 몇 소절이 미리 연주된다.

브라운 이게 도대체 뭐야?
피첨 음악이오. 할 수 있는 한 최선을 다해 연주하는 겁니다. 미흡함의 노래죠. 모르시오? 좀 배우시오.

노래 조명. 칠판에 〈인간적 노력의 미흡함에 대한 노래〉라고 적혀 있다.

인간적 노력의 미흡함에 대한 노래[37]

피첨   인간은 머리를 써서 살아야 하지만
머리가 충분치 않아.
시도해 봤자, 머리를 굴려 봤자,
이 한 마리나 살릴 수 있을까.

이 세상을 살기에
인간은 충분히 교활하지 않네.
세상의 기만과 사기를
결코 알아채지 못하니.

---

37 Lied von der Unzulänglichkeit menschlichen Strebens.

그래, 계획을 세워 봐,
위대한 빛이 되리라고.
그러고 나서 두 번째 계획을 세우지만
둘 다 실현되지 않네.

이 세상을 살기에
인간은 충분히 악하지 못해.
하지만 그의 고귀한 노력은
아름다운 행진.

자, 행운을 향해 달려 봐.
하지만 너무 달리지는 마.
모두들 행운을 좇아 앞으로 달려가지만
행운은 뒤에 있다네.

이 세상을 살기에
인간은 만족을 모르네.
그런고로 그의 온갖 노력은
단지 자기기만일 뿐.

브라운, 당신의 계획은 기발하긴 해도 실현 불가능하오. 당신이 여기서 체포할 수 있는 건 여왕의 대관식을 위해서 작은 기념 행사를 기쁘게 준비한 젊은 사람들뿐이오. 정말 가난한 사람들이 온다면 — 여기에는 아직 아무도 없지만 — 아시다시피, 수천 명이 몰려올 거요. 바로 그 거요. 당신이 가난한 사람들의 숫자가 어마어마하다는 걸 잊고 있다는 겁니다. 그 사람들이 교회 앞에 서 있다면 그건 전혀 축제라고 할 수 없죠. 그 사람들은 몰골이 좋지가 않아요. 안면 단독이 뭔지 아시죠, 브라운? 그런데 안면 단독에 걸린 120명이라? 젊은 여왕님이 장미꽃 위에 누우셔야지, 안면 단독 걸린 사람들에게 둘러싸여서는 안 되지요. 게다가 불구자들이 교회 현관에 있다니. 우린 그런 일이 일어나지 않게 해야죠, 브라운. 당신은 경찰이 우리 같은 가난한 사람들을 끝장낼 거라고 말하겠죠. 하지만 당신조차도 그 말을 믿지는 않을 거요. 대관식에서 6백 명의 가난한 병신들이 곤봉으로 얻어터진다면 어떨까요? 모양새가 고약할 겁니다. 역겨워 보이겠죠. 보는 사람이 메스꺼워질 겁니다. 그걸 생각하니 힘이 쭉 빠지네요, 브라운. 의자 좀 가져와, 어서.

브라운 (스미스에게) 이건 협박이야. 당신, 이건 공갈이라고! 저자에게 아무 짓도 할 수가 없다니. 공공질서 때문에 저자에게 아무런 조치도 취할 수 없다니. 이런 일은 처음이야.

피첨 하지만 지금 일어났잖소. 한 가지만 말하겠소. 영국 여왕에게는 당신 뜻대로 할 수 있소. 하지만 런던에서 가장 가난한 사람을 짓밟으면 안 됩니다. 그러면 브라운은 끝장날 거요, 브라운 씨.

브라운 그럼 내가 매키 메서를 체포해야 한다는 거요? 체포를? 말씀 잘하셨소. 하지만 그가 어딨는지 알아야 체포를 하잖소.

피첨 그렇지! 그럼 내가 그자를 찾아 드리죠. 아직 도덕이 있는지 한번 두고 봅시다. 제니, 매키스 씨가 어디에 있지?

제니 옥스퍼드 거리 21번지, 수키 토드리 집에 있죠.

브라운 스미스, 당장 옥스퍼드 거리 21번지, 수키 토드리에게 가서 매키스를 체포하고 올드 베일리로 데려와. 난 그동안 예복을 갖춰 입어야겠어. 이런 날에는 정장을 해야지.

피첨 브라운, 그자가 6시에 교수형을 당하지 않는다면 —

브라운 오, 맥, 일이 잘 안 됐어. (경찰관들과 함께 퇴장한다)

피첨 (뒤에 대고 소리를 지른다) 좀 배워 두시오, 브라운!

세 번째 북소리.

세 번째 북소리다. 행진 계획을 변경한다. 새로운 방향은 올드 베일리 감옥이다. 행진!

거지들 퇴장한다.

> 인간은 전혀 선하지가 않네.
> 그러니 그의 머리통을 내려쳐.
> 머리통을 한 방 맞으면
> 아마 선량해질걸.

이 세상을 살기에
인간은 충분히 선하지 않네.
그러니 걱정 말고 얼른
그의 머리통을 내려치라고.

막이 내려온다. 막 앞에 제니가 손풍금을 가지고 나와서 노래한다.

솔로몬의 노래[38]

제니 현명한 솔로몬을 보았죠.
그가 어떻게 되었는지 아실 거예요.
그에겐 모든 게 분명했지만
그는 태어난 시간을 저주했어요.
그리고 모든 것이 허황됨을 알게 되었죠.[39]
솔로몬은 얼마나 위대하고 현명했는지!
하지만 보세요, 아직 밤이 오기도 전에
세상은 이미 그 결말을 보았죠.
지혜가 그를 그렇게 만들었으니
부럽구나, 지혜 없는 자여!

---

38 Salomo-Song. 비용의 「사랑의 어리석음에 관한 발라드Ballade von den Torheiten der Liebe」가 본보기가 되었다. 1939년 브레히트는 새로운 연을 추가하여 이 노래를 「억척어멈과 자식들」에서 다시 사용한다.
39 「전도서」 1장 2절 참조.

아름다운 클레오파트라를 보았죠.
그녀가 어떻게 되었는지 아실 거예요!
두 황제가 그녀를 강탈하기 위해 덮쳤죠.[40]
그래서 그녀는 죽도록 서방질을 하다
시들어 먼지가 되었죠.
바빌론은 얼마나 아름답고 위대한지!
보세요, 아직 밤이 오기도 전에
세상은 이미 그 결말을 보았죠.
아름다움이 그녀를 그렇게 만들었으니
부럽구나, 아름답지 않은 자여!

그다음에는 용감한 카이사르를 보았죠.
그가 어떻게 되었는지 아실 거예요!
신처럼 제단에 앉아 있다가
암살당했죠, 그대들도 알다시피.
가장 위대했던 시기에.
어찌나 크게 외쳤던지, 〈내 아들아, 너마저도!〉[41]
보세요, 아직 밤이 오기도 전에
세상은 이미 그 결말을 보았죠.

---

40 이집트의 여왕 클레오파트라는 먼저 로마의 지배자 카이사르의 부인으로 그와의 사이에서 아들을 하나 낳았다. 카이사르가 죽은 후 그녀는 카이사르의 군대 지휘관 마르쿠스 안토니우스의 부인이 되지만 나중에 그와 함께 자살한다.

41 카이사르가 암살당할 때, 가장 신임했던 브루투스가 자기를 공격하는 것을 보고 외친 말이다.

용감함이 그를 그렇게 만들었으니
부럽구나, 용감하지 않은 자여!

이제 매키스 씨를 보세요.
그는 전혀 인색하지 않았고
연거푸 우리에게 선물을 했죠.
그러다 빈털터리가 되자
팔려 가서 교수형을 당했죠.
그는 우리에게 일곱 배의 보수를 주었어요.
하지만 보세요, 아직 밤이 오기도 전에
세상은 이미 그 결말을 보았죠.
낭비가 그를 이제 이렇게 만들었으니
부럽구나, 낭비벽이 없는 자여!

제8장

재산을 둘러싼 싸움.

올드 베일리에 있는 루시의 방.

스미스 아가씨, 폴리 매키스 부인이 만나고 싶어 하십니다.
루시 매키스 부인? 들어오라고 해.

폴리가 등장한다.

폴리 안녕하세요, 부인, 좋은 하루죠, 부인!
루시 자, 뭘 원하죠?
폴리 날 알아보시겠어요?
루시 물론 알지요.
폴리 지난 일에 대해 용서를 구하러 왔어요.
루시 아주 재미있군요.
폴리 어제 행동에 대해서는 변명할 여지가 없어요. 내가 운이 없었던 거죠.
루시 그래요, 그래.
폴리 부인, 나를 용서해 주세요. 어제는 매키스 씨의 태도 때문에 화가 많이 났어요. 그이가 정말로 우리를 이런 상황에 빠지게 하다니, 정말 너무하죠. 그렇지 않나요? 당신도 그이를 만나면 이 말을 하세요.
루시 난, 난 그이를 만나지 않을 거예요.
폴리 만나야지요.
루시 만나지 않을 거예요.
폴리 미안합니다.
루시 그이는 당신을 좋아해요.
폴리 아니에요, 그이는 당신만을 사랑해요, 난 알 수 있어요.
루시 아주 호의적이시네요.
폴리 하지만 부인, 남자란 자기를 너무 사랑하는 여자에게 항상 두려움을 갖지요. 물론 그래서 그 여자를 버리고 피하게 된답니다. 나는 그이가 내가 알 수 없는 방식으로 당신에게 책임감을 가지고 있다는 걸 첫눈에 알았어요.

루시 정말 솔직히 그렇게 생각하세요?

폴리 물론이죠, 맞아요. 아주 솔직하게요. 부인, 부탁해요.

루시 폴리 아가씨, 우리 둘 다 그를 너무 사랑하는군요.

폴리 아마도 그럴 거예요. (침묵한다) 부인, 이제 일이 어떻게 된 건지 설명해 드릴게요. 열흘 전에 난 처음으로 매키스 씨를 오징어 호텔에서 봤어요. 내 어머니도 거기 같이 계셨죠. 그로부터 닷새 후 그러니까 대략 엊그제 우리는 결혼했어요. 그리고 어제 경찰이 수많은 범죄를 저지른 그를 찾고 있다는 걸 알았죠. 이제 어떻게 될지 모르겠어요. 열이틀 전까지만 해도 내가 이렇게 한 남자에게 빠지게 될 줄은 꿈에도 상상하지 못했죠.

침묵한다.

루시 이해할 수 있어요, 피첨 아가씨.

폴리 매키스 부인이에요.

루시 매키스 부인.

폴리 어쨌거나 지는 몇 시간 동안 그 인간에 대해 깊이 생각해 봤어요. 간단한 문제가 아니죠. 아시겠지만, 아가씨, 난 그이가 최근에 당신에게 보여 준 행동을 보고 당신이 너무 부러웠어요. 내가 그 자리에서 떠나야만 했을 때, 물론 엄마에게 끌려간 거지만, 그이는 일말의 애석함도 느끼지 않더군요. 아마도 그이는 감정이 없는 거 같아요. 그 대신 가슴속에 돌덩이가 들어앉아 있나 봐요. 어떻게 생각하세요, 루시?

루시 그래요, 아가씨. 물론 잘못이 모두 매키스에게만 있는지는 잘 모르겠어요. 당신은 당신 세계에 머물렀어야 했어요, 아가씨.

폴리 매키스 부인이에요.

루시 매키스 부인.

폴리 맞아요. 아니면 우리 아빠가 항상 그러셨던 것처럼, 어떤 걸 하든 사업을 염두에 두고 했어야 했어요.

루시 말해 봤자 잔소리죠.

폴리 (운다) 그는 내가 가진 전부예요.

루시 아가씨, 그건 아무리 영리한 여자에게라도 일어날 수 있는 불운이에요. 하지만 당신은 형식적으로는 그의 부인이잖아요. 그러니 진정하세요. 난 당신이 그렇게 낙담하는 걸 더 보지 못하겠네요. 뭐 간단한 거라도 드시겠어요?

폴리 네? 간단한…… 뭐라고요?

루시 뭘 먹자고요!

폴리 예, 그러죠, 간단한 걸 먹죠.

루시 (퇴장한다)

폴리 (혼잣말로) 대단한 년이야!

루시 (커피와 케이크를 들고 돌아온다) 자, 이거면 될 거예요.

폴리 너무 애쓰시네요, 부인. (침묵. 먹는다) 저기 그의 멋진 사진이 있네요. 그이가 언제 저걸 가져왔죠?

루시 가져오다니요?

폴리 (천연덕스럽게) 내 말은 그이가 언제 당신에게 저걸 줬냐고요?

루시 그이가 준 게 아니에요.

폴리 그럼 그이가 당신한테 준 게 아니라 당신 방에게 직접 놓아둔 건가?

루시 이 방에 오지도 않았어요.

폴리 아, 그래요. 그럼 아무 것도 없어야죠, 안 그래요? 운명의 오솔길이 얽히고설켰군요.

루시 그런 말도 안 되는 소리 계속하지 마세요. 여기 염탐하러 온 거였군요.

폴리 그이가 어디 있는지 아시죠, 그렇죠?

루시 내가요? 당신은 모르세요?

폴리 어디 있는지 당장 말해요.

루시 아니요, 난 몰라요.

폴리 아, 어디 있는지 모른다고요. 맹세코 몰라요?

루시 몰라요. 그러면 당신도 모른다는 얘긴가요?

폴리 몰라요. 끔찍하군요.

폴리는 웃고, 루시는 운다.

두 명을 책임지고 있으면서도 이렇게 사라져 버리다니요.

루시 더 이상 못 참겠어요. 아, 폴리, 너무 끔찍해요.

폴리 (쾌활하게) 루시, 난 기뻐요, 이런 비극의 말미에 당신 같은 친구를 만나게 돼서. 어쨌거나. 뭐 좀 먹을래요. 케이크라도 좀…….

루시 그래요. 좀 먹어요! 아, 폴리, 그렇게 친절하지 않아도 돼요. 정말로 난 그럴 자격이 없어요. 아, 폴리, 남자들도 그럴 가치가 없어요.

폴리 당연히 남자들은 그럴 가치가 없죠. 하지만 어쩌겠어요?

루시 아니요! 이제 확실히 할게요. 폴리, 날 나쁜 년으로 생각하겠죠?

폴리 뭘요?

루시 이 애는 진짜가 아니에요.

폴리 누구요?

루시 여기 이 애요. (자기 배를 가리킨다) 모두 다 그 날강도 때문이에요.

폴리 (웃는다) 아, 훌륭해! 가짜 배야? 오, 넌 정말 대단한 년이구나! 매키를 차지하려고? 너한테 그냥 선물로 줄게. 너 가져, 그이를 찾으면! (복도에서 목소리랑 발소리가 들린다) 뭐야?

루시 (창가에서) 매키다! 그를 다시 잡았어.

폴리 (주저앉는다) 이제 다 끝났어.

피첨 부인이 등장한다.

피첨 부인 아, 폴리, 여기 있었구나. 옷 갈아입어라, 네 남편이 교수형을 당할 테니까. 상복을 가져왔다.

폴리가 상복으로 갈아입는다.

그림처럼 아름다운 미망인으로 보일 거야. 좀 환한 표정을 지어 봐.

제9장

금요일 아침 5시. 다시 창녀에게 갔다가 또다시 밀고당한 매키 메서. 그는 이제 교수형을 당한다.

웨스터민스터의 종이 울린다. 경찰관이 매키스를 결박해서 감옥으로 데려온다.

스미스 그를 데리고 이리 들어와. 웨스트민스터의 첫 번째 종소리가 벌써 울리네. 얌전히 서시오. 당신 몰골이 왜 그리 망가졌는지 알고 싶지도 않소. 치욕스럽겠지. (경찰관들에게) 웨스트민스터의 종이 세 번째로 울리고, 6시가 되면 그는 교수형에 처해질 것이다. 모두 다 준비해 둬.

경찰관 이미 15분 전부터 뉴게이트의 모든 거리가 온갖 계층의 사람들로 꽉 차 있어서 뚫고 지나갈 수가 없습니다.

스미스 이상하군. 사람들이 알았나?

경찰관 이런 식으로 가면, 15분 이내에 런던 전체가 알게 될 겁니다. 그러면 대관식 행렬에 갔던 사람들이 죄다 이리로 몰려올 겁니다. 그리고 여왕님은 텅 빈 거리를 지나게 될 것입니다.

스미스 그러니까 일을 빨리빨리 처리해야 해. 일이 6시에 끝나야 사람들이 7시까지 때맞춰 대관식 행렬에 가지. 빨리 시작해.

맥 여보시오, 스미스, 지금 몇 시죠?

스미스 당신은 눈이 없소? 5시 4분이오.

맥 5시 4분.

스미스가 막 감방 문을 밖에서 닫으려고 할 때 브라운이 온다.

브라운 (감방에 등을 돌린 채 스미스에게 묻는다) 그가 안에 있나?

스미스 그를 보시겠습니까?

브라운 아니, 아니, 아니. 제발, 자네 혼자 처리하게. (퇴장한다)

맥 (갑자기 나직하게 장광설을 쏟아 내며) 자, 스미스, 난 아무 말도 하지 않을 겁니다. 매수에 대한 얘기는 전혀 하지 않을 거니 두려워 마시오. 난 모든 걸 알고 있소. 당신이 매수를 당한다면 적어도 나라 밖으로 추방당하겠지. 그래, 틀림없어. 그래도 당신은 평생토록 경제적으로 걱정할 필요 없이 많은 걸 얻게 될 것이오. 1천 파운드, 어때요? 아무 말도 하지 않을 겁니까? 당신이 이 1천 파운드를 오늘 오후에 받을 수 있는지 20분 안에 말해 주겠소. 난 즉흥적으로 말하는 게 아니오. 나가서 심각하게 생각해 보시오. 인생은 짧고 돈은 빠듯하니. 아직은 내가 얼마를 만들 수 있는지 잘 모르겠소. 하지만 누군가 들어오려고 하거든 내게 보내 주시오.

스미스 (천천히) 말도 안 되는 소리요, 매키스 씨. (퇴장한다)
맥 (나지막하면서 조급한 템포로)

    동정을 구하는 목소리를 들어 보시오.
    매키스가 산사나무 아래 누워 있는 것이 아니라네.
    아니, 너도밤나무 아래도 아닌, 무덤 속에 누워 있다네!
    분노의 운명이 그를 삼켜 버렸지.

    두껍디두꺼운 벽이 이제 그를 가둬 버렸네!
    그대들이여, 그의 마지막 말을 듣기를!
    친구들이여, 그대들은 도대체 그가 어디 있는지 묻지도 않는가?
    그가 죽으면 아이어바인[42]이나 끓여 먹겠지.
    하지만 그가 살아 있는 한, 그의 편을 들어야지!
    그대들은 그의 고통이 영원하기를 바라는가?

매시어스와 제이콥이 복도에 나타난다. 그들이 매키스를 보

---

[42] Eierwein. 포도주에 레몬즙과 설탕, 향료, 계란을 넣고 끓인 다음 차갑게 식혀서 먹는 독일의 음료이다.

려고 하자 스미스가 말을 건다.

스미스 저런, 젊은이! 몰골이 내장을 빼낸 청어 같군.
매시어스 대장이 사라진 이후로 난 아가씨들을 임신시켜야 했거든요. 아가씨들이 면책 조항에 해당하도록 하기 위해서죠! 이런 사업을 견뎌 내려면 체질이 말 정도는 되어야 합니다. 대장과 얘기해야겠어요.

두 사람이 맥에게로 다가간다.

맥 5시 25분. 참 여유도 부리는구나.
제이콥 자, 마침내 우리는······.
맥 결국, 결국, 나는 교수형에 처해질 걸세, 이 친구야. 하지만 너희들에게 분통을 터뜨릴 시간이 없어. 5시 28분이야. 그러니까 너희들 개인 계좌에서 당장 얼마나 뽑을 수 있냐?
매시어스 우리 계좌요. 새벽 5시에?
제이콥 정말 지금요?
맥 4백 파운드, 가능해?
제이콥 그럼 우리는요? 그게 전 재산인데.
맥 교수형을 당하는 게 너희냐, 나냐?
매시어스 (흥분해서) 몰래 도망치지 않고 수키 토드리한테 간 게 우립니까? 수키 토드리랑 잠을 잔 게 우립니까, 대장입니까?

맥 아가리 닥쳐. 난 그 화냥년이 아니라 곧 다른 데 가서 눕게 될 판이야. 5시 30분.

제이콥 그럼, 바로 그렇게 해야겠어, 매시어스.

스미스 브라운 씨가 식사로 뭘 드실지 물어 보랍니다.

맥 내버려 둬. (매시어스에게) 할 거야, 말거야? (스미스에게) 아스파라거스로.

매시어스 내게 소리 지르는 건 못 참아.

맥 너한테 소리 지르는 게 아니잖아. 이건 단지…… 그러니까 매시어스, 내가 교수형 당하게 둘 거냐고?

매시어스 물론 당신을 교수형 당하게 내버려 둘 순 없지. 누가 그런 말을 해? 하지만 게 전부라니까. 4백 파운드가 다야. 이런 말이야 해도 되겠지.

맥 5시 38분.

제이콥 자, 하지만 시간이 문제야, 매시어스. 시간이 지나면 아무 소용이 없게 된다고.

매시어스 우리가 뚫고 지나갈 수만 있다면! 죄다 꽉 차 있는데. 빈민들로 말이지.

맥 너희들이 6시 5분 전에 오지 않으면 날 다시는 못 볼 거야. (소리를 지른다) 나를 다시는 못 본다고!

스미스 벌써 갔소. 자, 어때요? (돈을 세는 시늉을 해 보인다)

맥 4백.

스미스 (어깨를 들썩이고 퇴장한다)

맥 (뒤에 대고 소리친다) 브라운과 얘기하겠소.

스미스 (경찰관들과 함께 온다) 송진은 있어?

한 경찰관 하지만 제대로 된 게 아닌데요.

스미스 어쨌든 10분 안에 설치해야 돼.

한 경찰관 하지만 발판이 작동을 안 합니다.

스미스 작동해야 돼. 벌써 두 번째 종이 쳤는데.

한 경찰관 엉망진창이군.

맥 (노래한다)

> 이제 와서 보시오, 그가 얼마나 비참한지.
> 이제 그는 정말로 파산 지경에 이르렀다네.
> 오직 더러운 돈만을 최고의 권위로
> 인정하는 그대들.
> 보시오,
> 그가 그대들을 무덤으로 인도하지는 않는다는 걸!
> 당장 떼를 지어 여왕에게 달려가야지.
> 돼지들처럼 꼬리에 꼬리를 물고
> 그를 위해 무슨 말이든 해야지.
> 아, 그에게 음식은 이미 입안의 자갈.
> 그대들은 그의 고통이 영원하기를 바라는가?

스미스 당신을 들여보낼 수 없습니다. 당신은 겨우 16번이오. 아직 차례가 아닙니다.

폴리 아, 무슨 말이에요, 16번이라니. 당신이 그렇게 꽉 막힌 사람은 아니잖아요. 나는 아내라고요. 그와 얘기를 해야겠어요.

스미스 하지만 길어 봤자 5분입니다.

폴리 뭐라고요, 5분요! 그건 말도 안 돼요. 5분이라니! 그럴 순 없죠. 그렇게 간단한 게 아니에요. 영원히 이별을 하는 건데. 남편과 부인 사이에는 할 말이 엄청나게 많다고요……. 그는 도대체 어디 있죠?

스미스 자, 그가 안 보인다는 겁니까?

폴리 물론 보여요. 고마워요.

맥 폴리!

폴리 그래요, 매키, 내가 왔어요.

맥 그래, 물론 와야지.

폴리 어떻게 지내요? 고단하죠? 힘들죠!

맥 그래, 도대체 이제 와서 뭘 어쩌겠어? 당신은 어떻게 될까!

폴리 아세요? 우리 사업이 아주 잘되고 있어요. 그것만이라도 얼마나 다행이에요. 매키, 걱정이 많이 돼죠?…… 당신 아버지는 원래 뭘 하셨어요? 당신은 그런 것도 전혀 얘기해 주지 않았죠. 이해할 수 없네요. 당신은 건강한 사람이었는데.

맥 폴리, 나를 빼내 줄 수 있어?

폴리 그럼, 물론이에요.

맥 물론 돈으로. 내가 저기 교도관이랑…….

폴리 (천천히) 돈이 사우샘프턴[43]으로 갔어요.

맥 그럼 지금은 없어?

폴리 없어요, 아무것도 없어요. 하지만 매키, 예를 들어 누군가와 얘기해 볼 수는 있을 거예요. 어쩌면 여왕님께 개인적으로 물어볼 수도 있을지 몰라요. (폴리가 주저앉

---

43 Southampton. 영국 남부에 있는 항구 도시이다.

는다) 오, 매키!

스미스 (폴리를 끌고 나가며) 자, 1천 파운드를 모았소?

폴리 행운이 있기를, 매키. 잘 지내고 날 잊지 말아요! (퇴장한다)

스미스와 경찰관이 아스파라거스와 함께 식탁을 가져온다.

스미스 아스파라거스가 연한가?

경찰관 네, 그렇습니다. (퇴장한다)

브라운 (등장해서 스미스에게 다가간다) 스미스, 그가 내게 뭘 원하나? 좋아, 자네가 식탁을 가지고 나를 기다렸다니, 이걸 같이 들고 들어가세. 그럼 우리가 어떤 심정인지 맥이 알아 주겠지. (두 사람이 식탁을 들고 감방으로 들어간다. 스미스는 퇴장한다. 침묵) 안녕, 맥. 여기 아스파라거스가 있어. 좀 먹지 않겠나?

맥 애쓰지 마시오, 브라운 씨. 다른 사람들이 내 장례식에 참석하러 왔소.

브라운 아, 매키!

맥 결산을 합시다! 괜찮다면 그동안 나는 좀 먹겠소. 결국 내 마지막 식사군. (먹는다)

브라운 많이 먹게. 아, 맥, 자네가 마치 이글거리는 쇠꼬챙이로 나를 찌르는 것 같군.

맥 결산이나 하시오, 어서, 결산을. 감상에 빠지지 말고.

브라운 (한숨을 쉬며 주머니에서 수첩을 꺼낸다) 가져왔네,

맥. 여기 지난 반년간의 결산이 있네.

맥 (단호하게) 아, 돈을 받아 내려고 왔군.

브라운 그게 아니란 걸 자네도 알잖나……

맥 어서, 당신이 손해를 봐선 안 되지. 내가 당신에게 얼마나 빚을 졌지? 세목별 영수증을 주시오. 살다 보니 의심이 많아져서……. 그런 건 당신이 가장 잘 이해할 수 있을 거요.

브라운 맥, 자네가 그렇게 말을 하면 난 아무것도 생각할 수가 없네.

뒤에서 둔탁하게 두드리는 소리가 들린다.

스미스의 목소리 그래, 튼튼하군.

맥 결산을, 브라운.

브라운 그러니까 제발……. 자네가 정 그렇다면, 첫째 자네 또는 자네 부하들이 도와주었던 살인자 체포에 대한 보상액이 있지. 자네가 정부로부터 지급받은 총액은…….

맥 세 가지 사건에 각각 40파운드, 그러니까 전부 120파운드입니다. 당신에게 줄 4분의 1은 30파운드니 우리가 당신에게 30파운드를 빚졌죠.

브라운 그래그래. 하지만 난 정말 모르겠어, 맥. 우리가 마지막 순간을…….

맥 어서, 이런 헛소리는 그만두시오, 알겠소? 30파운드. 도버 사건에 8파운드.

브라운 왜 8파운드야, 그때…….

맥 나를 믿으시오, 안 믿으시오? 당신은 마지막 반년의 결산에서 38파운드를 받으면 됩니다.

브라운 (울음보를 터뜨리며) 평생토록…… 난 자네의…….

둘이서 눈만 봐도 다 알 수 있었지.

맥 인도에서 3년 동안……. 조지도 그 가운데 있었고, 짐도 있었지. 런던에서 5년 그리고 이것이 감사의 표시라니. (그는 교수형 당한 모습을 흉내내면서)

> 여기 개미 한 마리 괴롭히지 않은 매키스가 목매달려 있소.
>
> 교활한 친구가 그의 발목을 잡았네.
>
> 그를 한 길이나 되는 밧줄에 매달자
>
> 목에서 느껴지네, 엉덩이가 얼마나 무거운지.

브라운 맥, 자네가 내게 그렇게 나온다면…… 내 명예를 공격하는 건 나를 공격하는 걸세. (분통을 터뜨리며 감방에서 달려 나간다)

맥 자네의 명예라…….

브라운 그래, 나의 명예. 스미스, 시작해! 사람들을 들여보내! (맥에게) 나를 용서하게, 부디.

스미스 (황급히 맥에게) 지금은 당신을 다른 곳으로 데려갈 수 있지만, 1분 뒤에는 불가능하오. 돈은 마련했소?

맥 그렇소, 친구들이 돌아오면…….

스미스 그들이 어디 있단 말이오. 뭐, 끝이로군.

사람들이 들어온다. 피첨, 피첨 부인, 폴리, 루시, 창녀들, 목사, 매시어스와 제이콥.

제니 우리를 들여보내주지 않으려 했어요. 그래서 내가 말했죠. 똥통 같은 머리통을 치우지 않으면 선술집 제니가 누군지 본때를 보여 주겠어.
피첨 내가 장인 되는 사람이오. 실례지만, 여기 있는 분들 중에 누가 매키 메서요?
맥 (앞으로 나선다) 내가 매키스요.
피첨 (감방을 지나서 다른 사람들처럼 오른쪽에 선다) 매키스 씨, 난 당신을 모르는데 당신이 내 사위라니 운명이군요. 당신을 처음으로 보는 이 상황이 매우 슬픕니다. 당신은 일찍이 하얀 가죽 장갑을 끼고, 상아 손잡이가 달린 지팡이를 들고 다니고, 목에 상처가 있었으며, 오징어 호텔을 다녔었죠. 남아 있는 거라곤, 당신의 특징 중 가장 사소한 상처뿐. 당신은 감방이나 들락거리고, 이젠 다른 어디에서도 볼 수 없게…….

폴리가 울면서 감방 앞을 지나 오른쪽에 선다.

맥 옷이 예쁘군.

매시어스와 제이콥이 감방을 지나 오른쪽에 선다.

매시어스 사람들이 너무 많아서 뚫고 지나올 수가 없었죠. 너무 빨리 달려와서 제이콥은 쓰러질 지경이에요. 대장이 우리 말을 믿지 않는다면······.

맥 다른 부하들이 뭐라던가? 자리는 잘 잡았나?

매시어스 대장, 당신이 우리를 이해해 줄 거라고 생각했어요. 아시다시피 대관식이 날이면 날마다 있는 것도 아니고. 부하들도 가능한 한 돈을 벌어야 하거든요. 인사를 전해 달랍디다.

제이콥 진심으로!

피첨 부인 (감방으로 다가와서 오른쪽에 선다) 매키스 씨, 일주일 전 우리가 오징어 호텔에서 작은 스텝을 밟으며 춤출 때, 이런 일이 일어날 줄 생각이나 했겠어요.

맥 그렇죠, 스텝을 밟으며 춤을 췄죠.

피첨 부인 하지만 세상의 운명은 잔인하군요.

브라운 (뒤에 있는 목사에게) 나는 이 사람하고 아제르바이잔[44]의 격렬한 폭격 속에서 어깨를 나란히 하고 싸웠지요.

제니 (감방으로 다가온다) 드루리 레인에 있던 우리는 제정신이 아니었어요. 아무도 대관식에 가지 않았어요. 모두들 당신을 보려고 했지요. (오른쪽에 선다)

맥 나를 본다고.

스미스 자, 그럼 시작하지. 6시다. (그를 감방에서 나오게 한다)

맥 사람들을 기다리게 해서는 안 되지. 여러분, 여러분은 몰락하는 계층을 대표해서 몰락하고 있는 사람을 보고 계

---

44 Azerbaijan. 카스피 해 서해 연안에 있는 국가이다.

십니다. 우리는 낡은 쇠막대로 구멍가게의 니켈 금고나 터는 소시민 수공업자들인데 대기업인들이 우리를 집어삼키고 있습니다. 그 뒤에는 은행들이 버티고 있죠. 주식에 비하면 곁쇠가 무슨 소용이 있겠습니까? 은행을 설립하는 것에 비하면 은행을 터는 게 무슨 대단한 일입니까? 한 사람을 고용하는 것에 비하면 한 사람을 죽이는 것이 뭐 대수입니까? 시민 여러분, 이것으로 여러분과 이별을 고합니다. 와주셔서 감사합니다. 여러분들 중 몇몇은 나와 정말 가까운 사람들이었습니다. 제니가 나를 넘겼다는 사실에 매우 놀랐습니다. 이건 세상이 변하지 않았다는 명백한 증거죠. 몇 가지 불행한 상황이 나를 몰락하게 했습니다. 좋소. 나는 몰락하오.

매키스가 모두에게 용서를 구하는 발라드[45]

우리 뒤에 살게 될 형제들이여,
우리에게 너무 냉담하지 말아 주오.
우리가 교수대로 올라갈 때 웃지 말아 주오.
수염 뒤에 숨겨진 불손한 웃음.
우리가 몰락한다 해도 저주하지 말아 주오.
법이 그러듯 우리에게 화내지 말아 주오.

---

45 Ballade, in der Macheath jedermann Abbitte leistet. 첫 번째와 두 번째 연은 비용의 발라드 형식의 비문이, 세 번째와 네 번째 연은 비용의 「모든 사람에게 용서를 구하는 발라드Ballade, in der Villon jedermann Abbitte leistet」가 본보기가 되었다.

우리 모두가 분별력이 있는 건 아니라오.
인간들이여, 모든 경솔함을 멈추어 주오.
인간들이여, 우리를 타산지석으로 삼아 주오.
그리고 신께 빌어 주오, 나를 용서하시라고.

비가 우리를 정화시켜 주네.
살찐 우리 몸을 씻겨 주네.
너무 많은 것을 보고, 더 많은 것을 욕망하는
까마귀가 우리 눈을 파먹네.
우리는 아주 높이 올라가서
이제 여기 매달려 있네, 마치 위용을 부리듯.
탐욕스러운 새끼 새가 우리를 쪼아 대네.
마치 길가에 버려진 말똥을 쪼듯.
아, 형제들이여, 우리를 경고로 삼아 주오.
그리고 신께 빌어 주오, 우리를 용서하시라고.

경솔한 사내들을 낚아채려
가슴을 드러내는 처녀들.
타락의 대가를 가로채려
눈독을 들이는 사내들.
비렁뱅이들, 창녀들, 뚜쟁이들
게으름뱅이들, 무법자들
살인자들, 변소 치는 여편네들.
그들에게 청을 하네, 나를 용서해 주오.

개놈의 경찰들에겐 안 그럴 거야.
매일 밤마다 아침마다
먹을 거라곤 나무껍질만 주었던 그들.
수고와 걱정도 함께 주었지.
그들을 저주할 수도 있지만
오늘은 그러지 않으리,
또 다른 싸움을 피하기 위해.
그들에게도 청을 하네, 나를 용서해 주오.

그들의 아가리를
무거운 쇠망치로 두들겨 팰 수 있었다면.
그러나 잊어야지.
그리고 그들에게 청을 하네, 나를 용서해 주오.

스미스 자, 매키스 씨.
피첨 부인 폴리와 루시, 너희들 남편 옆에들 서라. 마지막이니까.
맥 나의 여인들이여, 우리 사이에 어떤 일이 있었을지라도······.
스미스 (그를 끌고 간다) 앞으로 가!

교수대로 가는 길.

모두 왼쪽 문으로 퇴장한다. 문들은 영사막에 설치되어 있다. 그러고 나서 무대의 다른 편에서 모두 바람막이 등을 들고 다시 등장한다. 맥키스가 교수대 위에 서 있고 피첨은 다음과 같이 말한다.

피첨   존경하는 관객 여러분, 우리는 여기까지 왔습니다.
매키스 씨가 교수형에 처해질 것입니다.
기독교 아래에서
인간의 어떤 죄도 사해질 수 없기 때문입니다.

하지만 우리는
여러분들이 그런 결말을 보지 않도록
매키스 씨를 교수형당하지 않게 할 것입니다.
그 대신 우리는 다른 결말을 생각해 냈습니다.

한 번쯤은 자비가 법에 앞선다는 것을
적어도 오페라에서는 볼 수 있도록.
우리는 여러분에게 호의를 가지고 있기에
이제 왕의 말을 탄 사신이 나타날 것입니다.

칠판에 이렇게 적혀 있다. 〈말 탄 사신의 등장〉

세 번째 서푼짜리 피날레[46]

합창   누가 오는지 귀를 기울여라!
왕의 말을 탄 사신이 오는구나!

---

46 3. Dreigroschen-Finale.

브라운이 말 탄 사신으로 등장한다.

브라운 대관식을 기념하여 여왕님께서 매키스 대장을 당장 석방하라고 명하시네. (모두들 환호한다) 동시에 그는 세습될 수 있는 귀족의 지위로 승격되었고 (환호) 그리고 마르마렐 성과 1만 파운드의 연금이 죽을 때까지 지급될 것이다. 참석한 신랑 신부들에게 여왕님께서 왕실의 축하 말씀을 전하시는구나.

맥 구원되었도다, 구원되었도다! 그래, 고난이 극에 달할 때 도움의 손길이 가까워진다는 걸 느낄 수 있군.

폴리 구원되었도다, 나의 사랑하는 매키가 구원되었도다. 너무 행복해요.

피첨 부인 이렇게 모든 것이 결국 행복하게 되었네. 왕의 말 탄 사신이 항상 온다면 우리의 인생도 이렇게 손쉽고 평화로울 텐데.

피첨 그런고로 당신들 자리에 그냥 서서, 가난한 사람들 중 가장 가난한 사람들의 찬송을 부르시오. 당신들은 오늘 그들의 지난한 삶을 연기했지. 하지만 현실에서 그들의 끝은 비참하네. 왕의 말 탄 사신은 거의 오지 않고, 밟힌 자도 다시 밟고 서지. 그러므로 불의를 너무 박해하지 마시오.

영사면에 뒤따르는 소절의 가사가 나온다.

모두 (앞으로 걸어 나오면서 오르간에 맞춰 노래한다)
불의를 그렇게 박해하지 말아요, 곧
저절로 얼어 죽을 테니, 날씨가 너무 춥거든요.
어둠과 지독한 추위를 생각해 봐요.
비탄의 소리 울려 퍼지는 이 골짜기에서.

억척어멈과 자식들

30년 전쟁의 연대기

편집
엘리자베트 하우프트만 Elisabeth Hauptmann

제2차 세계대전이 발발하기 전 스칸디나비아에서 쓴 「억척어멈과 자식들」은 『시도 *Versuche*』* 제20호이다. 이 작품을 위한 음악은 파울 데사우 Paul Dessau가 작곡했다.

---

　* 1930년부터 발간되기 시작한 브레히트 고유의 출판 형식으로 새로운 문학 형식과 매체들에 대한 실험적 시도로서의 작품들이 수록되어 있다.

등장인물

억척어멈
카트린 벙어리 딸
아일립 큰아들
슈바이처카스 작은아들
모병관
상사
취사병
용병대장
군목
병기감
이베트 포티에
안대를 한 남자
다른 상사
늙은 육군 대령
서기
젊은 병사
늙수그레한 병사
농부
농부의 아내
젊은 남자
늙은 부인
다른 농부
그의 아내
젊은 농부
기수
병사들
목소리

제1장

1624년 봄. 용병대장 옥센셰르나[1]가 달라르네[2]에서 폴란드 원정을 위해 군대를 모집한다. 억척어멈이라고 알려진 종군 상인 안나 피어링은 아들 하나를 잃는다.

도시 근방의 국도. 상사 한 명과 모병관 한 명이 덜덜 떨면서 서 있다.

모병관 여기서 사병들을 어떻게 모으란 말이야? 이봐 상사, 이래서 내가 가끔 자살까지 생각한다니까. 12일까지 용병대장한테 4개 부대를 모아서 대령해야 하다니. 게다가 이 근방 사람들이 악이 받쳐 있어서 그 생각만 하면

---

1 Axel Graf Oxenstjerna(1583~1654). 1612년부터 스웨덴 제국 수상을 역임했고 그 이후로 스웨덴의 왕 구스타프 아돌프Gustav Adolf가 이끄는 폴란드 원정에 참여했다.
2 스웨덴 중북부에 있는 실리안 호 주변 지역인 달라르나를 일컫는다. 16세기까지 덴마크의 통치를 받던 스웨덴은 달라르나에서 구스타프 바사Gustav Vasa의 지휘 아래 독립운동을 일으켰고, 덴마크의 지배를 벗어날 수 있었다.

밤에 잠이 안 와. 드디어 한 놈을 찾아냈는데, 새가슴에다 정맥류까지 걸린 놈이었지만 그냥 모른 척했지. 그놈하고 기분 좋게 술을 마셨는데 — 그놈이 이미 서명도 하고 해서 말야 — 내가 술값을 치르고 있는데, 용변 보러 나가더라고. 뭔가 좋지 않은 예감이 들어 뒤따라갔더니, 옳거니, 그놈이 내뺀 거야. 한눈팔다가 놓친 셈이지. 남아일언중천금이니 의리니 신뢰니 명예니 그런 건 다 없어. 난 여기서 인간에 대한 신뢰를 잃어버렸네, 상사.

상사 이 지방에 너무 오랫동안 전쟁이 없었다는 얘기지요. 도덕이 어디서 오느냐고 물으신다면? 평화? 그게 오면 세상이 엉망진창이 되죠. 전쟁이 와야 비로소 질서가 생기는 법. 평화 시에는 인간들이 번식만 한다니까요. 인간이나 가축이나 아무한테도 안 들킬 것처럼 음탕한 짓거리들이나 하고 말이죠. 먹고 싶은 거 다 처먹고, 흰 빵 위에 치즈를 한 덩어리 올리고 그 위에 또 베이컨을 얹어서 말이죠. 저 앞쪽 도시에 얼마나 많은 젊은이들과 말들이 있는지 아무도 모른다니까. 한 번도 세어 본 적이 없으니. 70년 동안 전쟁이 없었던 지역에 간 적 있는데 사람들이 이름도 없더라고요. 자기가 누군지도 모르더라니까. 전쟁이 있는 곳에서만 명단이며 문서며 정리가 되고, 신발류는 뭉치로, 곡식은 자루로 분류되지요. 인간과 가축도 정확하게 세어 수송되고요. 질서 없이는 전쟁도 불가능하다는 걸 사람들이 아니까 말이죠.

모병관 옳고말고!

상사 좋은 일이 다 그렇듯 전쟁도 처음에 시작하기가 힘들어서 그렇지, 일단 번성하기 시작하면 질겨지지요. 그러면 사람들은 평화라는 말만 들어도 깜짝 놀라 움찔하게 되지요. 도박꾼이 도박을 하다가 갑자기 그만하라는 말을 들은 것처럼요. 자기네들이 뭘 잃어야 하는지 먼저 따져 볼 테니까요. 하지만 처음에는 전쟁을 두려워하죠. 뭔가 새로운 거니까요.

모병관 이봐, 저기 포장마차가 오는데. 계집 둘하고 젊은 놈 둘이야. 저 나이 든 여자를 불러서 세워 봐, 상사. 아무런 소득도 없이 이렇게 이 변덕스러운 봄바람이나 맞으면서 돌아다니고 싶진 않아. 진짜야.

구금[3] 소리가 들린다. 두 청년이 포장마차를 끌고 다가온다. 포장마차에는 억척어멈과 벙어리 딸 카트린이 앉아 있다.

억척어멈 안녕하세요, 상사 나리!
상사 (길을 막아서며) 안녕하시오, 여러분! 당신들 누구요?
억척어멈 장사꾼들입죠. (노래한다)

장교님들, 북소리를 멈추시오.
당신들의 보병 부대를 멈추게 하시오.
억척어멈이 신발을 가지고 왔수다.
훨씬 더 잘 달릴 수 있는 신발을

---

3 대나무로 된 대(臺)에 가는 대로 만든 리드를 끼워 넣고, 입속에서 리드를 진동시켜 소리를 내는 소형의 원시 악기이다.

이와 벌레에 시달리며
짐짝과 대포를 싣고서
전쟁터로 행군하려거든
좋은 신발을 신어야지.
　봄이 온다네! 깨어나라, 너 기독교도여!
　눈이 녹아 사라지고 죽은 자는 안식하네.
　하지만 아직 죽지 않는 것들은
　이제 길을 떠난다네.

장교님들, 당신네 병사들이
소시지도 못 먹고 죽게 하지 마소!
억척어멈이 우선 포도주로
심신의 고달픔을 풀어 주게 하소!
텅 빈 배 속에 대포라,
장교님들, 그건 건강에 해롭기 그지없지.
하지만 병사들이 배부르게 먹고, 내 축복을 받으면
그때 황천길로 데려가소.
　봄이 온다네! 깨어나라, 너 기독교도여!
　눈이 녹아 사라지고 죽은 자는 안식하네.
　하지만 아직 죽지 않는 것들은
　이제 길을 서두르네.

상사　잠깐, 어디 소속이냐, 이 떨거지들아?
큰아들　핀란드 제2연대[4]인데요.
상사　신분증은 어디 있지?

억척어멈 신분증이요?

작은아들 이 사람이 억척어멈이에요!

상사 들어 본 적이 없다. 왜 억척이지?

억척어멈 상사 나리. 사람들이 날 억척이라 불러요. 망하지 않으려고 빵 50덩어리를 마차에 싣고 리가[5]에서 대포 세례를 헤치며 여기까지 왔거든요. 빵에는 곰팡이가 슬기 시작했고, 빨리 장사해서 팔아 치우는 수밖에 다른 방도가 없었지요.

상사 이봐, 쓸데없는 얘기 하지 말고, 신분증 어디 있어?

억척어멈 (주석 통에서 서류 한 뭉치를 뒤적거리면서 마차에서 기어 내려온다) 이게 내가 가진 서류 전부요, 상사 나리. 여기 미사 책 한 권도 있는데, 알트외팅[6]에서 가져온 거지요, 오이를 싸는 데 쓰는 거고요. 매렌 지방의 지도도 있어요. 거기 갈는지는 모르겠지만. 안 가면 아무짝에도 소용없는 물건이지요. 여기 내 백마가 구제역이 없다는 도장이 찍혀 있어요. 속상하게도 뒈져 버렸지만. 15굴덴이나 들었는데……. 그래도 나는 멀쩡하니 다행이죠. 이 서류면 충분한가요?

상사 날 가지고 노는 거야? 뻔뻔하군. 버릇을 고쳐 줘야겠

---

4 핀란드는 17세기에 스웨덴 제국 연방에 속하는 대공국이었고 따라서 핀란드 군대는 스웨덴 군대에 속해 있었다.

5 Liga. 라트비아의 발트 해에 면한 항구 도시로 스웨덴의 왕 구스타프 아돌프는 1621년 전쟁으로 리가를 점령했다.

6 Altötting. 독일에 있는 유명한 순례지로 성 필립 교회와 야콥 교회에는 틸리 장군의 가족 납골실이 있다.

어. 허가증을 가지고 있어야 한다는 건 알고 있겠지.

억척어멈 점잖게 좀 얘기하시우. 그리고 내 어린 아이들 있는 데서 내가 당신을 가지고 논다는 둥 그런 말은 하지 마시고. 가당치도 않아요. 당신에게 관심도 없구먼. 내 정직한 얼굴이 바로 제2연대의 허가증이요. 당신이 그걸 볼 수 없다면 어쩔 수 없고. 그렇다고 얼굴에 도장을 찍어 가지고 다닐 순 없잖아요.

모병관 상사, 저 여편네는 호락호락하지 않겠어. 하지만 진영에서는 규율이 필요한 법이지.

억척어멈 난 소시지가 필요하다고 생각하는데.

사병 이름.

억척어멈 안나 피어링요.

상사 너희들 모두 피어링인가?

억척어멈 왜요? 나는 피어링이지만 쟤네들은 아니에요.

상사 저 아이들 모두 당신 자식이 아닌가?

억척어멈 그렇다고 모두 성이 같나요? (큰아들을 가리키면서) 가령 쟤는 아일립 노요키라고 해요. 왜냐? 저 애 아빠가 항상 자기가 코요키던가 모요키라고 주장했거든요. 저 녀석은 아직도 아빠를 기억하고 있어요. 다만 다른 사람을 아빠라고 기억하고 있어서 그렇지. 염소수염이 난 프랑스 사람이었죠. 어쨌거나 저 앤 아빠한테 머리를 물려받았어요. 그이는 쥐도 새도 모르게 농부의 바지도 벗길 사람이었죠. 그러니까 아무튼 모두 성이 다 달라요.

상사 뭐라고, 모두 성이 다르다고?

억척어멈 아무것도 모르는 것처럼 그러시긴.

상사 그럼 저 애는 중국 사람이요? (작은아들을 가리키면서)

억척어멈 아니요. 스위스 사람이에요.

상사 프랑스 남자 다음에 스위스 남자라?

억척어멈 어떤 프랑스 사람이요? 난 프랑스 사람을 몰라요. 자꾸 헷갈리게 만들지 마요. 이러다 밤늦게까지 이러고서 있겠우. 페요스라는 스위스 사람이 있었는데, 그게 성이지만 저 아이의 아버지는 아니죠. 저 아이의 아버지는 전혀 다른 이름이었어요. 성채를 쌓는 사람이었는데, 술주정뱅이였지요.

슈바이처카스는 환하게 웃으며 고개를 끄덕이고 벙어리 카트린도 즐거워한다.

상사 그럼 어떻게 저 아이가 페요스가 되었소?

억척어멈 당신 맘을 상하게 하고 싶지는 않지만, 상상력이 부족하시네. 저 애는 물론 성이 페요스예요. 왜냐하면 그이가 왔을 때 난 어떤 헝가리 남자랑 살고 있었는데, 그런 일은 상관도 안 했죠. 페요스는 술 한 방울도 입에 대지 않았는데도 콩팥이 쪼그라드는 병에 걸렸어요. 정말 정직한 사람이었는데……. 저 아이는 그를 닮았죠.

상사 하지만 그 남자가 아빠가 아니라며?

억척어멈 하지만 그를 닮았다니까요. 나는 저 아이를 슈바이처카스라고 불러요. 왜냐? 마차를 잘 끌거든요.[7] (딸을 가리키면서) 저 애는 카트린 하우프트예요. 반은 독일인이죠.

상사 정말 대단한 집안이구먼.

억척어멈 그래요, 난 이 포장마차를 끌고 온 세상을 다 돌아다녔어요.

상사 모두 다 적어 놔야지. (기록한다)

모병관 너희들은 마차를 끄니 야콥과 에서[8] 황소라 불러야겠구나. 아마 평생 그 멍에를 져야겠지?

아일립 엄마, 저놈 아가리를 휘갈겨도 되요? 그러고 싶은데.

억척어멈 안 돼, 그냥 있어. 자, 장교님들은 좋은 권총이나 혁대가 안 필요하신가? 혁대가 이미 낡았구먼. 상사 나리.

상사 다른 게 필요하지. 내가 보니, 저 녀석들은 자작나무처럼 잘 자랐어. 옹골찬 가슴팍이며 건장한 다리통이며. 근대 왜 군복무를 피해 다니는지 알고 싶군.

억척어멈 (재빨리) 안 돼요, 상사 나리. 우리 아이들은 전쟁에는 맞지 않아요.

모병관 왜 안 되는데? 전쟁은 부와 명예를 가져다준다고. 싸구려 장화나 파는 건 계집들이나 할 일이지. (아일립에게) 근육이 있는지 아직 병아리인지 한번 만져 보게 앞으로 나와 봐.

억척어멈 아직 병아리예요. 누가 저 아이를 노려만 봐도 쟤

---

[7] 독일어로 스위스인은 Schweizer이고 마부는 Kutscher이다.
[8] 성경에 나오는 이삭의 두 아들이 야콥과 에서이다.

는 쓰러질걸요.

모병관 그럼 그 옆에 송아지가 서 있다간 병아리한테 깔려 죽겠군. (그를 데려가려 한다)

억척어멈 그 아이를 그냥 둬! 걔는 너희들과는 달라!

모병관 저놈이 내 빈정을 상하게 했거든. 내 입을 아가리라고 했어. 저쪽 들판으로 가서 남자끼리 한판 붙자.

아일립 진정하세요, 엄마. 한 방 먹이고 올게요.

억척어멈 넌 가만히 있어. 이 썩을 놈아! 내 널 잘 알지. 싸움질밖에 할 줄 모르는 놈. 쟨 장화 속에 칼을 가지고 있어서 그걸로 찌를 거요.

모병관 그 칼을 젖니 뽑듯이 뽑아 주마, 자, 꼬마야.

억척어멈 상사 나리, 대령님께 이걸 다 고하면, 대령님이 당신들을 감옥에 처넣을 거요. 소위님이 내 딸에게 청혼을 했거든요.

상사 여보게, 폭력은 안 되네. (억척어멈에게) 왜 군복무에 반대하는 거지? 저 아이 아버지도 병사였을 텐데. 명예롭게 전사를 했겠지? 자네가 그렇게 얘기했잖아.

억척어멈 저 애는 아직 어린앤데 당신들이 전쟁터로 끌고 가려고 하잖아. 내 다 알아. 당신들 저 애를 데려가면 5굴덴을 받는다는 거.

모병관 군대에 입대하면 저 애는 우선 멋들어진 모자와 접이식 장화를 받게 되지. 안 그래?

아일립 너한테 받는 건 아니잖아.

억척어멈 흥, 어부가 지렁이한테 낚시하러 가자고 꼬이는 꼴이군. (슈바이처카스에게) 뛰어가서 소리를 질러, 저들이 네 형을 훔쳐가려 한다고. (칼을 뽑아든다) 한번 해봐. 내 애를 훔쳐가기만 해봐. 너희들을 찔러 죽일 테다, 이 비렁뱅이들아. 혼쭐을 내줄 테다. 내 아이를 데려다 전쟁을 하려고! 우린 옷감이며 햄이며 정직하게 팔아먹고, 평화롭게 사는 사람들이야.

상사 그래, 칼을 보니 너희들이 얼마나 평화롭게 사는지 알 수 있겠군. 부끄러운 줄 알아야지. 그 칼 치워, 요사스러운 노파 같으니! 아까 당신 입으로 말했잖아, 전쟁 덕택에 산다고. 그런데 전쟁이 없으면 어떻게 살겠어? 그리고 병사가 없으면 어떻게 전쟁을 해?

억척어멈 굳이 내 아들일 필요는 없잖아!

상사 그게 사과 씨 뿌리고 배 수확하기를 바라는 심보지! 네 새끼들은 전쟁 덕에 피둥피둥 살이 찌는데 이자는 안 내겠다. 전쟁에 뭐가 중요한지 뻔하잖아, 안 그래? 당신이 억척이라고, 엉? 전쟁이 그렇게 무서워? 네 밥줄인데? 네 아들들은 전쟁을 두려워하지 않아. 척 보면 알 수 있지.

아일립 난 전쟁이 무섭지 않아.

상사 그럼 그렇지, 왜겠어? 나를 봐. 병사의 운명이 내게 해가 된 거 같아? 난 열일곱 살 때 군인이 됐어.

억척어멈 넌 아직 열일곱 살도 안 됐잖니.

상사 그럼 기다리지.

억척어멈 그래, 땅속에서 말이지.

상사 날 모욕하는 거야? 내가 곧 죽는다고?

억척어멈 그게 진실이라면? 네 얼굴에 저승사자가 어른거리는 게 보인다면 어쩔 건데? 네 얼굴이 꼭 휴가 나온 시체 같은데, 엉?

슈바이처카스 엄마는 예지력이 있다니까요. 모두들 그렇게 말해요. 미래를 척척 알아맞힌다고.

모병관 그럼 한번 상사의 미래를 맞혀 봐. 재밌어할걸.

상사 그런 거 안 믿어.

억척어멈 철모를 줘봐.

그가 철모를 내준다.

상사 풀밭에 똥 싸는 것만도 못한 일이지만, 그냥 재미로 해보지, 뭐.

억척어멈 (양피지를 꺼내서 찢는다) 아일립, 슈바이처카스, 카트린, 봐라. 우리가 전쟁에 너무 깊이 개입하면 모두 이렇게 갈기갈기 찢어질 거야. (상사에게) 특별히 당신에게는 공짜로 해드립죠. 자, 쪽지 위에 검은 십자가를 그리고…… 검은색은 죽음이죠.

슈바이처카스 다른 쪽지는 비어 있는 게 보이죠?

억척어멈 이걸 접어서 이제 막 흔들어 섞어요. 엄마 배 속부터 우리 모두 뒤섞여 있었으니까. 이렇게 이제 하나를 뽑으면 운명을 알게 되지.

상사가 머뭇거린다.

모병관 (아일립에게) 난 아무나 데려가지 않아. 난 까다롭기로 유명하거든. 하지만 넌 뭔가 열정이 있어. 그게 나를 감동시켰지.

상사 (철모 속을 헤집으며) 말도 안 돼! 이건 속임수야.

슈바이처카스 검은 십자가를 뽑았어. 저 사람은 이제 죽어.

모병관 겁먹지 마. 그렇다고 다 죽는 건 아니야.

상사 (쉰 목소리로) 날 속인 거야.

억척어멈 네가 병사가 된 날 스스로를 속인 거지. 우리는 이제 가던 길을 계속 가야겠어. 날이면 날마다 있는 전쟁이 아니거든. 서둘러야 해.

상사 빌어먹을, 당신한테 안 속아. 저 후레자식을 데려가 군인을 만들어 주마.

아일립 군인이 되고 싶어요, 엄마.

억척어멈 주둥이 닥쳐, 이 무식한 놈아.

아일립 슈바이처카스도 군인이 되고 싶어 해요.

억척어멈 너희들한테는 해본 적이 없지만, 너희들도 재미 삼아 뽑아 봐. 너희 셋 다. (그녀는 종잇조각에 십자가를 그리러 서둘러 뒤로 뛰어간다)

모병관 (아일립에게) 스웨덴 진영이 경건하다[9]는 소리가 있는데 그건 중상모략이야. 일요일만 찬송가를 부른다고. 그것도 한 소절만! 그것도 노래를 잘하는 사람이 있으면.

9 구스타프 아돌프의 군대는 종교적으로 엄격한 규율로 유명했다.

억척어멈 (상사의 철모에 종잇조각을 담아 돌아온다) 에미한테서 도망을 치려고 하다니, 나쁜 놈들. 송아지가 소금을 쫓아가듯 전쟁에 나가려고. 그러니 쪽지 점을 쳐봐야지. 그럼 저 녀석들도 이 세상이 늘 기쁨이 넘치는 곳이 아니라는 걸 알게 되겠지. 모병관들은 이렇게 말하지. 〈자, 가자, 아들아. 우리는 아직 너 같은 용병대장들이 더 필요하단다.〉 상사, 난 저 애들 때문에 걱정이 많소. 저것들이 전쟁 때문에 내 곁을 떠날까 봐. 저 애들은 고약한 면들이 있어요, 셋 다. (아일립에게 철모를 내민다) 자, 제비를 뽑아라. (아일립이 끄집어내서 펼치자 억척어멈이 제비를 낚아챈다) 자, 십자가다! 오, 난 팔자 사나운 부모고, 슬픔에 찬 어미구나.[10] 저 애가 죽는다고? 아직 청춘인데 죽어야 하다니. 이 애가 군인이 되면 분명 죽을 거야. 분명해. 애는 아비를 닮아서 용감해. 영리하게 굴지 않으면 개죽음을 당할 거야. 이 쪽지가 그걸 보여 주고 있잖아. (아들에게 호통친다) 이놈아, 영리하게 굴 거냐?

아일립 그럼요.

억척어멈 그럼 엄마 옆에 남아 있어. 남들이 널 비웃고 애송이라고 욕해도 그냥 웃는 게 현명한 거야.

모병관 네가 무서워서 못 가겠다면 네 동생이나 데려가야겠다.

억척어멈 엄마가 말했잖아, 웃어. 그냥 웃어! 그리고 이제

---

10 서양 회화나 조각에 자주 등장하는 슬픔에 잠긴 성모 Mater Dolorosa 모티브를 참조.

너, 슈바이처카스, 뽑아라. 네 걱정은 좀 덜 돼. 넌 성실하니까. (그가 철모에서 종잇조각을 뽑는다) 오, 왜 그렇게 묘한 표정으로 쪽지를 들여다보고 있니? 분명히 쪽지에 아무 것도 없을 텐데. 십자가가 있을 리가 없어. 널 잃고 싶지 않아. (종잇조각을 가져온다) 십자가가? 이 애도? 얘가 너무 순진해서 그런가? 오, 슈바이처카스, 어릴 적부터 가르친 대로 항상 정직하지 않았다면 또 몰라. 하지만 넌 항상 빵을 사고 남은 돈을 가져왔지. 그러니 넌 아닐 거야. 보시오, 상사. 검은 십자가가 있는지 없는지.

상사 십자가가 있소. 내가 십자가를 뽑았다는 것도 이해가 안 가. 난 항상 안전한 후방에만 있는데. (모병관에게) 근데 저 여자가 사기를 치는 건 아닌가 봐. 자기 자식도 십자가를 뽑았잖아.

슈바이처카스 그래요, 나도 십자가를 뽑았어요. 명심할게요.

억척어멈 (카트린에게) 이제 너만 남았구나. 네 자체가 십자가다. 넌 착한 마음씨를 가졌으니. (마차에 있는 딸 쪽으로 철모를 높이 들고 자기가 손수 종잇조각을 뽑는다) 내 눈이 어떻게 됐나? 이럴 수는 없어, 아마 내가 섞을 때 뭔가 잘못했나 봐. 너무 착하게 굴지 마라, 카트린. 더 이상 그러지마. 너에게도 십자가가 있구나. 항상 잠자코 있어. 하긴 벙어리로 태어났으니[11] 어려울 것도 없겠지. 모

---

11 사실 카트린은 벙어리로 태어난 게 아니라, 전쟁의 가혹 행위로 인해 벙어리가 되었다. 제6장 참조.

두들 몸 조심해. 꼭 그래야만 해. 이제 마차에 올라서 떠나야지. (상사에게 철모를 돌려주고 나서 마차에 오른다)

모병관 (상사에게) 어떻게든 해봐!

상사 몸이 별로 안 좋아.

모병관 바람이 부는데 철모를 벗어 주더니, 아마 감기에 걸렸나 보지. 뭐라도 산다고 해봐. (큰 소리로) 적어도 혁대는 한번 볼 수 있잖아, 상사. 선량한 사람들이 장사를 해서 먹고사는데, 안 그래? 이봐, 상사가 혁대를 사겠대!

억척어멈 반 굴덴입니다. 2굴덴 값어치는 되는 혁대 하나가 있는데. (다시 마차에서 내려온다)

상사 새것이 아니잖아. 바람이 부니 좀 찬찬히 살펴봐야겠소. (혁대를 가지고 마차 뒤로 간다)

억척어멈 바람도 안 부는데 무슨 바람.

상사 아마 반 굴덴 값어치는 가겠군. 은이야.

억척어멈 (상사가 있는 마차 뒤로 간다) 족히 6온스는 될 게요.

모병관 (아일립에게) 그럼 우리 남자들끼리 한잔할까. 네게 줄 착수금이 있단다. 가자.

아일립은 망설이면서 일어난다.

상사 이해가 안 가. 난 항상 후방에 있는데. 상사보다 더 안전한 역할은 없다고. 다른 병사들을 전방으로 보내서 명예롭게 싸우게만 하면 되는데. 점심시간인데 기분 잡쳤어. 아무것도 먹고 싶지가 않아.

억척어멈 먹지도 못할 정도로 그걸 마음에 담아 둘 필요는 없소. 후방에만 머무시오. 이봐요, 자, 슈납스[12] 한잔 하고. (상사에게 마실 걸 준다)

모병관 (아일립을 팔 아래 끼고 뒤고 데려간다) 자, 10굴덴. 넌 용감한 사나이니까 왕을 위해 싸워라. 계집들이 널 차지하려고 난리겠군. 나 때문에 기분이 나빴다면 내 아구창을 날려도 돼. (두 사람이 퇴장한다)

벙어리 카트린이 마차에서 뛰어내려 거칠게 소리를 내지른다.

억척어멈 금방 가. 카트린, 곧 갈게. 상사 나리가 아직 셈을 치르고 있거든. (반 굴덴짜리 동전을 한번 씹어 본다) 난 돈을 받을 때마다 믿지를 못해서. 하도 많이 데였거든. 상사. 하지만 이 돈은 진짠데. 자, 이제 갑시다. 아일립은 어디 있지?

슈바이처카스 모병관이랑 떠났어요.

억척어멈 (아무 말 없이 일어나며) 순진한 놈. (카트린에게) 넌 말을 못하니 네 잘못이 아니야.

상사 모친도 한 모금 하시오. 다 이런 거야. 군인이 나쁜 건 아니잖아. 자네는 전쟁으로 벌어먹고 살면서, 자네랑 자네 식구들은 수수방관만 하려고! 어떻게 그래?

억척어멈 이제 네 오빠랑 네가 마차를 끌어라, 카트린.

---

12 독일식 소주이다.

오빠와 여동생은 마차 앞에 끈을 매고 마차를 끈다. 억척어멈은 옆에서 따라간다. 마차가 굴러간다.

상사　(뒤에서 바라보며)
　　　　전쟁으로 먹고살려면
　　　　뭔가 기여를 해야지.

제2장

1625년과 1626년에 억척어멈은 스웨덴 군대 행렬에 섞여 폴란드를 통과한다. 발호프 성채[13] 앞에서 두 모자는 다시 만난다. 억척어멈은 거세한 수탉 한 마리를 비싸게 팔고 있고 용감한 아들은 영광스러운 나날을 보내고 있다.

용병대장의 막사. 그 옆에 부엌이 있다. 우레와 같은 대포 소리. 취사병은 거세한 수탉 한 마리를 팔려고 하는 억척어멈과 티격태격하고 있다.

취사병 이렇게 하찮은 날짐승 한 마리가 60헬러[14]라고?
억척어멈 하찮은 날짐승? 이 포동포동한 가축이? 대식가인 용병대장이라면 60헬러에 살 텐데 말이요. 점심으로 아무것도 준비하지 않은 걸 용병대장이 알면 당신 혼쭐날걸?

---

13 리가의 동남쪽 발호펜 마을 근처의 성채로 이곳에서 스웨덴의 구스타프 아돌프 왕이 1626년 1월 7일 폴란드군에게 승리한다.
14 옛 독일의 화폐 단위이다.

취사병 모퉁이만 돌아가면 10헬러에 이런 거 한 다스는 사겠소.

억척어멈 뭐라고? 이런 수탉을 모퉁이만 돌아가면 살 수 있다고? 포위를 당해서 굶주려 있는 판국에? 아마 들쥐 한 마리나 살 수 있겠지. 그것도 운이 좋으면. 들쥐도 다 잡아먹어 버렸을 테니까 말이오. 장정들이 배고픈 들쥐 한 마리를 잡으러 하루 온종일 쫓아다니겠지. 포위된 상황이고 하니 이렇게 엄청 큰 수탉이지만 50헬러에 주리다.

취사병 우리가 포위를 당한 게 아니라, 적이 포위를 당한 거요. 우리는 포위군이고. 명심해요.

억척어멈 어쨌거나 우리도 먹을 게 없지요. 정말로 포위당한 도시보다 먹을 게 없다니까. 저들이 죄다 도시로 가지고 들어갔으니까. 내 듣자 하니 그자들은 흥청망청 지낸답디다. 하지만 우리는! 내가 농부들한테 갔었는데, 먹을 게 아무것도 없더라고.

취사병 있어요. 숨겨 둔 거지.

억척어멈 (의기양양하게) 농부들은 아무것도 가진 게 없어요. 망했다니까. 그게 현실이야. 굶주림에 시달리고 있었어요. 배가 고파서 나무뿌리를 파먹는 사람도 봤고 밀이야. 손가락을 빨고 있는 게, 삶은 혁대라도 먹을 기세더라니까. 상황이 그래. 그런데도 난 수탉 한 마리를 가지고 있으니…… 40헬러만 주시오.

취사병 30헬러요. 40헬러는 안 돼요. 난 30헬러라고 말했소.

억척어멈 이봐요, 이건 보통 수탉이 아니라니까. 이건 아주 재능이 있는 가축이었어요. 내가 듣기로는 음악을 틀어 줘야만 모이를 먹고 말이오, 특히 행진곡을 좋아했대요. 셈도 할 수 있을 정도로 머리가 좋았고. 그런데 40헬러가 너무 비싸다니? 식탁에 아무것도 없으면 용병대장이 당신 목을 칠 거요.

취사병 보시오, 내가 뭘 하는지. (소고기 한 조각을 집더니 칼을 갖다 댄다) 여기 소고기 한 조각이 있는데 구워야겠소. 마지막으로 생각할 시간을 드리리다.

억척어멈 구워 보시오. 작년 거겠지.

취사병 어젯밤에 잡은 거요. 황소가 살아서 이리저리 뛰어다니는 걸 내 직접 봤다고.

억척어멈 그럼 살아 있을 때 벌써 썩는 냄새가 났겠구먼.

취사병 다섯 시간 동안 삶으면 돼요. 그래도 고기가 질길지 한번 보시오. (고기를 자른다)

억척어멈 용병대장이 냄새를 못 맡도록 후추를 많이 쳐야겠소.

막사로 용병대장과 군목 그리고 아일립이 들어온다.

용병대장 (아일립의 어깨를 툭툭치며) 자, 아들아, 들어와서 내 오른쪽에 앉아라. 경건한 기마병으로서 영웅적 행위를 수행했고, 그것은 신을 위해 한 일이니 ― 종교 전쟁[15] 중

---

[15] 30년 전쟁이 종교 전쟁이라는 것은 이데올로기적인 측면이고 사실은 폴란드 왕 지기스문트와 그의 조카였던 스웨덴 왕 구스타프 아돌프 사이의 정치적 대립으로 벌어진 전쟁이다.

이니 말이다 — 네 업적을 특히 높이 사서 도시를 장악하는 대로 금팔찌를 하사하겠다. 농부 놈들, 자기네들 영혼을 구원해 주러 온 줄도 모르고 뻔뻔하고 치사하게 말이야, 가축을 자기네 거라고 빼앗아 가다니! 그러고 나서는 성직자 나부랭이들한테 완전히 뒤집어씌웠지. 넌 그놈들의 버릇을 단단히 고쳐 준 거야. 붉은 포도주 한 잔 따라 줄 테니 우리 둘이 쭉 들이켜자고. (둘이 단숨에 마신다) 군목(軍牧)은 똥물이나 마시라고 해, 저자는 경건하니까. 점심으로 뭘 먹을래, 귀여운 것?

아일립 당연히 고기가 먹고 싶죠.

용병대장 취사병, 고기 준비해!

취사병 아무것도 없는데 손님까지 데려오다니. (억척어멈이 엿들으려고 취사병을 조용히 시킨다)

아일립 농부들을 벗겨 먹다 보니 배가 고프네요.[16]

억척어멈 맙소사, 저건 내 아들 아일립이야.

취사병 누구요?

억척어멈 내 큰아들이라고. 2년 동안 아들을 못 봤어요. 저들이 길거리에서 내 아들을 훔쳐 갔지. 내 아들을 식사에 초대하다니 용병대장의 총애를 받는 게 분명해. 근데 자네는 무슨 음식을 준비한 거요? 아무것도 없잖아! 손님이 뭘 먹고 싶어 하는지 들었지? 고기야! 충고하건대 당장 수탉을 사시오! 1굴덴!

---

16 용병들은 농부들의 돈으로 고용되었지만 폭력으로 그들의 재산을 약탈하고 부인과 처녀들을 겁탈했다.

용병대장 (아일립과 군목과 함께 앉아서 소리를 지른다) 먹을 걸 가져와, 람프, 이 짐승 같은 놈아. 그러지 않으면 널 때려죽일 테다.

취사병 이리 내봐, 제기랄. 이 협박꾼 같으니라고.

억척어멈 하찮은 날짐승이라며.

취사병 하찮고말고! 이리 내봐. 말도 안 되는 가격이지만, 어쨌든 50헬러 줄게.

억척어멈 1굴덴이라고 했잖아. 용병대장의 귀한 손님인 내 큰아들에게는 하나도 비싼 게 아니야.

취사병 그럼 내가 불을 지필 동안 털이나 뽑아 주쇼.

억척어멈 (앉아서 수탉의 털을 뽑는다) 아들이 날 보면 어떤 표정을 지을까. 저 애는 용감하고 영리하오. 멍청하지만 정직한 아들이 하나 더 있지. 변변치 못한 딸애도 하나 있는데 갠 적어도 말은 안하지. 그것만 해도 어디야.

용병대장 한 잔 더 마셔, 내 아들. 이건 내가 제일 좋아하는 팔레르노 와인[17]이다. 한 통인가 두 통 더 있어. 적어도 내 부대에 아직도 순수한 신앙심이 있다는 걸 알게 되었으니 이런 술을 마실 만한 가치가 있지. 영혼의 목자님이 또 쳐다보시네. 설교만 할 줄 알았지 뭘 어떻게 해야 되는지 모르지. 이제 내 아들 아일립, 어떻게 농부들을 솜씨 좋게 속여 넘겨 소를 20마리나 잡아 왔는지 자세히 얘기해 보겠나. 곧 도착하면 좋겠군.

---

17 Falerno. 이탈리아 캄파니아 북부에서 생산되는 팔레르노산 고급 포도주이다.

아일립 하루나 이틀이면 도착할 겁니다.

억척어멈 내 아들 아일립이 내일 소 떼를 몰고 오겠다니 얼마나 사려 깊은 앤지. 안 그랬으면 이자가 내 수탉은 거들떠보지도 않았을 텐데.

아일립 그러니까 자초지종은 이렇습니다. 농부들이 여기저기 숲에 숨겨 둔 소 떼를 주로 밤에 한 장소로 몰래 이동시킨다는 얘기를 들었습니다. 시내에서 온 사람들이 거기서 소를 가져가기로 되어 있었죠. 저는 그들이 그냥 소를 몰아가도록 내버려 두었습니다. 저보다 그들이 소를 더 잘 찾을 테니까요. 그리고 전 제 부하들이 미치도록 고기가 먹고 싶게끔 만들었습니다. 이틀 동안 그나마 쥐꼬리만큼이라도 먹을 수 있던 배급량을 더 줄여 그들이 〈고리〉처럼 〈고〉 자로 시작되는 말만 들어도 입에 군침이 돌도록 말이죠.

용병대장 너 정말 영리하구나.

아일립 어쩌면요. 다른 건 다 시시했어요. 다만 몽둥이를 가진 데다가 수도 우리보다 세 배가 많았던 농부들이 죽자 사자 하면서 우리를 덮쳤던 것만 빼고요. 사내 네 명이 저를 덤불 속으로 밀어 넣어 제 손에서 칼을 낚아채고 소리쳤어요. 〈항복해라!〉 그 녀석들이 나를 다진 고기로 만들 기세인데 어쩌지 하는 생각이 들었죠.

용병대장 그래서 어떻게 했는데?

아일립 웃었어요. 그리고 대화를 시도했죠. 전 바로 협상에 들어가서 이렇게 말했죠. 〈황소 한 마리에 20굴덴은 내게 너무 비싸니, 15굴덴을 내겠다.〉 마치 돈을 줄 것처럼요. 그러자 그들이 놀라서 머리를 긁적였어요. 그때 몸을 구부리고 철퇴를 집어 그들을 후려쳤어요. 궁지에 몰렸는데 법이고 뭐고 알 게 뭡니까. 안 그래요?

용병대장 영혼의 목자님, 이럴 땐 뭐라고 하시겠소?

군목 엄격히 말해서, 성경에는 그런 구절이 없지요. 하지만 우리 주님은 빵 5개를 가지고 5백 개를 만들어 내실 수 있었습니다.[18] 그렇게 궁할 일이 없으니 〈네 이웃을 사랑해라〉[19]라고 요구하실 수 있었지요. 왜냐하면 충분히 먹을 수 있었으니까. 그러나 오늘날은 다를 수 있죠.

용병대장 (웃는다) 완전히 다르지. 이제 당신도 한 모금 하시오. 바리새인[20] 같으니. (아일립에게) 네가 그들을 때려눕혔다니, 정말 잘했어. 그래야 내 씩씩한 부하들이 고기를 한 조각이라도 더 먹을 수 있지. 〈네가 내 형제들 중 가장 보잘것없는 사람 하나에게 해준 것이 바로 나에게 해준 것이다〉[21]라고 성경에 쓰여 있지 않더냐? 네가 그들에게 뭘 해줬는지 아니? 소고기로 좋은 식사를 베풀어 준 거지. 그들에게도 곰팡이 핀 빵을 먹는 건 익숙하지 않아. 하느님을 위해 싸우기 전에는 철모를 쓰고도

---

18 「마태오의 복음서」 14장 15절 이하 참조.

19 「마태오의 복음서」 22장 39절 참조.

20 예수가 활동하던 시대에 존재했던 유대교의 경건주의 분파로서 율법의 가르침을 문자 그대로 준수하는 철저함을 보였다. 여기서는 위선자 내지 독선적인 인간에 대한 비유로 쓰이고 있다.

21 「마태오의 복음서」 25장 40절 참조.

빵과 포도주를 차려 먹었던 사람들이니까.

아일립 그렇습니다. 제가 바로 몸을 구부려 철퇴로 그들을 때려눕혔지요.

용병대장 넌 젊은 카이사르[22] 같은 놈이구나. 왕[23]을 알현하게 될 게다.

아일립 멀리서 봤어요. 광채 같은 게 빛나더라고요. 저는 그분을 제 이상으로 삼을 겁니다.

용병대장 넌 이미 그분이 가진 무언가를 가지고 있어. 난 너처럼 용감한 군인을 높이 평가한단다, 아일립. 난 너를 내 아들처럼 여기지. (그를 지도 있는 데로 데려간다) 정세를 한번 살펴봐라. 아직도 더 많은 것이 필요해.

억척어멈 (엿듣다가 화가 난 듯 수탉의 털을 뽑는다) 틀림없이 나쁜 용병대장이야. 훌륭한 전술을 가지고 있다면 용감한 병사가 왜 필요하겠어? 그럼 보통 병사들로도 충분할 테지. 대체로 그런 거창한 덕목이 필요한 곳에서는 뭔가 구린내 나는 게 있기 마련이야.

취사병 내 생각에 그건 뭔가 좋은 게 있다는 얘긴데.

억척어멈 아니, 뭔가 구린 게 있어. 왜냐하면 용병대장이나 왕이 아둔하면 자기 부하들을 재수 없이 막다른 골목으로 몰아넣고는 목숨을 긴 용기를 요구하지. 물론 그것도 덕목이긴 하지만. 용병대장이 너무 인색해서 군사를 적게 모집하면 병사들은 완전히 헤라클레스[24]가 되어야

---

22 용감하지만 무모한 사람을 가리킨다.
23 스웨덴의 왕 구스타프 아돌프를 말한다.

해. 또 대장이 칠칠치 못한 사람에다가 아무것도 신경을 안 쓰는 사람이라면 병사들은 뱀처럼 영악해져야 하지. 안 그러면 당장 죽으니까. 만약 대장이 병사들에게 항상 너무 과한 요구를 하는 사람이라면 병사들은 특별한 충성심이 필요하지. 나라가 제대로 되고 왕과 용병대장이 훌륭하다면 필요하지 않은 덕목들이야. 좋은 나라에서는 특별한 덕목이 필요 없으니까. 모두들 평범해도 되고, 머리도 중간 똑똑이만 되면 되고, 가령 겁쟁이라도 상관없지.

용병대장 아마 네 아버지도 군인이셨겠지.

아일립 제가 듣기론 위대한 군인이셨죠. 엄마가 그래서 제게 조심하라고 늘 노래를 하셨죠.

용병대장 노래 한번 해봐! (소리를 지른다) 당장 식사를 가져와!

아일립 제목은 〈계집과 병사의 노래〉예요. (그는 군도를 쥐고 군무를 추면서 노래를 한다)

    총은 쏘아 대고 뾰족한 칼은 찔러 대고
    물은 건너는 사람들을 삼켜 대네.
    얼음에 맞서 무엇을 할 수 있을까?
    계집이 병사에게 말했네.
    멈춰요, 그건 현명하지 못하니!
    그래도 병사는 총알을 장전하고 달려가다

---

24 그리스 신화에 나오는 최대의 영웅으로 대적할 수 없는 육체적 힘의 원형을 의미한다.

북소리를 듣고 웃네.
　　　행군 정도는 괜찮다고!
　　　남쪽을 향해 아래로, 북쪽을 향해 위로
　　　그러다 칼은 손으로 막으면 되지!
　　　병사들이 계집에게 말했네.

　　　아, 현인의 충고를 마다한 자,
　　　연륜의 권고를 저버린 자, 쓰라리게 후회할지니.
　　　계집이 병사에게 말했네.
　　　무모하게 굴지 말아요! 끝장날 수 있으니!
　　　그래도 허리춤에 칼을 찬 병사
　　　계집의 면전에 차갑게 웃고는 여울을 건너네.
　　　물을 건너는 정도는 괜찮다고!
　　　달이 널빤지 지붕 위로 휘영청 뜨면
　　　우리는 돌아오리, 기도해 주오!
　　　병사들이 계집에게 말했네.

억척어멈　(부엌에서 숟가락으로 냄비를 두드리며 이어서 노래한다)

　　　그대들은 연기처럼 사라지리! 체온도 식으리.
　　　그대들의 전공(戰功)이 우리를 따뜻하게 못 하니!
　　　아, 연기가 얼마나 서둘러 사라지는지!
　　　주여, 그를 보호하소서!
　　　병사의 계집이 말했다네.

아일립　이게 무슨 소리지?

억척어멈 (계속 노래한다)

　　　　허리춤에 칼을 찬 병사는
　　　　창을 들고 물속으로 가라앉았네.
　　　　여울에 휩쓸려 갔다네.
　　　　여울을 건너는 사람들을 물이 삼켜 버렸으니.
　　　　싸늘한 달 널빤지 지붕 위에 휘영청 떴건만
　　　　병사는 얼음과 함께 아래로 떠내려가네.
　　　　병사들이 계집에게 뭐라고 했던가?
　　　　그는 연기처럼 사라졌고 체온도 식어 버렸네.
　　　　그의 전공도 체온을 데울 순 없으니
　　　　아, 현인의 충고를 마다한 자,
　　　　쓰라리게 후회를 하지.
　　　　계집이 병사에게 말했다네.

용병대장 부엌에서 오늘 별짓을 다 하는구나.

아일립 (부엌으로 간다. 어머니를 껴안는다) 엄마를 다시 보다니! 다른 식구들은 어디 있어요?

억척어멈 (아들의 팔에 안겨서) 물속의 물고기처럼 건강하구나. 슈바이처카스는 제2연대 출납계장이 되었단다. 적어도 전투는 직접 하지 않는다고 하니 끝까지 걔를 말릴 수가 없었다.

아일립 다리는 어떠세요?

억척어멈 아침에는 신발 신기가 힘들어.

용병대장 (다가온다) 그래, 당신이 어머니군. 여기 이 애 같은 아들이 하나 더 있으면 좋겠소.

아일립 이렇게 운이 좋다니. 부엌에서 엄마 아들이 얼마나 뛰어난지 들었겠죠!

억척어멈 그래, 다 들었다. (아들의 따귀를 때린다)

아일립 (뺨을 어루만지며) 도대체! 내가 소를 잡아와서 그러세요?

억척어멈 아니. 사내 4명이 달려들어서 너를 다진 고기를 만들려고 했는데도 항복하지 않았기 때문이지! 내가 가르치지 않았던! 네 몸을 지켜야 한다고? 이 무식한 놈아!

용병대장과 군목이 문간에 서서 웃는다.

제3장

3년 후 억척어멈은 일부 핀란드 연대와 함께 포로가 된다. 딸은 구조되고 마차도 구하지만, 정직한 아들은 죽는다.

야영 진지. 오후. 장대에 연대 깃발이 걸려 있다. 억척어멈은 온갖 물건이 주렁주렁 매달려 있는 마차와 커다란 대포 사이에 빨랫줄을 매고 카트린과 함께 대포 위에서 빨래를 개면서 병기감과 총알 한 자루를 놓고 흥정을 한다. 슈바이처카스는 출납계장의 제복을 입고 쳐다보고 있다.

예쁘장한 이베트 포티에가 브랜디 한 잔을 앞에 놓고 알록달록한 모자를 꿰매고 있다. 그녀는 스타킹을 신고 있고, 빨간 뾰족구두를 옆에 벗어 놓았다.

병기감 총알을 줄 테니 2굴덴만 주쇼. 싸게 주는 거요. 돈이 필요하니까. 대령이 이틀 전부터 장교들과 술판을 벌여 술이 동이 나서 말이오.

억척어멈 이건 군대 탄약이라 갖고 있다 발견되면 군사 재판을 받게 돼. 이렇게 탄약을 팔면, 썩을 놈들, 적 앞에서 쏠 게 없어질 텐데.

병기감 당신은 그렇게 냉정한 사람이 아니잖소. 누이 좋고 매부 좋은 거지.

억척어멈 부대 재산을 사진 않소. 게다가 그 가격으로는 말이오.

병기감 오늘 저녁에 제4연대 병기감한테 5굴덴, 아니 8굴덴에도 은밀하게 팔아넘길 수 있다구. 영수증은 12굴덴으로 끊어 주고. 그자는 지금 탄약이 하나도 없거든.

억척어멈 그럼 그자한테 가보지?

병기감 그자를 믿을 수가 있어야지, 친구 사이이긴 해도.

억척어멈 (자루를 받는다) 이리 주시오. (카트린에게) 뒤로 가져가고 저자에게 1굴덴 반을 거슬러 줘. (병기감이 항의하자) 내가 말했소, 1굴덴 반이라고. (카트린이 자루를 뒤로 끌고 가고, 병기감은 그녀를 따라간다. 억척어멈이 슈바이처카스에게) 자, 속바지를 다시 가져가서 잘 보관해 둬라. 이제 10월이니 곧 가을이 될 거야, 정말 그렇게 될진 모르겠다만. 우리 생각대로 되는 건 없으니까. 계절까지도 말이지. 하지만 가을이 오거나 말거나 네 연대 금전 출납부는 정확히 맞아야지. 돈은 잘 맞니?

슈바이처카스 예, 엄마.

억척어멈 잊지 말거라. 그 사람들이 널 출납계장으로 앉힌 이유를. 그건 네가 정직하기도 하지만 네 형처럼 대범하지 않기 때문이야. 특히 넌 순박해서 그걸 갖고 튈 생각은 절대 안 하지. 넌 절대 아니지. 그러니 안심이다. 바지를 잃어버리지 말아라.

슈바이처카스 그럼요, 엄마. 매트리스 밑에 두었어요. (가려고 한다)

병기감 같이 가, 출납계장.

억척어멈 저 애한테 속임수일랑 가르치지 마시오!

병기감이 인사도 없이 슈바이처카스와 퇴장한다.

이베트 (그의 뒤에 대고 손짓을 한다) 당신은 인사도 할 줄 모르쇼, 병기감!

억척어멈 (이베트에게) 둘이 같이 있는 걸 보니 찜찜해. 내 아들 슈바이처카스에게 어울리지 않는 상대야. 그나저나 시작이 나쁘지는 않아. 전쟁이 시작되고 모든 나라들이 휘말려 들 때까지 4~5년은 눈 깜짝할 새 지나갈 거야. 좀 길게 봐서, 방심만 하지 않으면 사업이 잘되겠어. 병까지 걸려 가지고 아침 댓바람부터 술을 마시면 안 된다는 걸 모르는 건 아니겠지?

이베트 누가 그래, 내가 병에 걸렸다고? 거짓말이야.

억척어멈 다들 그러던데.

이베트 모두들 거짓말하는 거야. 억척어멈, 난 완전 절망이야. 그 거짓말 때문에 다들 나를 마치 썩은 생선 피하듯 한다니까. 이 판국에 모자를 뭐하러 고친담? (모자를 던져 버린다) 그래서 내가 아침부터 술을 마시는 거야. 예전에 안 그랬다고. 이제 눈가에 잔주름도 자글자글하고. 이제는 아무래도 상관없어. 제2핀란드 연대에서 나를 모르는 사람이 없어. 첫 애인이 나를 배신했을 때 집에 가만히 닥치고 있었어야 했는데. 우리 같은 사람들한테 자부심이 다 뭐람. 똥물도 삼킬 수 있어야 해. 그렇지 않으면 망한다고.

억척어멈 우리 순진한 딸 앞에서는 피터랑 어쨌다는 둥 그런 얘기는 꺼내지도 마.

이베트 바로 그런 얘기를 들어야 된다고. 그래야 사랑을 뭐 보듯 하지.

억척어멈 그런 얘기를 듣는다고 사랑을 뭐 보듯 하겠어?

이베트 사실 내가 그 얘기를 하는 이유는, 그래야 내 기분이 좀 가벼워지기 때문이야. 그 얘긴 내가 아름다운 플랑드르[25]에서 자라던 시절부터 시작하지. 내가 그때 거기 있지 않았다면 그이를 만나지도 않았을 테고 그럼 지금 여기 폴란드에 있을 이유도 없지. 그이는 군대 취사병이였는데, 금발에 네덜란드인이었고 좀 야윈 편이었어. 카트린, 마른 남자들을 조심해라. 하지만 그때는 나도 그걸 몰랐어. 그이에게 다른 여자가 있었다는 것도, 사람들이 그를 곰방대 피터라도 부른다는 것도 말이야. 그이는 그 짓을 할 때도 주둥이에서 곰방대를 빼지 않았는데, 그이에게는 그 짓이 그만큼 하찮았던 거야. (친교의 노래를

---

25 Flandre. 벨기에와 프랑스 두 나라에 속한 북해 연안 지방. 〈플랑드르 지방 출신이다〉라는 말은 그들의 〈사랑이 수시로 변한다〉는 것을 뜻한다.

시작한다)
    난 겨우 열일곱 살이었어요.
    그때 적군이 우리 나라로 쳐들어왔죠.
    그이는 칼을 내려놓고
    친절하게 손을 내밀었어요.
       5월의 저녁 성모 기도가 끝나고
       5월의 밤이 왔어요.
       연대가 도열하면
       관례대로 북소리가 울렸죠.
       그러면 적군은 우리를 덤불 뒤로 데리고 가서
       친교를 맺었어요.

적군들이 많았는데
나의 적군은 한 취사병이었지요.
낮에는 그를 미워하고
밤에는, 그래도 그를 사랑했어요.
    5월의 저녁 성모 기도가 끝나고
    5월의 밤이 오지요.
    연대가 도열하면
    관례대로 북소리가 울렸죠.
    그러면 적군은 우리를 덤불 뒤로 데리고 가서
    친교를 맺었어요.

내가 느낀 사랑은

위대한 힘을 가졌어요.

하지만 주변 사람들은 몰라줘요.

내가 그를 경멸하기는커녕 사랑한다는 걸.

   흐린 어느 날 이른 아침

   나의 고통과 수고가 시작되었죠.

   연대가 도열하자

   관례대로 북이 울리고

   적군 그리고 나의 사랑 역시

   나의 도시를 떠나 행군을 했죠.

난 그의 뒤를 따라갔는데, 그를 만나지 못했어. 5년 전 일이지. (비틀거리며 마차 뒤로 간다)

억척어멈 모자를 놔두고 갔어.

이베트 가지고 싶은 사람한테 가지라고 해.

억척어멈 저걸 보고 배워라, 카트린. 군인 패거리하고는 아무것도 시작해선 안 돼. 사랑은 위대한 힘을 가졌다[26]는 걸 명심해. 군인이 아니라 해도, 사랑이 그렇게 꿀맛은 아니란다. 남자는 네가 발로 밟고 지나간 땅에도 키스하고 싶다고 할 거야. 말이 나왔으니, 너 어제 발 씻었지? 그다음에는 넌 그자의 하녀가 되는 거야. 네가 벙어리라 다행이나. 임마 말에 반박하지도 않고 네 말이 맞는다고 혀를 물지도 않을 테니. 그건 신의 선물이야, 벙어리라는 거. 저기 용병대장의 취사병이 오네. 뭘 하려는 거지?

---

26 요한 슈트라우스의 오페레타 「집시남작Der Zigeunerbaron」의 2악장에 나오는 듀엣의 후렴구를 암시한다.

취사병과 군목이 온다.

군목 당신 아들 아일립의 안부를 전하러 왔소. 그리고 취사병도 같이 왔어요. 당신이 인상 깊다나.
취사병 그저 바람 좀 쐬러 같이 온 것뿐이오.
억척어멈 당신이 얌전하게 처신하면 좋지만, 안 그러면 당신네들과 인연을 끊을 거요. 내 아들이 왜요? 난 돈도 없는데.
군목 원래 출납계장 동생에게 뭘 전하라고 했는데.
억척어멈 그 애는 여기 없고, 어디 있는지도 몰라요. 걔가 형의 출납계장은 아니잖소. 큰애가 작은애를 나쁜 길로 끌어들여서도 안 되고 동생을 이용해 먹어서도 안 되오. (허리춤에 두르고 있던 지갑에서 돈을 꺼내 준다) 그 애한테 이걸 전해 주시오. 천벌을 받을 놈. 엄마의 사랑을 이용해 먹다니. 부끄러운 줄 알아야지.
취사병 시간이 없어요, 그 애는 연대를 따라 떠나야 하니까. 누가 알겠소, 황천으로 가는 길인지. 좀 더 주시오. 나중에 후회하지 말고. 당신 같은 여편네들은 냉정하게 굴다가 나중에 후회하기 마련이지. 브랜디 한 잔이 그때는 아무것도 아니지만 막상 안 주면, 누가 알겠소. 푸른 잔디를 덮고 누워 있으면 그땐 파내려고 해도 다시 파낼 수도 없다고요.
군목 너무 감상에 젖지 말게, 취사병. 전쟁에서 죽는 건 은혜지, 불운은 아니지 않나. 왜냐? 이건 종교 전쟁이니까.

이건 평범한 전쟁이 아니라 특별한 전쟁이지, 믿음을 위해 출정하고 신의 뜻을 따르는.

취사병 맞아. 불 지른다고 위협해서 도시를 강탈하고, 칼로 찌르고, 약탈하고, 겁탈한다는 면에서는 전쟁이죠. 하지만 종교 전쟁이라는 점에서 다른 전쟁하고는 달라요. 그건 분명하죠. 하지만 역시 갈증을 나게 하죠. 그건 인정하셔야 합니다. (군목 취사병을 가리키면서, 억척어멈에게) 난 저자를 데려오지 않으려 했어요. 그런데 저자가 당신에게 반했다는 겁니다. 당신을 사모하고 있어요.

취사병 (곰방대에 불을 붙인다) 단지 어여쁜 손에서 브랜디 한잔 받아 마시고 싶을 뿐, 나쁜 뜻은 없소. 난 이미 충분히 당했소. 군목이 이리로 오는 내내 저런 농담을 해서 아직도 얼굴이 시뻘겋잖아요.

억척어멈 성직자 옷을 걸치고는! 당신들에게 뭔가 마실 걸 줘야지, 안 그러면 심심풀이로 나한테 뭔가 추잡한 일을 시키겠구려.

군목 궁정 목사도 〈이건 시험에 드는 짓이야〉 하고 거기에 굴복하곤 했지. (카트린에게 가다가 몸을 돌려서) 그런데 이 매력적인 처자는 누구지?

억척어멈 그 애는 매력적인 처자가 아니라 정숙한 처자예요.

군목과 취사병이 억척어멈과 함께 마차 뒤로 간다. 카트린이 그들 뒤를 돌아보다가 빨래를 내려놓고 모자를 집으러 간다. 그녀는 모자를 쓰고 빨간 구두를 신는다. 뒤에서 억척어멈이 군목과 취사병과 함께 정치 이야기를 하는 소리가 들린다.

  폴란드인들은 여기 폴란드에 개입하지 말아야만 했어. 우리 왕이 말과 병사와 마차를 이끌고 이리로 진군해 온 건 잘한 일이야. 하지만 폴란드 사람들은 평화를 유지하는 대신 자기들 일에 개입해서 조용히 진주해 들어오는 왕을 공격한 거야. 그러니 평화를 깬 책임은 폴란드 사람들에게 있어. 폴란드 사람들 때문에 모두들 피를 흘리게 된 거야.

군목 우리 왕의 목표는 오로지 자유였는데. 황제[27]가 모두, 폴란드 사람들뿐만 아니라 독일 사람들도 정복했고 그래서 왕이 그들을 해방시켜야만 했던 거요.

취사병 내 생각도 그래요. 당신 브랜디는 정말 훌륭하군요. 내가 사람을 잘못 본 게 아니었어. 어쨌거나 왕에 대한 얘기를 하자면 왕은 독일에서 평화를 이루고 싶어 했는데 오히려 평화를 대가로 지불했지요. 스웨덴에 소금세[28]를 도입했는데, 저번에도 말했지만 그건 가난한 사람들에게만 부담이 되었지. 그러고 나서 독일 사람들을 포위해서 4등분할 수밖에 없었던 거요. 독일인들이 황제에 대한 예속 상태를 고집했기 때문이지. 물론 자유를 원하지 않는 자를 자유롭게 하는 건 왕에게도 재미가 없었겠

---

[27] 여기에서 황제는 합스부르크 왕가의 페르디난트 2세로서 그는 30년 전쟁 동안 중부 유럽에서 오스트리아의 주도권을 위해 싸웠다.
[28] 가난한 사람들을 압박했던 소금세는 독일에서 1926년에 폐지되었다가 1932년에 다시 도입되었다.

지요. 우선 왕은 사악한 인간들로부터 폴란드만 보호하고자 했어요. 특히 황제로부터 말이죠. 하지만 먹다 보니 구미가 당긴다고, 왕은 독일 전체를 보호하게 되었지요. 그 와중에 적지 않은 저항이 있었고요. 그래서 착한 왕은 선심과 비용을 쓰고도 불쾌한 일을 당하게 된 거요. 왕은 이 비용을 당연히 세금을 통해서 보충해야 했지요. 그래서 사람들이 분노를 터뜨렸지만, 왕은 개의치 않았습니다. 그에게 한 가지만은 분명했으니 그건 바로 아직 선한 신의 말씀이었어요. 그렇지 않았다면 왕이 자기 자신만을 위해 이익을 챙기려 한다고들 말들 했을 거요. 이렇듯 왕은 항상 선량한 양심을 지니고 있었고, 이게 바로 그분에게 가장 중요한 일이였지요.

억척어멈 당신이 스웨덴 사람이 아니라는 걸 알겠군요. 그렇지 않았다면 영웅적인 왕에 대해 달리 얘기했을걸.

군목 결국 당신도 왕의 빵을 먹고 사니까.

취사병 내가 왕의 빵을 먹는 게 아니라, 왕에게 빵을 구워 주는 거죠.

억척어멈 왕은 패하지 않을 거예요. 왜냐? 사람들이 그를 믿으니까. (진지하게) 높으신 나리들 얘기를 들어 보면 전쟁이란 경외심과 선하고 아름다운 것 그 무엇을 위해서만 하는 것이죠. 하지만 좀 더 자세히 들여다보면 그분들이 그렇게 우둔하지 않거든요. 결국 이익을 위해 전쟁을 하는 것이죠. 그렇지 않다면 나 같은 소시민들은 전쟁에 참여할 이유가 없죠.

취사병 그렇지요.

군목 당신은 네덜란드인이니 폴란드에서 자기 의견을 말하기 전에 여기 걸려 있는 깃발을 보는 게 좋을 거요.

억척어멈 맞아, 여기는 모두 가톨릭이지. 건배!

카트린이 이베트의 모자를 머리에 쓰고, 이베트의 걸음걸이를 흉내 내면서 이리저리 뽐내며 걷기 시작한다.

갑자기 우레와 같은 대포 소리와 총소리가 들린다. 북소리. 억척어멈과 취사병 그리고 군목이 마차 뒤에서 앞으로 뛰어나온다. 취사병과 군목의 손에는 아직 술잔이 들려 있다. 병기감과 병사 한 사람이 대포 있는 데로 달려와서 대포를 밀려고 한다.

도대체 이게 뭐람? 우선 빨래를 걷어야겠네. 이 막돼먹은 놈들. (그녀는 빨래를 걷으려 한다)

병기감 가톨릭 군대다! 기습이다! 도망칠 수 있을지 모르겠네. (병사에게) 대포를 다른 곳으로 옮겨! (달려간다)

취사병 맙소사, 용병대장한테 가야 돼. 억척이, 다음에 얘기 나누러 다시 오리다. (내달려 간다)

억척어멈 잠깐, 곰방대를 두고 갔어요!

취사병 (멀리서) 잘 보관해 주시오. 내겐 소중한 거니까.

억척어멈 돈 좀 버나 했는데, 하필 지금 이게 뭐람!

군목 그럼 나도 가오. 물론 적이 이미 가까이 있다면 위험할지도 모르지. 평화를 위하여 일하는 사람은 행복하다[29]고

---

29 「마태오의 복음서」 5장 9절 참조.

전쟁에서 얘기들 하지. 외투라도 하나 있으면 좋으련만.

억척어멈 목숨 줄을 내놓는 대도 외투는 빌려 주지 않을 거요. 좋지 않은 경험을 했거든요.

군목 하지만 난 내 신앙 때문에 특히 위험하거든요.

억척어멈 (그에게 외투를 꺼내 준다) 내 양심에 반하는 짓을 하는 거요. 빨리 가시오.

군목 정말 고맙소. 당신은 정말 마음이 넓구려. 하지만 난 여기 있는 게 나을 거 같소. 내가 도망가는 걸 보면 오히려 의심을 해서 적들이 나를 쫓을 테니까.

억척어멈 (병사에게) 대포를 그냥 둬, 이 멍청아. 누가 돈이라도 준대? 내가 보관하마. 그러다 목숨을 잃어.

병사 (달려가면서) 내가 대포를 옮기려고 했다는 걸 보셨지요!

억척어멈 맹세하지. (모자를 쓰고 있는 딸을 본다) 갈보 모자를 쓰고 뭐 하는 거냐? 당장 벗지 못해! 너 머리가 돌았니? 적군이 오고 있는 판국에? (카트린의 모자를 낚아챈다) 그들이 너를 찾아내서 갈보로 만들어야겠니? 신발까지 신었네. 이 바빌론의 창녀 같으니라고![30] 신발 내려놔! (신발을 벗기려 한다) 맙소사, 도와주시오, 군목 나리. 딸애가 신발을 안 줘요! 곧 다시 오마. (마차로 달려간다)

이베트 (등장해서, 분을 바르면서) 뭐라고요, 가톨릭 군대가 왔다고요? 내 모자는 어디 있죠? 누가 내 모자를 이렇게 밟아 놓은 거야? 가톨릭 군대가 왔다면 여기저기 돌아

---

30 「요한의 묵시록」 17장 참조.

다닐 수가 없는데. 나를 보면 어떻게 생각하겠어? 거울도 안 가져왔는데. (군목에게) 나 어때요? 분이 너무 많이 발렸나요?

군목   아주 잘 발렸소.

이베트   빨간 구두는 어디 있죠? (카트린이 발을 치마 밑으로 숨겨서 구두를 감춘다) 여기 뒀는데. 맨발로 막사까지 가야겠네. 이게 무슨 창피람! (퇴장한다)

억척어멈   (손에 재를 들고 온다. 카트린에게) 여기 재를 가져왔다. (슈바이처카스에게) 넌 뭘 끌고 오니?

슈바이처카스   연대 금고요.

억척어멈   갖다 버려! 출납계장 짓도 이제 끝났어.

슈바이처카스   이건 제 책임이에요. (뒤로 간다)

억척어멈   (군목에게) 사제복을 벗어요, 군목. 그러지 않으면 외투를 입어도 그들이 알아볼 거요. (그녀는 카트린의 얼굴에 재를 바른다) 가만히 있어! 좀 더럽지만 그래야 네가 안전해. 운이 없어도 더럽게 없지! 초소가 술에 떡이 됐어. 〈등불을 켜 됫박으로 덮어 두어야 하느니라〉[31]라는 말이 성경에 있지. 병사들은, 특히 가톨릭 군대는 깨끗한 얼굴을 보면 바로 창녀로 만들어 버리거든. 몇 주 동안 못 처먹다가 일단 약탈해서 배 좀 채우고 나면 계집들을 덮친다니까. 이제 시작될 거야. 어디 좀 보자. 나쁘지 않군. 꼭 쓰레기통을 뒤진 거 같아. 떨지 마라. 이렇게 하면 아무 일도 없을 거야. (슈바이처카스에게) 금고

---

31 「마태오의 복음서」 5장 15절 참조.

는 어디다 뒀니?

슈바이처카스 마차에 두려고요.

억척어멈 (놀라서) 뭐라? 마차에 둔다고! 경을 치게 멍청한 놈! 어떻게 되나 내가 한번 맞혀 볼까! 저들이 우리 셋을 몽땅 교수형에 처할 게다!

슈바이처카스 그럼 금고를 다른 곳에 두든가, 아니면 가지고 도망칠게요.

억척어멈 여기 있어. 너무 늦었다.

군목 (옷을 갈아입다 말고 앞으로 온다) 제기랄, 깃발을 가지고 다니다니!

억척어멈 (연대 깃발을 내린다) 아이고! 눈치를 전혀 못 챘어. 25년이나 가지고 다녔으니까.

우레와 같은 대포소리가 점점 더 크게 들린다.

3일 후, 오전. 대포가 없어졌다. 억척어멈과 카트린, 군목 그리고 슈바이처카스가 수심에 차서 함께 식사를 하고 있다.

슈바이처카스 여기 이렇게 빈둥거리고 있은 지 벌써 3일째예요. 상사 나리는 제게 항상 관대하셨지만 슬슬 이렇게 물을지도 몰라요. 도대체 슈바이처카스가 돈궤를 가지고 어디로 간 거야?

억척어멈 그들이 너를 쫓지 않는 것만으로 기뻐해야지.

군목 난 무슨 말을 하리오? 여기에서 예배도 올릴 수 없으니. 그랬다간 내 목숨이 어떻게 될지 모르지. 〈마음에 가득 찬 것이 입으로 나온다〉[32]라는 말이 성경에 있는데, 내 입으로 나오면 어쩌나!

억척어멈 그렇군. 여기 종교를 가진 한 사람과 금고를 가진 한 사람이 있군. 뭐가 더 위험한지 모르겠네.

군목 우리는 이제 주님의 손에 달렸습니다.

억척어멈 우리가 그렇게 패했다고 생각하지는 않아도 밤에 잠이 안 와. 네가 아니었다면, 슈바이처카스, 상황이 이렇게 나쁘진 않았을 텐데. 내 생각에 방패막이는 미리 잘 쳐둔 것 같아. 내가 저들에게 악마 같은 스웨덴 사람을 싫다고 말해 두었거든. 뿔도 난 데다 왼쪽 뿔이 닳아 해진 것도 봤다고. 신문받는 동안 난 축성받은 초를 어디서 살 수 있냐고도 물어봤지. 비싸지 않은 걸로. 슈바이처카스의 아버지가 가톨릭이어서 예전에 종종 그런 농담을 해서 어색하지 않게 할 수 있었어. 저들이 내 말을 다 믿는 거 같지는 않았지만, 저들도 연대에 종군 상인이 없으니까. 그래서 그냥 눈을 감아 준 거지. 어쩌면 잘 된 일이야. 포로로 잡혀 있긴 하지만 적을 내 편으로 만든 거니까 모피 속의 이처럼 안락한 거지.

군목 좋은 우유군. 하지만 양으로 보자면 우리 스웨덴식 식욕은 이제 좀 자제해야겠는걸. 우리 군대는 패배했으니까.

억척어멈 지긴 누가 져요? 윗분들의 승리와 패배가 아랫것들의 승리와 패배랑 항상 일치하는 건 아니죠. 전혀 아

---

[32] 「마태오의 복음서」 12장 34절 참조.

니에요. 하물며 패배가 아랫것들에게 이익이 되는 경우도 있어요. 명예는 잃었지만 다른 건 아니죠. 한번은 리보니아[33]에서 우리 용병대장이 적한테 몰매를 맞은 적이 있었는데 그 혼란한 틈을 타서 난 병참에서 백마를 한 마리 가져왔어요. 그놈이 일곱 달 동안 마차를 끌다가 우리 군대가 승리했고 그때야 비로소 감사가 있었죠. 보통 승리든 패배든 우리처럼 천한 사람들에게는 안 좋은 영향을 미친다고들 하죠. 우리에게 가장 좋을 때는, 정치가 눈곱만큼도 진척이 되지 않을 때랍니다. (슈바이처카스에게) 먹어라!

슈바이처카스 입맛이 없어요. 상사님은 급료를 어떻게 지급하실는지?

억척어멈 도망가면서 무슨 급료를 지급해?

슈바이처카스 아니요, 병사들은 권리가 있어요. 급료를 받지 않으면 도망갈 필요도 없죠. 한 발짝도 움직일 필요가 없어요.[34]

억척어멈 슈바이처카스, 난 늘 네 양심 때문에 걱정이 되는구나. 넌 영리하지 않기 때문에 정직해야 된다고 내가 가르쳤지. 하지만 그것도 한계가 있어. 이제 군목과 함께 가톨릭 깃발이랑 고기를 사러 가야겠다. 저 사람처럼 고기를 잘 고르는 사람은 없어. 마치 몽유병 환자처럼

---

33 Livonia. 발트 해 동쪽 연안 지역이다.
34 30년 전쟁 중에 용병들의 급료가 연체되면 용병의 의무도 끝이 났다. 그러면 그는 다시 다른 곳에서 용병에 응모할 수 있었다.

감각이 예민해서 확실하지. 자기도 모르게 좋은 고기를 보면 주둥이에 군침이 도는 것 같아. 저들이 내 장사만 허락해 주면 좋은 거지. 장사꾼은 종교를 묻지도 않고 따지지도 않아. 가격을 물을 뿐이지. 기독교 바지든 가톨릭 바지든 어차피 입으면 따뜻하다고.

군목 탁발 수도승이 말했듯, 루터파들이 도시며 나라며 죄다 발칵 뒤집어 놓을 거라고들 한다는데. 그래서 그런 사람들이 항상 필요한 거야. (억척어멈은 마차로 사라진다) 돈궤 때문에 걱정이 돼서 저러는군. 지금까지 우리 모두 눈에 띄지 않았는데, 마치 마차의 부속물인 것처럼. 하지만 얼마나 오래갈까?

슈바이처카스 금고를 다른 곳으로 옮길 수도 있는데.

군목 그건 더 위험해. 누가 너를 보면 어쩌니! 저들에게는 스파이가 있어. 내가 볼일을 보고 있는데 우리 중 한 놈이 참호에서 불쑥 나타나는 거야. 깜짝 놀라서 기도가 터져 나오려고 했지만 겨우 주워 삼킬 수 있었지. 만약 그랬다간 정체가 들통 났을 거야. 내 생각에 저들은 가톨릭인지 아닌지 확인할 수만 있다면 똥 냄새라도 맡을 걸. 그 뒈질 놈은 자그마한 체구에 한쪽 눈에 안대를 하고 있었어.

억척어멈 (마차에서 바구니를 가지고 내려오면서) 내가 뭘 찾아냈는지 아니, 이 뻔뻔한 년아? (의기양양하게 빨간 뾰족구두를 높이 쳐든다) 이베트의 빨간 뾰족구두지! 저년이 목숨 걸고 구두를 훔친 거야. 당신이 저 애한테 매력적이라는 둥 계속 그러니까 이러죠. (구두를 바구니에 넣는다) 돌려줘야겠다. 이베트의 구두를 훔치다니! 이베트야 돈 때문에 타락하는 거니까 이해한다. 하지만 네가 공짜로 그걸 가지려고 하다니. 그냥 재미 삼아서 말이야. 내가 늘 말했잖니. 평화가 올 때까지 기다려야 한다고. 게다가 군인만은 안 돼! 평화가 올 때까지는 허영에 날뛰어서도 안 된다.

군목 내 생각에 저 애는 허영이 없는데.

억척어멈 허영이 너무 많아요. 저 애가 달라나 지방의 흔하디흔한 돌처럼 되면 사람들이 말할 거예요. 〈저 병신은 아무도 안 쳐다봐〉라고. 그게 바로 내가 바라는 거예요. 그래야 저 애한테 아무 일도 일어나지 않아요. (슈바이처카스에게) 금고를 그냥 내버려 둬라. 엄마 말 들었지? 그리고 네 여동생이나 감시해. 쟨 그래야 돼. 내가 너희들 때문에 아주 죽겠구나. 힘들어서 못 해먹겠다. 너희를 보느니 차라리 땅을 파지.

그녀는 군목과 함께 사라진다. 카트린은 그릇을 정리한다.

슈바이처키스 셔츠 바람으로 이렇게 햇볕을 쬘 날도 며칠 안 남았어. (카트린이 나무를 가리킨다) 그래, 나뭇잎이 벌써 노랗게 됐네. (카트린이 그에게 뭘 마시겠냐고 몸짓으로 묻는다) 아니, 안 마실래. 생각을 좀 해야겠어. (침묵) 엄마가 잠을 못 잔대. 금고를 다른 데로 옮겨야겠어. 숨길

만한 곳을 찾았어. 한 잔만 갖다 줘. (카트린이 마차 뒤로 간다) 강가에 있는 두더지 구멍에 넣어 두었다가 나중에 가져와야겠어. 아마 내일 새벽쯤에 찾아다가 연대로 가져가야지. 사흘 만에 그렇게 멀리 도망갔겠어? 상사 나리가 눈이 휘둥그레지겠지. 〈네가 정말 나를 깜짝 놀라게 하는구나, 슈바이처카스!〉라고 말씀하실 거야. 〈너에게 금고를 믿고 맡겼더니, 이렇게 다시 가져왔구나.〉

카트린이 가득 찬 잔을 들고 마차 뒤로 가니 두 남자가 서 있었다. 하나는 상사였고 다른 한 남자는 모자를 흔들고 있다. 그 사내는 한쪽 눈에 안대를 하고 있다.

안대를 한 남자 안녕하시오, 아가씨. 여기 제2핀란드 연대에서 온 사람을 보았소?

카트린은 화들짝 놀라 뛰어서 앞으로 도망가다 브랜디를 쏟는다. 두 사람은 슈바이처카스가 앉아 있는 걸 보고 서로 쳐다본 뒤 뒤로 물러난다.

슈바이처카스 (생각에 잠겨 있다 화닥닥 깨어나면서) 반이나 엎질렀잖아. 이게 무슨 짓이야? 눈이 삐었니? 이해할 수가 없네. 나도 가야겠다. 결심했어. 그게 최선이야. (자리에서 일어난다. 카트린은 위험을 경고하기 위해 온갖 짓을 다 해본다. 하지만 그는 그녀를 밀어낼 뿐) 네가 왜 이러는지 나도 알고 싶어. 좋은 의도라는 건 알겠어. 불쌍한 것, 표현을 못 하니. 브랜디를 쏟았으면 어때. 몇 잔 더 마실 수 있는데. 한 잔이 뭐 대수겠어. (마차에서 금고를 꺼내서 외투 속으로 숨긴다) 금방 다시 올게. 이제 내 앞을 막지 마. 자꾸 그러면 화낼 거야. 물론 네가 좋은 의도에서 그런 건 알아. 네가 말을 할 수 있다면 좋으련만.

그는 저지하려는 그녀에게 키스를 한 뒤 뿌리친다. 퇴장한다. 그녀는 절망해서 소리를 조그맣게 내지르며 이리저리 뛰어다닌다. 군목과 억척어멈이 돌아온다. 카트린이 어머니에게 달려든다.

억척어멈 도대체 뭐야, 도대체? 너 제정신이 아니구나. 누가 너한테 무슨 짓을 했니? 슈바이처카스는 어디 있어? 차근차근 얘기해 봐, 카트린. 엄마는 네 말을 이해할 수 있어. 그 후레자식이 금고를 가지고 갔다고? 따귀를 때려 줘야지, 나쁜 놈 같으니라고. 침착해! 그렇게 계속 지껄이지 마라. 손을 치워. 네가 개처럼 그렇게 낑낑거리는 게 엄마는 싫다. 군목이 어떻게 생각하겠니? 군목도 무서워하잖니. 애꾸눈이 왔었니?

군목 애꾸눈, 그자가 스파이야. 그들이 슈바이처카스를 잡아갔니? (카트린이 고개를 흔들고, 어깨를 으쓱한다) 우리는 이제 끝장이야.

억척어멈 (바구니에서 가톨릭 깃발을 꺼내고 군목은 깃발을 깃대에 고정한다) 새 깃발을 올리세요!

군목　(씁쓸하게) 여긴 언제나 가톨릭입죠.

뒤에서 목소리가 들린다. 두 남자가 슈바이처카스를 데리고 온다.

슈바이처카스　나를 놔줘. 난 아무것도 없어. 어깻죽지를 비틀지 마. 난 죄가 없다고.
상사　이자는 너희 편이지? 너희들, 서로 아는 사이지?
억척어멈　우리요? 어떻게 알겠어요.
슈바이처카스　난 저 여자를 몰라요. 저 사람이 누군지 내가 어떻게 알아요. 저들하고 나는 아무 관계가 없어요. 난 여기서 점심을 사 먹고 10헬러를 냈을 뿐이에요. 내가 여기 앉아 있는 걸 봤을지도 모르지. 음식이 너무 짰어.
상사　너희들 뭐야, 엉?
억척어멈　우리는 행실이 바른 사람들입니다. 저이가 여기에서 음식을 사 먹은 건 맞아요. 너무 짰다고는 하지만.
상사　너희들 이자를 모르는 체할 거야?
억척어멈　내가 저자를 어떻게 알아요? 내가 사람들을 다 아는 건 아니니까요. 난 사람들에게 이름을 묻지도 않고, 이교도인지 아닌지 묻지도 않아요. 돈을 지불하면 이교도는 아닌 거예요. 당신도 이교도요?
슈바이처카스　아닙니다.
군목　저자는 아주 얌전히 먹고 주둥이도 열지 않았습죠. 먹을 때 빼고는. 먹을 땐 입을 벌릴 수밖에 없으니까.

상사 그럼 넌 누구냐?

억척어멈 이 사람은 그냥 내 주점에서 일하는 일꾼입니다. 당신들 보나마나 목이 마를 텐데, 브랜디 한잔 가져오리다. 달려왔으니 분명히 열이 날 거요.

상사 일할 때는 브랜디를 안 마시네. (슈바이처카스에게) 네 놈이 뭔가를 가져갔어. 강에 그걸 숨긴 게 분명해. 네가 여기서 나갈 때 외투가 너무 불룩했거든.

억척어멈 저자가 정말 그랬어요?

슈바이처카스 다른 사람을 말씀하시는 거 같은데요. 어떤 사람이 뛰어가는 걸 봤어요. 외투가 불룩 솟아 있더라고요. 나는 아니에요.

억척어멈 오해인 거 같아요. 그럴 수 있죠. 나는 사람들을 훤히 들여다봐요. 내가 억척이에요. 당신들도 들어 봤겠지만, 날 모르는 사람이 없어요. 확실히 저자는 정직하게 보이는군요.

상사 우리는 제2핀란드 연대의 금고를 찾고 있다. 금고를 보관하고 있는 자가 어떻게 생겼는지 알고 있어. 이틀 동안이나 찾아다녔어. 바로 너야.

슈바이처카스 아니에요.

상사 짐작하겠지만 그걸 내놓지 않으면 넌 죽어, 어디 있지?

억척어멈 (다급하게) 저자가 금고를 내놓을 거예요. 안 그러면 죽을 테니까. 당장에 말하겠죠. 〈내가 금고를 가지고 있어요, 여기 있어요. 당신들이 이겼소.〉 그리 멍청하지는 않으니까요. 말해, 멍청한 개새끼야. 상사 나리가 기회를 주시잖니.

슈바이처카스 내가 금고를 가지고 있지 않다면요.

상사 그럼 같이 가자. 우리가 찾아낼 테니. (둘은 그를 데려간다)

억척어멈 (뒤에 대고 소리친다) 저자가 말할 거예요. 그렇게 멍청하진 않으니까! (그들을 쫓아 뛰어간다)

그날 저녁. 군목과 벙어리 카트린이 잔을 씻고 칼을 닦고 있다.

군목 한 사람을 잡는 저런 일이 종교사에서는 유명하지. 우리 주 예수 그리스도의 수난이 생각나는군. 예수에 대한 오래된 노래가 있지. (그는 성무 일과[35]의 노래를 부른다)

이른 새벽.
주님은 가련하게도
이교도 빌라도에게
살인자로 넘겨졌네.

주님이 무고하다고 생각한 빌라도.
죽일 이유를 찾지 못해
주님을
유대의 왕에게 보냈네.

3시에 신의 아들

---

[35] 수도원에서 새벽부터 밤 늦게까지 시간별로 행하는 기도회이다.

채찍질 당하시고
가시관을 쓴 그 머리는
찢어졌다네.

조소와 경멸을 받도록
옷이 입힌 채 매질을 당하시고
매달려 죽을 십자가
몸소 짊어져야 했네.

6시에는 벌거벗겨진 채
십자가에 박히셨고
피를 흘리며
탄식으로 기도하셨네.

구경꾼들이 주님을 조롱하고
그 옆에서 죽어 가는 이들도 그랬네.
태양이 그 빛을
거두어 갈 때까지.

9시에 주님 비명을 지르며
버림받음을 한탄하시자
신 쓸개즙
그의 입에 허락되었네.

이제 주님 숨을 거두시니
땅이 흔들리고
성전의 휘장이 찢어지고
수많은 바위가 산산조각 나네.

저녁 기도 시간에
강도들의 다리를 부러뜨리고
주님의 옆구리
창으로 찔렀네.

그 자리에서 피와 체액이 흘러나오니
단지 주님을 조롱하기 위한 것이라네.
그런 짓은 우리에게 한 것이나 마찬가지네.
인간의 아들에게 한 것이니.

억척어멈 (흥분해서 온다) 죽느냐 사느냐 하는 문제야. 상사는 머리가 빨리 돌아간다고 하던데. 다만 저게 우리 슈바이처카스라는 걸 눈치채게 해서는 안 돼. 안 그러면 상사를 도와주는 셈이 돼. 이건 돈이 있으면 해결되는 문제야. 그런데 돈은 어디서 구하지? 이베트가 아직 안 왔나? 길거리에서 이베트를 만났는데 벌써 대령 하나를 사귀었던데, 아마 대령이 우리 마차를 살지도 몰라.

군목 정말로 팔려고 하시오?

억척어멈 그럼 상사에게 줄 돈을 어디서 구해요?

군목 그럼 뭘 먹고 살려고?

억척어멈 그러게요.

이베트 포티에가 늙어 빠진 대령과 함께 온다.

이베트 (억척어멈을 안는다) 억척이, 이렇게 빨리 다시 만나게 되다니! (속삭이며) 그가 싫지 않은 모양이야. (큰 소리로) 이 사람은 사업에 있어서 저에게 조언을 해주는 좋은 친구죠. 우연히 듣게 됐는데, 당신 마차를 팔려고 한다면서요, 사정 때문에? 한번 생각해 볼게요.

억척어멈 저당 잡히는 거야, 파는 게 아니라. 너무 앞서 가지 마. 이런 마차를 전쟁 중에 쉽게 다시 살 수가 없어서.

이베트 (실망해서) 단지 저당 잡히는 거라고요? 난 파는 줄 알았는데. 파는 거라면 글쎄 잘 모르겠네. (대령에게) 어떻게 생각해요?

대령 당신 맘대로 해, 내 사랑.

억척어멈 그냥 저당 잡힐 거라고.

이베트 당신은 돈이 필요하잖아.

억척어멈 (확고하게) 돈이 필요하지. 하지만 당장 파느니 적당한 임자를 만날 때까지 발바닥이 닳도록 돌아다니는 게 낫겠어. 왜냐, 우리는 마차로 벌어먹고 사니까. 이베트, 너에게는 기회겠지. 누가 알겠어, 네가 이런 물건을 언제 다시 만나고 조언을 해줄 사람을 언제 다시 얻게 될지. 안 그래?

이베트 그래, 내 친구는 내가 덥석 물어야 된다고 생각하지만 난 모르겠어. 그냥 저당 잡히는 거라면……. 우리가 마차를 당장 사야한다고 생각해요?

대령 응, 그래.

억척어멈 그럼 파는 걸 찾아야겠군. 아마 시간을 두고 네 친구랑 같이 돌아다니면, 가령 한두 주 안에 적당한 걸 찾을 수 있을 거야.

이베트 그럼요, 찾을 수 있죠. 당연히 찾으러 다녀야죠. 당신이랑요, 폴디. 그거 정말 재미있겠죠, 안 그래요? 2주일 정도 걸린다면! 돈이 생기면 도대체 언제 돌려줄 건데요?

억척어멈 2주 후에 돌려줄 거야. 빠르면 일주일 후에.

이베트 결정을 못하겠어요, 폴디, 내 사랑. 조언 좀 해줘요. (대령을 옆으로 데려간다) 저 여자는 저걸 꼭 팔아야 해요. 그러니 걱정 없어요. 저 기수 있죠, 금발 머리요. 보이죠? 저자가 내게 돈을 빌려 줄 거예요. 나한테 홀딱 반했다고 말했거든요. 내가 누구를 생각나게 한다나. 어떡할까요?

대령 저 남자를 조심해. 좋은 사람이 아니야. 당신을 이용이나 할걸. 내가 말했잖아, 내가 사주겠다고. 안 그래, 내 귀여운 토끼?

이베트 당신한테 아무것도 받지 않을 생각이에요. 물론, 저 기수가 날 이용만 해먹을 거라고 당신이 생각한다면야……. 폴디, 그럼 당신한테 받죠.

대령 그래, 좋아.

이베트 그렇게 하라는 거죠?

대령 그렇게 해.

이베트 (억척어멈에게 간다) 내 친구가 조언을 해줬어요. 내게 영수증을 하나 써 주세요. 2주가 지나면 마차가 내 것이라고. 모든 부속물까지 포함해서. 우리가 곧 마차를 살펴보고 나서 2백 굴덴을 가져다줄게요. (대령에게) 그럼 당신은 먼저 진영에 가 계세요. 뒤따라 갈게요. 내 마차에서 없어지는 물건이 없어야 하니까 다 둘러봐야겠어요. (그에게 입을 맞춘다. 그는 퇴장한다. 그녀는 마차에 올라탄다) 장화는 몇 개 없네.

억척어멈 이베트, 지금 네 마차를 살펴볼 시간이 없어. 네 입으로 네 거라고 얘기하니까 말이지만. 내게 약속했잖아, 내 아들 슈바이처카스 일로 상사랑 얘기해 보겠다고. 이제 일분일초가 급해. 내가 듣자 하니, 한 시간 후에 내 아들이 군사 재판을 받는다는데.

이베트 아마포 셔츠만 다시 세어 보고.

억척어멈 (그녀의 치맛자락을 밑으로 잡아당긴다) 이 하이에나 같은 인간아! 내 아들 슈바이처카스 목숨이 달린 일이야. 누가 제안을 한 것인지는 한마디도 하지 마. 네가 원하는 대로 네 애인이 그랬다고 해. 안 그러면 그 아이를 도왔다고 우린 다 죽어.

이베트 애꾸눈하고 숲에서 만나기로 했어. 분명 벌써 와 있을 거야.

군목 당장 2백이 다 있을 필요는 없어. 150이면 돼. 그것도 충분하지.

억척어멈 그게 당신 돈이오? 부탁인데 참견하지 말아요. 당신은 굿이나 보고 떡이나 먹으라고요. 이러쿵저러쿵 흥정하지 말고 제발 빨리 가봐. 애 목숨이 달려 있다고. (이베트를 떠밀어 보낸다)

군목 당신 일에 참견하려는 건 아니지만 이제 대체 뭘 먹고 살려고 그러냔 말이오? 당신에게는 벌어먹고 살 능력이 없는 딸이 딸려 있잖소.

억척어멈 연대 금고가 있잖아요. 이 똑똑한 체하는 양반아. 저들이 비용을 지불해 주겠지.

군목 하지만 제대로 쳐줄까?

억척어멈 내가 2백 굴덴을 다 써버리고 이베트가 마차를 차지할까 봐 신경을 쓰시는군. 하긴 그 여자는 그러지 못해 안달이 나 있지. 하지만 누가 알겠소? 대령이 얼마나 오랫동안 변함없이 그 옆에 있을지. 카트린, 칼을 닦아라, 숫돌을 써서. 그리고 당신, 감람산의 예수[36]처럼 그렇게 서성거리지 말고 서두르세요. 술잔을 닦아요. 밤에 적어도 기병이 50명은 올 거예요. 그러면 다시 이런 말들이 들리겠지. 〈난 걷는 게 싫어, 아이구. 내 다리야. 그래도 예배 드릴 때는 달리지 않아도 되겠지.〉 내 생각에 그들이 그 애를 풀어 줄 거야. 다행히도 그런 사람들은 쉽게 매수되거든. 저들은 늑대가 아니라 인간이니까. 게

---

36 죽기 전 예수의 두려움에 대한 비유. 「마태오의 복음서」 26장 31절 이하 참조.

다가 돈이라면 환장을 하지. 사랑의 신이 자비를 베풀든, 저들이 매수를 당하든 매한가지라고. 뇌물이 우리의 유일한 희망이야. 그런 사람들이 있는 한, 판결이 관대하게 내려지고, 그리고 무고한 자가 재판정을 빠져나올 수 있는 거지.

이베트 (숨을 헐떡이며 온다) 저들이 2백에 결정을 내렸어요. 서둘러야 돼요. 얼마 안 있으면 저들의 손을 떠난대요. 당장 내가 애꾸눈을 데리고 대령에게 가는 수밖에 도리가 없어요. 그 애가 금고를 가지고 있다고 자백을 했어요. 저들이 엄지손가락을 비트는 고문을 했거든요. 하지만 그 애는 저들이 자기 뒤를 쫓는 것을 알아채고 금고를 강물에 던져 버렸대요. 그래서 금고가 없어졌어요. 내가 달려가서 대령한테서 돈을 가져올까요?

억척어멈 금고가 사라졌다고? 그럼 내 2백을 어떻게 다시 찾지?

이베트 금고에서 돈을 꺼내려고 했어요? 그럼 내가 완전히 속은 거네. 희망을 버려요. 슈바이처카스를 되찾으려면 어쨌든 돈을 지불해야 해요. 아니면 마차를 잃기 전에 그냥 모두 없었던 일로 할까요?

억척어멈 그런 생각은 안 해봤어. 그렇게 재촉할 필요 없어. 마차는 이미 네 거고, 내게 없는 거나 마찬가지야. 17년 동안 끌고 다녔지만 말이야. 잠시 생각을 해봐야겠어. 좀 갑작스럽게 생긴 일이라. 내가 무엇을 해야 하는지……. 난 2백을 내놓을 수 없어. 좀 흥정을 해서 값을 깎지 그랬어. 내 손에도 뭐 좀 쥐고 있어야지. 안 그러면 아무나 나를 도랑으로 밀어 넣을 거야. 가서 말해, 120굴덴을 내겠다고. 그러지 않으면 끝이야. 마차도 잃게 되고.

이베트 그렇게는 하지 않을 거야. 하여간 애꾸눈이 서두르면서 뒤를 자꾸 봐요. 너무 흥분해 있는데, 2백을 다 주는 게 낫지 않을까요?

억척어멈 (절망적으로) 2백은 못 줘. 난 30년 동안 일을 했어. 쟨 벌써 스물다섯이고 남자도 없어. 내가 저것까지 데리고 다니는데. 조르지 마. 내가 뭘 하고 있는지 나도 잘 알아. 120이라고 말해. 그렇지 않으면 국물도 없어.

이베트 저들이 받아들여야 할 텐데. (빨리 퇴장한다)

억척어멈은 군목을 쳐다보지 않은 채 카트린이 칼 닦고 있는 걸 도우려고 앉는다.

억척어멈 잔들을 부수지 마. 이젠 우리 것도 아니야. 넌 일을 좀 보면서 해, 손 자르겠다. 슈바이처카스는 돌아올 거야. 필요하다면 2백도 내줄 거니까. 넌 네 오빠를 다시 보게 될 게다. 80굴덴이면 짐 보따리를 물건으로 가득 채워서 다시 처음부터 시작할 수 있을 거야. 이가 없으면 잇몸으로 사는 거지.

군목 주님이 좋은 길로 인도하신다고 했습니다.

억척어멈 물기를 닦아서 말리세요.

그들을 말없이 칼을 닦는다. 카트린이 갑자기 흐느끼면서 마차 뒤로 달려간다.

이베트 (달려온다) 저들이 받아들이지 않았어요. 내가 경고했잖아요. 애꾸눈이 더 이상 협상할 가치가 없다면서 당장 가려고 했어요. 그자는 북이 울리는 순간만 기다리고 있댔어요. 판결이 내려지는 때를 말이죠. 150을 제안했어요. 하지만 어깨조차 으쓱하지 않더군. 당신하고 한 번만 더 얘기해 보겠다고 하며 그를 간신히 잡아 뒀어요.
억척어멈 그럼 그에게 말해. 2백을 주겠다고. 빨리 가. (이베트가 달려간다. 그들은 묵묵히 앉아 있다. 군목은 잔을 닦는 걸 멈췄다) 협상을 너무 질질 끈 거 같아.

멀리서 북소리가 들린다. 군목이 일어나서 뒤로 간다. 억척어멈은 그냥 앉아 있다. 어두워진다. 북소리가 멈춘다. 다시 밝아진다. 억척어멈이 꼼짝 않고 앉아 있다.

이베트 (백지장처럼 창백해져서 나타난다) 협상을 잘도 해서 당신 마차는 잃지 않았군요. 그 애는 열한 발의 총탄을 맞았고요. 내가 아직도 당신을 걱정하고 있다니…… 당신은 그럴 자격도 없어요. 내가 엿들었는데 저들은 금고가 강에 빠졌다고 믿지 않고 있어요. 그래서 금고가 여기 있고, 어쨌든 당신이 그 애랑 관계가 있다고 의심하고 있어요. 그 애를 데려올 거예요. 당신이 그 애를 보고

정체를 드러내나 보려고. 경고하는데 당신은 그 애를 모르는 거예요. 안 그러면 당신들 모두 죽어요. 저들이 내 뒤를 바짝 쫓아오고 있으니 당장 말하는 게 나을 것 같아서요. 카트린을 데리고 갈까요? (억척어멈이 머리를 흔든다) 저 애도 알아요? 저 애는 북소리를 못 들어서 모를지도 몰라요.

억척어멈 알아. 데리고 가. (이베트가 카트린을 잡지만 카트린은 엄마 옆에 선다. 억척어멈이 딸의 손을 잡는다. 용병 두 명이 들것을 들고 들어오는데 홑이불이 덮인 채 누군가 누워 있다. 그 옆에 상사가 따라온다. 그들이 들것을 내려놓는다)

상사 여기 이름을 모르는 어떤 놈이 있네. 하지만 질서를 잡기 위해 이름을 기록해야 하네. 이자가 당신한테서 밥을 사 먹었는데, 알아보겠는지 한번 보게. (이불을 걷는다) 이자를 아나? (억척어멈이 고개를 젓는다) 이자가 밥을 사 먹기 전에는 본 적이 없다, 이거지? (억척어멈은 고개를 젓는다)[37] 저자를 들어서 시체 버리는 곳으로 가져가. 그를 아는 사람이 아무도 없으니.

그들이 그를 들고 간다.

---

37 억척어멈이 아들을 두 번 부인하는 것은 베드로가 예수를 세 번 부인한 일을 암시하고 있다. 「마태오의 복음서」 26장 34절, 72절 참조.

제4장

억척어멈이 위대한 항복의 노래를 부른다.

장교의 막사 앞. 억척어멈이 대기를 하고 있다. 한 서기가 막사 밖을 내다본다.

서기 기독교 출납계장을 당신이 숨겨 줬던 걸로 아는데……. 항의하지 않는 게 나을 겁니다.
억척어멈 난 항의할 거요. 난 무고한데 내가 가만히 있으면 양심이 나쁜 사람처럼 보이잖소. 저들은 칼로 내 마차의 물건들을 난도질하고, 아무 죄도 없는데 5탈러의 벌금을 요구했어요.
서기 당신에게 좋은 걸 하나 충고하자면, 그 주둥이 좀 닥치시오. 우리에게는 종군 상인이 별로 없으니 당신에게 장사를 허락할 거요. 특히 당신이 양심의 가책을 느끼고 가끔 벌금을 낸다면 말이오.
억척어멈 항의할 거요.

서기   맘대로 하시오. 그럼 기병대장이 숨을 돌릴 때까지 좀 기다리시오. (막사 안으로 돌아간다)

젊은 병사   (소란을 피우며 온다) 네미 씹할! 경을 칠 개새끼 기병대장 어디 있어? 내 수고비를 가로채 계집들이랑 술을 퍼마신 놈. 죽여 버릴 거야!

늙수그레한 병사   (뒤따라 달려온다) 주둥이 닥쳐. 감옥에 가고 싶어?

젊은 병사   나와, 이 도둑놈아! 죽도록 패서 개떡을 만들어 주마! 내가 강물로 뛰어든 틈을 타 내 보상금을 가로채? 부대 전체에서 나만 혼자 강에 들어갔는데, 맥주 한 잔도 못 사 마시게 생겼잖아. 가만히 있지 않겠다. 나와, 묵사발을 만들어 주게!

늙수그레한 병사   하느님 맙소사! 죽으려고 기를 쓰는구나.

억척어멈   저자가 보상금을 못 받았소?

젊은 병사   놔. 아니면, 같이 죽자. 한꺼번에 쓸어 주겠다.

늙수그레한 병사   대령의 말을 구했는데도 보상금 한 푼 못 받았다우. 아직 젊고 경험이 없어서 저러지.

억척어멈   내버려 둬요. 개처럼 쇠사슬로 묶을 수도 없고. 보상금을 받으려는 건 정당한 거지. 그렇지 않으면 뭐하러 나서겠어?

젊은 병사   그놈은 저 안에서 고주망태가 되어 있는데! 당신들은 모두 겁쟁이들이야. 난 특별한 일을 했으니 보상금을 받아 낼 거야.

억척어멈   젊은이, 내게 그렇게 고함을 지르지 말게. 나도 내 걱정거리가 있어서 왔으니. 어쨌거나 목청을 아껴야지. 기병대장이 오면 목청을 써야 하니까. 나중에 기병대장이 왔을 때 자네 목소리가 쉬어서 끽소리도 안 나올걸. 기병대장이 자네를 감옥에 가두지 않는다 쳐도 목소리가 안나오는데 뭘 하겠어? 그렇게 고함을 쳐대는 사람들은 오래 못 가. 고작 30분이나 갈까? 결국에는 지쳐 떨어지지. 기진맥진해서 말이야.

젊은 병사 난 아니오. 지쳐 떨어지다니 말도 안 돼. 배가 고프긴 해도. 그들은 도토리랑 삼씨로 빵을 구워 주는데 그마저도 아까워해. 그놈은 내 보상금으로 계집질이나 하는데 난 배를 곯고 있고……. 그런 놈은 죽어야 돼.

억척어멈 당신이 배가 고프다는 거 알아요. 작년에 당신네 용병대장이 병사들한테 밭에 있는 곡식들을 다 짓밟으라고 명령했지요. 그때 내게 장화가 있었다면 장화를 팔아 10굴덴은 벌 수 있었을 텐데. 10굴덴을 지불할 누군가가 있었다면 말이요. 용병대장은 올해는 더 이상 이 지역에 머물지 않을 거라고 생각했었으니까요. 하지만 아직 여기 남아 있고, 다들 배가 고파 난리죠. 당신이 성을 내는 것도 당연해요.

젊은 병사 난 참을 수가 없소. 내가 불의를 못 참는다는 둥 그런 말은 마시오.

억척어멈 당신 말이 맞아요. 하지만 얼마나 오래갈 것 같소? 얼마나 오랫동안 불의를 참지 않을 수 있을 것 같소? 한 시간 아니면 두 시간? 보시오, 한번 스스로에게 물어보시오. 그게 가장 중요해요. 왜? 감옥에 갇히는 건 불행한 일이니까. 그걸 알게 된다면 금방 불의를 참을 수 있게 되죠.

젊은 병사 내가 왜 당신 말을 듣고 있는지 모르겠소. 네미 씹할, 기병대장 어딨어?

억척어멈 당신은 내가 무슨 말을 하려는지 이미 알고 있으니 내 말을 듣고 있는 거요. 당신 분노는 이미 가라앉았어요. 그건 그냥 일시적인 거였지. 하지만 당신에게는 오래갈 분노가 필요했는데, 이제 어떡할 거요?

젊은 병사 내가 보상금을 요구하는 게 정당하지 않다는 말이오?

억척어멈 정반대지. 내 말은 당신 분노가 충분히 오래가지 않아서 그거 가지고는 아무것도 할 수 없다는 말이요. 안됐군. 그렇지 않다면 내가 당신을 더 부추겼을 거요. 그 개새끼를 묵사발을 만들라고 충고하고 싶었을 거요. 하지만 당신은 벌써 꼬리를 슬쩍 내리곤 그를 묵사발 낼 생각을 않으니 어쩌라고. 내가 여기 서 있으니 기병대장은 나한테 달려들겠지.

늙수그레한 병사 당신 말이 전적으로 옳아요. 저자는 잠깐 발광을 한 게지.

젊은 병사 그럼, 내가 그놈을 묵사발 낼지 아닐지 한번 보여주겠소. (칼을 뽑는다) 그놈이 오면 박살을 내줄 테다.

서기 (밖을 내다본다) 기병대장이 곧 오신다. 앉아.

젊은 병사가 앉는다.

억척어멈 벌써 앉았군. 보시오, 내가 뭐랬소. 당신은 벌써 앉아 있잖소. 그래, 저들은 우리를 훤히 꿰뚫어 보며 어떻게 해야 하는지 다 안다니까. 〈앉아!〉 그러면 우리는 바로 앉지. 앉아서 무슨 항변을 하겠다고. 그렇다고 다시 일어나지 마시오, 다신 일어나지 마. 내 앞에서 부끄러워할 필요는 없소. 나라고 더 나을 것도 없으니까. 전혀 없지. 저들은 우리 용기를 다 꺾어 놨어. 왜냐, 내가 항의하면 당장 내 장사에 해를 줄 거니까. 내 당신에게 위대한 항복에 관한 걸 얘기해 주리다. (위대한 항복의 노래를 시작한다)

일찍이 내 젊은 날의 청춘 시절,
난 생각했지, 내가 아주 특별하다고.
(다른 소작농의 딸들과 달리,
외모와 재능도 되고, 보다 높은 것을 갈망하는!)
난 머리카락 하나 빠지지 않은 수프를 주문했고
그들은 날 속이지 못했지.
(도 아니면 모, 어쨌거나 차선은 없는 것,
모두가 자기 행운의 대장장이,
내게 이래라저래라 하지 마라!)
하지만 지붕 위의 찌르레기
찌르, 찌르릇 노래하네. 몇 년만 기다려 봐!
그녀는 예배당에 입장을 하지,

천천히든 빠르게든, 발을 맞추어.
　　그러고는 작은 목소리로 말을 하지.
　　이제 그이가 오시네.
　　하지만 모든 것은 변하는 법!
　　사람들은 생각하지, 신이 인도하신다고.[38]
　　그런 말 마쇼!

그해가 다 가기 전
난 쓴 약도 삼킬 수 있게 되었지.[39]
(두 아이가 딸리고,
빵 값에, 게다가 이런 저런
요구는 많고!)
한번은 저들이 나랑 일을 끝내고 기진맥진해서는
내 탓으로 돌리고 무릎을 꿇렸지.
(사람들과 잘 지내고, 상부상조해야지.
억지를 부리면 안 되니까)
하지만 지붕 위의 찌르레기
찌르, 찌르릇 노래를 하네. 아직 1년도 안 됐는데!
　　그녀는 예배당에 입장을 하지,
　　천천히든 빠르게든, 발을 맞추어.
　　그러고는 작은 목소리로 말을 하지.

---

38 〈생각은 사람이 하지만 인도하는 것은 신이다〉는 속담의 변형. 「잠언」 16장 9절 참조.
39 경험을 통해 많은 것을 배웠다는 의미이다.

이제 그이가 오시네.
하지만 모든 것은 변하는 법!
사람들은 생각하지, 신이 인도하신다고.
그런 말 마쇼!

많은 사람들이 하늘을 향해 돌진하는 것을 보았네.
그들에게 그 어떤 별도
그리 크지도, 그리 멀지도 않았지.
(유능한 이는 뜻을 이루고,
뜻이 있는 곳에, 길이 있으니,
우리는 그 일을 멋지게 해낼 것이네)
하지만 그들은 곧 산 위의 산으로 돌진하면서 느꼈네.
쓰고 있는 밀짚모자 하나가 얼마나 무거운지.
(자기 분수를 알아야지!)
그런데 지붕 위의 찌르레기
찌르, 찌르릇 노래하네. 몇 년만 기다려 봐!
   그들은 예배당에 입장을 하지,
   천천히든 빠르게든, 발을 맞추어.
   그러고는 작은 목소리로 말을 하지.
   이제 그이가 오시네.
   하지만 모든 것은 변하는 법!
   사람들은 생각하지, 신이 인도하신다고.
   그런 말 마쇼!
(억척어멈이 젊은 병사에게) 그런고로 내 생각에 자넨 칼을

뽑은 채로 있어야 해. 정말로 그러길 원하고 울화가 치민다면. 자넨 충분한 이유가 있으니까. 그건 나도 인정해. 하지만 자네의 분노가 일시적인 거라면 당장 가!

젊은 병사 내 똥구멍이나 핥으쇼! (비틀비틀 걸어 나가고 늙수그레한 병사도 그 뒤를 따른다)

서기 (머리를 내민다) 기병대장님이 오셨소. 이제 항의하시오.

억척어멈 생각이 달라졌소. 항의하지 않겠소. (퇴장한다)

제5장

 2년이 지났다. 전쟁이 점점 영역을 넓혀 간다. 억척어멈의 작은 마차는 쉬지 않고 달려 폴란드, 매렌, 바이에른, 이탈리아 그리고 다시 바이에른을 통과한다. 1631년. 마그데부르크에서 틸리[40] 장군의 승리로 억척어멈은 장교 셔츠 4벌을 잃는다.

 억척어멈의 마차는 폭격을 당한 마을에 서 있다. 멀리서 어렴풋이 군악 소리가 들려온다. 병사 두 명이 주점 탁자에 앉아 있고 카트린과 억척어멈이 시중을 든다. 한 병사는 여성용 모피 코트를 걸치고 있다.

억척어멈 뭐라고, 돈을 못 낸다고? 돈이 없으면 술도 못 마시지. 개선 행진곡은 연주하면서, 병사들 급료는 안 주나 보네.
병사 그래도 술은 마실 거야. 난 약탈하러 너무 늦게 갔어.

---

40 Johann Tserclaes Graf von Tilly(1559~1632). 1630년부터 황제군의 총사령관이었다.

용병대장이 우리를 속여 약탈할 시간을 고작 한 시간 줬지.[41] 자기는 폭군이 아니라고 했지만 도시에서 그에게 뭔가 돈을 쥐여 준 게 틀림없어.

군목 (비틀거리면 온다) 저기 마당에 사람들이 아직 쓰러져 있어. 농부 가족이야. 좀 도와줘. 헝겊이 필요해.

두 번째 병사가 그와 함께 간다. 카트린은 몹시 흥분해서 엄마가 천을 내주도록 애를 써본다.

억척어멈 난 없어. 붕대를 연대에 다 팔아 버렸어. 저 사람들을 위해 내 장교 셔츠를 찢을 순 없잖니.
군목 (뒤돌아 소리치면서) 헝겊이 필요하다고 말하지 않았소.
억척어멈 (계단에 앉아서 카트린이 마차로 들어오는 것을 막으면서) 난 아무것도 안 내줄 거야. 저들은 돈을 못 내니까. 왜냐? 아무 것도 가진 게 없거든.
군목 (업고 온 한 여자에게) 폭탄이 쏟아지는데 왜들 거기 있었소?
농부의 아내 (힘 빠진 목소리로) 농장 때문에요.
억척어멈 저들이 뭐로부터는 떠날 거 같소? 이제 나보고 저들을 떠맡으라고? 난 못해.
첫 번째 병사 저들이 신교도들이라고 어떻게 그렇게 장담할

---

41 병사들에 의한 약탈은 30년 전쟁의 관행이었다. 〈전쟁이 전쟁을 먹여 살린다〉는 원리가 대규모의 군대를 가능하게 했지만 결국 전쟁 지역을 황폐화시켰다.

수 있지?

억척어멈 저들은 종교에는 관심도 없어. 농장이 날아간 판국에.

두 번째 병사 저들은 신교도들이 아니야. 구교도들이라고.

첫 번째 병사 사격을 하는데 신교도인지 구교도인지 어떻게 가려내?

한 농부 (군목이 데리고 들어온다) 내 팔이 날아갔소.

군목 헝겊이 어디 있지?

모두들 억척어멈을 쳐다보지만 그녀는 꼼짝도 안 한다.

억척어멈 난 아무것도 줄 수 없어. 관세든, 임대료든, 뇌물이든 다 비용이 든 건데! (카트린이 그르렁대는 소리를 내며, 각목을 집어 들고 엄마를 위협한다) 너 미쳤니? 그거 내려놔. 안 그러면 곡괭이로 갈겨 버릴 테다! 난 아무것도 내놓지 않을 거야. 그러고 싶지 않아. 나 자신을 지켜야 해. (군목이 그녀를 마차 계단에서 들어서 바닥에 내려놓는다. 그러고 나서 마차를 뒤져 셔츠를 찾아내고는 쭉 찢는다) 내 셔츠! 하나에 반 굴덴인데! 난 망했어!

집 안에서 고통스러운 아이의 목소리가 들린다.

농부 어린것이 아직 안에 있어요!

카트린이 달려 들어간다.

군목 (농부의 아내에게) 그냥 누워 있어요! 데리고 나올 거요.
억척어멈 저 애를 잡아. 지붕이 무너질지도 몰라.
군목 이제는 들어갈 수 없소.
억척어멈 (갈팡질팡 어쩔 줄을 몰라 하며) 내 비싼 천을 낭비하지 말라고!

두 번째 병사가 그녀를 붙잡는다. 카트린이 젖먹이를 데리고 폐허 속에서 나온다.

달고 다닐 젖먹이를 잘도 찾아냈구나? 당장 애 엄마한테 줘라. 그 애를 너한테서 뺏으려면 몇 시간은 실랑이를 해야 하니까. (두 번째 병사에게) 그렇게 멍청하게 쳐다보지 말고 뒤에 가서 음악을 그만두라고 얘기해. 저들이 이겼다는 걸 나도 아니까. 너희들은 이겼지만 난 손해가 막심하다고!
군목 (붕대를 묶으며) 피가 배어 나오는군.

카트린이 젖먹이를 어르며 자장가를 불러 준다.

억척어멈 이 참담한 와중에 저렇게 퍼질러 앉아 행복하기도 하겠다. 당장 애를 줘. 애 엄마가 정신이 돌아오잖아. (음료수를 냅다 마시고 병째 가지고 가려는 첫 번째 병사를 발견한다) 망할 놈의 자식! 이 금수 같은 놈아, 아직도 노략질이냐? 돈 내.

첫 번째 병사 없어.

억척어멈 (모피 코트를 낚아챈다) 그럼 외투라도 두고 가. 어차피 훔친 거지.

군목 저 아래 한 사람이 더 누워 있는데.

제6장

바이에른의 도시 잉골슈타트 근교에서 억척어멈은 패망한 황제군의 용병대장인 틸리 장군의 장례식[42]에 참석한다. 전쟁 영웅과 전쟁이 얼마나 오래갈지 이야기가 오간다. 군목은 자신의 능력이 썩고 있다고 한탄하고 카트린은 빨간 구두를 얻는다. 때는 1632년.

뒤쪽으로 주막이 달린 종군 상인의 천막 내부. 비가 온다. 멀리서 북소리와 장송곡이 들린다.

군목과 연대 서기가 장기를 두고 있다. 억척어멈과 딸이 재고 조사를 하고 있다.

군목 이제 장례식 행렬이 움직이는군.
억척어멈 용병대장이 안됐구먼 — 양말 스물두 켤레 — 그가 전사했다는 건 운이 나빠서 일어난 사건이라고 하더라고요. 들판에 안개가 많이 끼었는데, 바로 그 안개 때

---

42 틸리 장군은 1632년 4월 8일 구스타프 아돌프가 이끄는 스웨덴 군대와의 레히 강 전투에서 중상을 입었고 얼마 뒤 사망한다.

문이지. 용병대장은 연대를 향해 소리쳤지. 죽을힘을 다해 싸우라고. 그러고 나서 말을 타고 돌아오는 길에 안개 속에서 길을 잃은 거야. 그래서 전방으로 가다가 전장 한가운데서 총을 맞았대. 손전등이 4개밖에 없네. (뒤에서 휘파람 소리가 들린다. 주막으로 간다) 죽은 용병대장의 장례식에서 슬쩍 빠져나오다니, 수치스러운 일이야! (술을 따라 준다)

서기 장례식 전에 급료를 지불하는 게 아닌데. 장례식에 가기는커녕 곤드레만드레 술만 퍼마시잖아.

군목 (서기에게) 장례식에 안 가도 돼요?

서기 나도 슬쩍 빠져나왔지, 비가 와서.

억척어멈 당신이야 상황이 다르지요. 제복이 비에 젖어 망가질 수도 있으니까. 물론 장군의 장례식을 위해서 종을 울리려고 했는데, 그의 명령으로 교회가 이미 폭격을 맞고 날아가 버린 거예요. 그래서 불쌍한 용병대장은 무덤에 들어갈 때 종소리도 들을 수 없다고 하더군요. 그 대신 너무 썰렁하지 않게 대포 세 발을 쏘려고 한대요. 혁대 열일곱 개.

주막에서 부르는 소리 주모! 브랜디 한 잔!

억척어멈 돈 먼저! 안 돼, 그 더러운 장화로 내 천막에 들어오지 마시오! 비가 오건 안 오건 밖에서도 마실 수 있잖아. (서기에게) 난 높은 계급만 출입시켜요. 용병대장은 최근에 걱정이 많았다고 들었어요. 제2연대에서 소란이 있었다고 하더라고. 그가 급료를 지급하지도 않고 〈이건 종교 전쟁이다, 그러니 공짜로 싸우라〉고 말했기 때문이지.

장송 행진곡. 모두들 뒤를 바라본다.

군목 고귀한 분의 시신 앞으로 이제 장엄한 장례 행렬이 지나가는군.
억척어멈 저런 용병대장이나 황제는 참 안됐어요. 아마 그는 이렇게 생각했겠죠. 어쨌거나 자신은 미래에도 사람들 입에 오르내리는 뭔가를 한다고. 그래서 동상도 세워 줄 거라고. 예를 들면 세계를 정복한다거나 하는 일 말예요. 그건 용병대장 같은 사람에게는 위대한 목표지요. 그보다 더 중요한 일을 그는 모를 거예요. 악착같이 목표를 향해 달려가지만 천한 백성들 때문에 좌절하는 거예요. 맥주 한 잔과 어울릴 몇몇 사람들이면 족하고, 그 이상을 알지도 못하는 백성들 때문에요. 세상에서 가장 멋진 계획들이 사소한 데 신경을 쓰느라 수포로 돌아간 거죠. 사실 저들이 그 계획을 실행해야 할 사람들인데. 황제가 손수 아무것도 할 수가 없잖아요. 병사들과 백성들의 손에 의지할 수밖에요. 내 말이 맞지 않아요?
군목 (웃는다) 억척이, 당신 말이 옳소, 병사들 얘기만 빼고. 저들은 자신이 해야 하는 일이 아니라 할 수 있는 일을 하는 거지. 저 바깥에서 비를 맞으며 브랜디를 퍼마시고 있는 병사들을 데리고 난 백 년 동안이라도 전쟁을 계속

할 수 있소. 필요하다면 한 번에 두 가지 전쟁도 할 수 있지. 물론 난 훈련을 받은 용병대장은 아니지만.

억척어멈 그럼 전쟁이 끝날 수 있다고 생각하지 않나요?

군목 용병대장이 죽었다고 전쟁이 끝나? 어린애처럼 굴지 마시오. 용병대장 같은 사람은 수십 명 될 거요. 영웅은 항상 있는 법이지.

억척어멈 재미로 묻는 게 아니라고요. 싸게 살 수 있는 물건을 사둬야 하는지 어떤지 해서 그래요. 전쟁이 끝나 버리면 그 물건들을 다 버릴 수도 있으니까.

군목 당신이 진심이라는 걸 알아요. 항상 돌아다니며 이렇게 말하는 사람들이 있지요. 〈언젠가 전쟁이 끝난다.〉 나는 이렇게 말하리다. 〈전쟁이 언젠가 끝난다고 말할 순 없다.〉 물론 잠깐 쉴 수는 있지만. 전쟁도 잠깐 숨을 돌려야 하니까. 전쟁도 실패할 수 있지요. 전쟁이 실패하지 않는다는 법은 없어요. 이 세상에는 완전한 것이 하나도 없으니까. 완전한 전쟁은 아마 없을 거요. 비난의 여지가 없는 완전무결한 전쟁은 없어요. 갑자기 전쟁이 예기치 않은 일 때문에 중단될 수는 있어요. 모든 걸 다 예측할 수는 있는 사람은 없으니까. 어쩌면 뭔가를 잘못했다가 곤경에 빠질 수도 있지요. 하지만 수렁에 빠진 전쟁을 다시 끄집어낼 수도 있어요! 황제, 왕, 교황, 이런 사람들이 곤경에 빠진 전쟁을 도울 것이오. 그러니 대체로 전쟁에서 어떤 심각한 일도 두려워할 필요가 없소. 전쟁은 명줄이 길다는 말이죠.

병사 (주막 앞에서 노래를 부른다)

    소주 한 잔 주시오, 주인장, 빨리.

    영리하게 구시오!

    기병은 시간이 없소.

    황제를 위해 싸워야 하니.

    곱빼기로, 오늘은 경사스러운 날이라네!

억척어멈 당신 말을 믿을 수 있다면 좋으련만……

군목 생각해 보시오! 전쟁에 반대하는 게 뭐가 있겠소?

병사 (뒤에서 노래한다)

    젖가슴 좀 내놔 봐, 이년아,

    빨리, 영리하게 굴어야지!

    기병은 시간이 없네.

    매렌으로 말을 달려야 하니!

서기 (갑자기) 그럼 평화는, 평화는 어떻게 되는 겁니까? 난 뵈멘 출신인데 가끔 고향에 가고 싶소.

군목 그래, 집에 가고 싶소? 그래, 평화라! 그럼, 내 물어보리다. 치즈를 처먹으면 똥구멍에서 뭐가 나오겠소? 당연한 소릴 하긴.

병사 (뒤에서 노래한다)

    으뜸 패를 내놔 봐, 전우여,

    빨리 영리하게 굴어야지!

    기병은 시간이 없네.

    모병을 하면 가야 하니까.

> 한 말씀 하시오, 목사 나리.
> 빨리, 영리하게 굴어야지!
> 기병은 시간이 없네.
> 황제를 위해 죽어야 하니까.

서기   결국 사람은 평화 없이는 못 살아요.

군목   전쟁 중에도 평화가 있다고 말하고 싶소. 전쟁도 평화로운 때가 있지. 말하자면 전쟁은 온갖 욕구를 충족시키는데 그중 평화를 원하는 사람들의 욕구도 마찬가지지. 전쟁은 인간들을 위한 것이니까. 그렇지 않으면 전쟁이 유지될 수가 없겠지. 자넨 전쟁 중에도 똥을 쌀 수 있고, 전투 사이사이에 맥주를 마실 수도 있지 않은가. 행군을 하면서 팔을 괴고 잠깐씩 눈을 붙일 수도 있고. 그건 언제나 가능해. 길을 가다가 도랑에서도 잠을 잘 수 있지. 돌격할 때 카드놀이를 할 수는 없지만 그건 어차피 아무리 태평성대라도 밭을 갈 때 할 수 없는 거나 마찬가지니까. 하지만 승전하고 나면 할 수 있지. 총탄에 자네 다리가 날아갈 수도 있겠지. 그러면 자네는 엄청난 일이라도 일어난 것처럼 처음에는 비명을 지르겠지만, 소주 한 잔을 마시거나, 얼마 지나고 나면 진정이 되어 결국엔 다시 이리저리 쩔뚝거리며 다니겠지. 그런 전쟁도 옛날보다 나쁘진 않아. 살육의 와중에도 자네가 헛간 뒤나 뭐 그런 데서 종족 번식을 하는 걸 그 무엇이 막을 수 있겠나. 계속 안 할 수는 없으니까. 그러면 전쟁은 자네의 자식들을 얻게 되고 또 그들 덕에 전쟁이 계속될 수 있는 거지. 아니, 전쟁은 항상 출구를 발견한다네. 전쟁이 중단되어야 할 이유가 어디 있나?

카트린이 일하는 걸 멈추고, 군목을 뚫어져라 쳐다본다.

억척어멈 그럼 물건을 사야겠군요. 내 당신 말을 믿지요. (카트린이 느닷없이 병이 든 바구니를 바닥에 내동댕이치고 밖으로 뛰어나간다) 카트린! 하느님 맙소사! 저 애는 평화를 기다리고 있는데. 평화가 오면 남자를 얻을 수 있다고 믿게 했거든요. (카트린의 뒤를 따라 쫓아간다)
서기 (일어나면서) 당신이 얘기를 하는 동안 내가 이겼네요. 돈을 내시오.
억척어멈 (카트린과 함께 들어온다) 똑똑하게 굴어야지. 전쟁이 좀 더 지속되면 우리는 돈을 더 많이 벌게 되고 평화가 왔을 때 훨씬 잘살 수 있을 거야. 넌 시내로 가거라. 10분도 안 걸릴 게다. 황금 사자 가게에 가서 물건들을 가져와. 다른 귀한 물건들은 우리가 나중에 마차로 가져오면 되니까. 이제 다 됐다. 서기 양반이 너와 함께 갈 게다. 사람들이 거지반 용병대장 장례식에 갔으니 너에게 아무 일도 없을 게다. 잘 다녀와. 아무것도 뺏기지 말고. 네가 해 갈 혼수를 생각해야지! (카트린은 머리에 아마포 보자기를 뒤집어쓰고 서기와 함께 간다)
군목 저 아이를 서기랑 함께 가도록 해도 됩니까?
억척어멈 저 애는 누군가 건드리고 싶을 마음이 들 만큼 예쁘지 않잖아요.

군목 당신이 장사를 하면서 항상 고비를 넘기는 걸 보면 종종 놀랍소. 사람들이 당신을 억척이라 부르는 걸 이제 알겠어.

억척어멈 가난한 사람들은 억척을 떨 필요가 있어요. 왜냐? 그들은 이미 패배자니까요. 아침 일찍 일어나는 것도 억척을 떠는 거예요. 전쟁 중에 밭을 가는 것도 마찬가지죠! 애들을 낳는 것도 용기가 있다는 걸 보여 주는 일이에요. 왜냐하면 낳아 봤자 희망이 없으니까요. 저들은 서로 눈만 마주쳐도 저승사자가 되어서 서로 학살해야 하니. 사실 그러는 데도 용기가 필요해요. 저들이 황제와 교황의 짓거리를 참는 것만 봐도 엄청난 용기가 있다는 걸 알 수 있죠. 사실 황제나 교황 같은 이들이 가난한 사람들의 목숨을 빼앗아 가는 거니까. (주저앉아서 주머니에서 작은 곰방대를 꺼내 담배를 피운다) 장작 좀 패 주쇼.

군목 (마지못해 윗옷을 벗고 장작을 팰 준비를 한다) 난 원래 영혼을 보살피는 목동이지 장작 패는 사람이 아니오.

억척어멈 난 영혼이 없어요. 그 대신 땔감이 필요해요.

군목 그거 무슨 곰방대요?

억척어멈 그냥 담뱃대지요.

군목 아니야, 〈그냥 담뱃대〉가 아니야. 누군 건데…….

억척어멈 그래서요?

군목 저건 옥센셰르나 연대의 취사병 곰방댄데.

억척어멈 알고 있으면서 왜 처음에 그렇게 모르는 척 물어보시우?

군목 당신이 피우고 있는 게 뭔지 모르는가 싶어서. 잡동사니 틈에서 꺼내 아무 생각 없이 손에 들고 피울 수도 있으니까.

억척어멈 그러지 말란 법은 없잖소?

군목 있지, 하지만 그렇지 않으니까. 그게 누군 건지 알고 피우고 있잖아.

억척어멈 그러면 어때서요?

군목 억척이! 경고하는데, 이건 내 의무요. 당신은 그자를 다시 보지 못할 거요. 하기야 그렇게 되면 행운이지. 서운해할 일은 아니지. 그자는 믿음이 안 가는 인상이오. 정반대야.

억척어멈 그래서요? 그는 좋은 사람이에요.

군목 그래? 당신은 그런 사람을 좋은 사람이라고 하나? 난 아니오. 그를 나쁘게 말할 생각은 없지만 어쨌든 좋은 사람이라고 할 수는 없어요. 오히려 바람둥이지, 아주 교활한 바람둥이. 나를 못 믿겠다면 그 담뱃대를 봐요. 담뱃대만 봐도 그의 여러 가지 성격이 드러날 거요.

억척어멈 아무것도 안 보이는데요. 이건 그냥 보통 담뱃대일 뿐이에요.

군목 너무 물어서 너덜너덜해졌잖소. 폭력적인 사람이라는 거요. 이건 앞뒤 잴 것 없이 폭력적인 사람의 곰방대라고요. 당신이 판단력을 완전히 잃은 게 아니라면 보일 거요.

억척어멈 장작 밑동은 두 동강 내지 마쇼.

군목 내 말하지 않았소. 난 장작 패는 교육을 받은 적이 없다고. 난 영혼을 보살피는 일을 공부했소. 여기에선 내 재능과 능력이 육체적 노동으로 잘못 쓰이고 있소. 신이 주신 내 능력이 어쨌거나 소용이 없다니. 이건 죄악이오. 당신은 내가 설교하는 걸 들어 본 적도 없잖소. 내가 연대에게 설교를 하면 병사들이 적을 순한 양떼로 여기도록 만들 수도 있다고. 그러면 저들은 최후의 승리[43]를 위해 자신의 생명을 마치 거지발싸개처럼 내던지게 되지. 신은 내게 강력한 언어적 재능을 주셨소. 내가 설교를 하면 당신은 귀먹은 장님이 될 거요.

억척어멈 난 귀먹은 장님이 되고 싶지 않군요. 그럼 내가 뭘 할 수 있겠어요?

군목 억척이, 난 당신이 그렇게 무심하게 말을 하기는 하지만 그래도 따뜻한 천성을 감추고 있다고 종종 생각했소. 당신도 인간이고 온기가 필요하니까.

억척어멈 땔감이 충분해야 천막을 따뜻하게 할 수 있어요.

군목 딴소리를 하는군. 진지하게, 억척이, 난 가끔 내 자신에게 물어본다오. 우리 관계를 좀 더 친근하게 하면 어떨까 하고. 전시의 소용돌이가 희한하게도 우리를 한곳에 몰아넣었으니 말이오.

억척어멈 내 생각에 우리는 충분히 가까워요. 난 당신에게 음식을 해주고, 당신은 나를 위해 일을 하고. 예를 들어

---

43 나치의 주요 선전 문구이다.

장작을 팬다든가.

군목 (그녀에게 다가간다) 내가 〈더 친근하다고〉 말하는 게 뭔지 당신도 알지 않소. 그건 음식이나 장작 같은 그런 천한 욕구가 아니오. 마음에 귀를 기울여 봐요. 그렇게 뻣뻣하게 굴지 말고.

억척어멈 도끼를 들고 내게 달려들진 마쇼. 너무 가까워질까 봐 걱정이네.

군목 농담하지 마시오. 난 진지한 사람이고 심사숙고해서 말하는 거요.

억척어멈 군목님, 영리하게 구세요. 당신에게 호감이 가긴 해요. 하지만 ― 당신에게 훈계할 생각은 없지만 ― 내 목표는 마차를 끌고 다니며 나와 내 자식들이 먹고사는 거예요. 그건 나 혼자만의 문제가 아니에요. 난 연애사를 만들어 갈 정신이 없다고요. 이제 막 용병대장이 전사하고 모두들 평화를 운운하는 마당에 난 물건을 사들일 모험을 해야 된다고요. 내가 망하면 당신은 어디로 갈 거요? 아시다시피 당신도 모르잖아요. 당신이 우리를 위해 장작을 패주면 우리는 밤에 따뜻하게 잘 수 있죠. 그것만으로도 이런 시절에는 충분한 거죠. 저게 뭐야?

일어선다. 카트린이 숨을 헐떡거리며 이마와 눈에 붕대를 감고 등장한다. 그녀는 꾸러미, 가죽 제품, 북 같은 갖가지 물건들을 지니고 있다.

뭐냐, 습격을 당했니? 돌아오는 길에? 돌아오는 길에 습격을 당했구나! 여기서 술을 퍼마신 기병이 아닌지 모르겠다! 너를 보내지 말았어야 했는데. 물건을 치워 버려! 심하지는 않네, 그냥 찰과상이야. 내가 상처를 처매 주마. 일주일이면 나을 거야. 짐승보다 못한 놈들. (상처를 붕대로 감아 준다)

군목 난 그들을 비난하지 않소. 저들도 고향에서라면 이런 추한 짓거리를 하진 않았을 거요. 잘못은 전쟁을 일으킨 사람들에게 있지요. 그들이 인간의 가장 추한 면을 표면 위로 끌어낸 거요.

억척어멈 서기랑 같이 안 왔니? 네가 정숙한 여자라 당한 거야. 저들은 그런 건 상관도 안 하지. 상처는 깊지 않아. 흉터가 남진 않을 거야. 자, 이제 잘 처맸다. 너에게 줄 게 있으니, 가만히 있어라. 내가 몰래 뭘 빼두었지. 봐라. (자루 속을 뒤적거리더니 포티에의 빨간 뾰족구두를 꺼낸다) 자, 보이니? 네가 항상 갖고 싶어 하던 거야. 받아라. 내 맘이 변하기 전에 빨리 신어 봐. (딸이 신발 신는 걸 도와준다) 흉터가 남지 않을 거야. 사실 그렇게 중요하진 않지만. 사내들 마음에 들면 팔자가 사나워지니까. 망가질 때까지 이리저리 끌고 다닐걸. 저들 맘에 들지 않아야 목숨을 부지할 수 있어. 얼굴 반반한 것들을 많이 봤는데 늑대라도 놀라 자빠질 정도로 몰골이 금방 변해 버리더라고. 그런 것들은 가로수 뒤로 갈 때마다 두려움에 떨어야 하고 말이야. 끔찍한 인생이지. 나무도 마찬가지야. 곧고 하늘로 치솟은 나무는 베여 대들보로 쓰이지만 굽은 나무는 자기 천수를 누릴 수 있거든.[44] 그러니 그건 행운이 아니고 뭐냐. 신발이 아직 괜찮아. 내가 닦아서 보관해 두었단다.

카트린은 구두를 세워 놓고 마차로 기어들어 간다.

군목 저 애 얼굴이 흉해지지 않으면 좋겠는데.

억척어멈 상처는 남을 거예요. 저 애는 이제 평화를 기다릴 필요가 없어졌군요.

군목 그래도 물건을 뺏기진 않았어.

억척어멈 저 애를 너무 엄하게 가르치지 말아야 했어요. 저 애 머릿속이 어떤지 들여다볼 수 있다면 좋으련만! 한번은 저 애가 하룻밤 안 들어온 적이 있었어요. 딱 한 번이었죠. 그 후에도 늘 그랬듯 이리저리 다니면서 더 열심히 일을 했어요. 저 애가 무슨 일을 겪었는지 알 도리가 없었죠. 그 일로 한동안 골머리를 앓았어요. (분통을 터뜨리며 카트린이 가져온 물건들을 분류한다) 지금은 전쟁이에요! 정말 대단한 돈줄이죠!

대포 소리가 들린다.

---

[44] 장자의 〈유용한 나무의 환난〉이라는 비유로, 브레히트의 「사천의 선인Der gute Mensch von Sezuan」에서도 다시 인용된다.

군목 이제 용병대장을 매장하는군. 역사적인 순간이야.

억척어멈 저들이 내 딸의 눈을 갈긴 순간이 내게는 역사적 순간이에요. 엉망이 됐어요. 이제 저 애는 남자를 얻을 수 없을 거예요. 게다가 어린애라면 사족을 못 쓰는데. 저 애가 벙어리가 된 것도 전쟁 때문이었죠. 저 애가 어렸을 때 한 병사가 입에 뭔가를 쑤셔 넣었어요. 슈바이처카스는 이제 볼 수도 없는데, 아일립은 어디에 있는지, 신만이 아시겠죠. 저주받을 전쟁 같으니.

제7장

억척어멈의 장사가 호황을 누리고 있다.

국도 변. 군목, 억척어멈, 카트린이 새 물건이 주렁주렁 달린 마차를 끌고 간다. 억척어멈은 은화로 만든 목걸이를 차고 있다.

억척어멈 전쟁을 헐뜯는 걸 참을 수 없어. 전쟁은 약자들의 씨를 말린다고들 하지만 약자야 뭐 평화로울 때도 죽는 걸. 다만, 전쟁만이 사람들을 풍요롭게 먹여 살리지. (노래한다)
> 전쟁은 그대가 어쩔 수 없는 일.
> 어차피 그대는 승전에 동참할 수 없다네.
> 전쟁은 단지 장사일 뿐,
> 치즈 대신 탄환으로 하는.
> 한곳에 뿌리박고 사는 게 무슨 소용이람?
> 그런 사람들이
> 먼저 죽는데.

많은 사람들이 그렇게 많은 것들을 바랐지만
많은 사람들은 원하는 것을 얻지 못했네.
약삭빠르게 숨을 구멍을 팠지만
단지 서둘러 자기 무덤을 팠을 뿐.
많은 이들이 그렇게 서둘러
황급히 묘지로 가는 걸 보았지.
그 안에 누워 스스로 묻겠지.
왜 그렇게 서둘렀을까.

그들은 계속 마차를 끌고 간다.

제8장

같은 해 스웨덴의 왕 구스타프 아돌프가 뤼첸 전투에서 전사한다.[45] 평화 때문에 억척어멈의 장사는 거의 파산할 지경이다. 억척어멈의 용감한 아들은 영웅적 행위를 너무 많이 해서 치욕적인 결말을 맞는다.

군대의 야영지. 어느 여름날 아침. 마차 앞에 늙은 여인과 그 아들이 서 있다. 아들은 침구류가 든 커다란 자루를 끌고 온다.

억척어멈의 목소리 (마차 안에서 밖으로) 꼭두새벽부터 깨우고 난리야?
젊은 남자 우리는 밤새도록 20마일을 달려왔소. 그리고 오늘 돌아가야 합니다.
억척어멈의 목소리 이불용 깃털을 가지고 뭘 하라고? 사람들은 집도 없는데.
젊은 남자 잠깐 이걸 봐주세요.

45 구스타프 아돌프는 1632년 11월 16일 뤼첸 전투에서 전사하고, 스웨덴은 수상 옥센셰르나의 지휘 아래 전쟁은 계속된다.

늙은 여자 여기도 허탕이다. 가자!

젊은 남자 그럼 저들이 세금 대신 우리 집을 저당 잡을 거예요. 어쩌면 십자가를 얹어 주면 3굴덴을 줄지도 몰라요. (종소리가 울리기 시작한다) 들어 보세요, 엄마!

목소리 (뒤에서) 평화다! 스웨덴의 왕이 죽었다!

억척어멈 (마차 밖으로 고개를 내민다. 아직 머리를 매만지지 않아 엉망이다) 아직 주 중인데 무슨 종소리지?

군목 (마차 밑에서 기어 나온다) 뭐라고들 소리치는 거야?

억척어멈 평화가 왔다고는 말하지 말아요. 이제 막 새 물건들을 구입했다고요.

군목 (뒤를 향해 소리치며) 정말이오? 평화가 왔어?

목소리 3주 전부터요. 말하자면 우리만 몰랐던 거죠.

군목 (억척어멈에게) 그렇지 않으면 왜 종을 울리겠어?

목소리 도시에 이미 루터교도 한 무리가 마차를 타고 도착했어요. 그들이 소식을 전했어요.

젊은 남자 어머니, 평화예요. 왜 그러세요?

늙은 여자가 주저앉는다.

억척어멈 (마차로 돌아간다) 이이고 하느님 아버지! 카트린, 평화란다! 검은 옷을 입어라! 예배를 보러 가자. 우리는 슈바이처카스에게 죄를 지었어. 그런데 정말인가?

젊은 남자 여기 있는 사람들도 그렇게 말했어요. 평화가 왔다고. 일어날 수 있어요? (늙은 여자가 진정하고 일어난

다) 이제 피혁 제조소를 다시 시작해야겠어요. 엄마한테 약속할게요. 모든 게 이제 정상으로 돌아왔어요. 아빠에게 이불을 다시 갖다 드려야겠어요. (군목에게) 어머니가 몸이 안 좋으세요. 소식 때문이죠. 평화가 올 거라고 엄마는 믿지 않으셨거든요. 아버지는 항상 그렇게 말씀하셨지만. 이제 곧 집으로 가야겠어요.

두 사람이 퇴장한다.

억척어멈의 목소리 노파에게 술 한잔 줘요!
군목 벌써 갔어요.
억척어멈의 목소리 저쪽 진영은 어때요?
군목 사람들이 모여들었어. 저쪽에 가보리다. 성직자 복장을 하지 않아도 되겠지?
억척어멈의 목소리 반그리스도로 찍히기 전에 잘 알아 보슈. 난 망했지만 그래도 평화가 오니 기뻐요. 적어도 아이들 중 둘은 전쟁에서 살아남았으니. 이제 내 아들 아일립을 다시 만나게 될 거예요.
군목 저기 진영 샛길로 누가 내려오고 있는 거지? 저건 용병 대장의 취사병 아닌가!
취사병 (좀 너저분한 모습으로 보따리를 들고 있다) 이게 누구야? 군목님!
군목 억척이, 손님이 왔네!

억척어멈이 기어 나온다.

취사병 내가 약속했지. 시간이 나자마자 이야기나 나누러 여기 오겠다고. 브랜디를 잊지 않고 가지고 왔소, 피어링 부인.

억척어멈 아이구, 용병대장의 취사병이네! 오랜만이오! 내 큰아들, 아일립은 어디 있소?

취사병 아직 안 왔소? 그 애는 나보다 앞서 당신에게 간다고 했는데.

군목 사제복을 입어야지, 잠깐 기다리시오. (마차 뒤로 간다)

억척어멈 그럼 조만간 도착하겠군요. (마차 안에 대고 소리를 친다) 카트린, 아일립이 온단다! 취사병 주게 브랜디 한 잔 가져와라, 카트린! (카트린이 모습을 드러내지 않는다) 머리카락으로 얼굴을 가리고 나와. 그럼 되잖니! 람프 씨는 남이 아니다. (브랜디를 손수 가져온다) 저 애는 밖으로 나오려 하질 않아요. 평화에 관심이 없다니까요. 평화가 너무 늦게 온 거죠. 저들이 저 애 한쪽 눈을 때렸어요. 사람들은 쳐다보지도 않는데 저 애는 사람들이 자기만 본다고 생각하죠.

취사병 그래요, 전쟁이 문제요!

그와 억척어멈이 함께 앉는다.

억척어멈 취사병, 불행한 시기에 나를 만나러 오셨군요. 난 쫄딱 망했어요.

취사병 뭐라고요? 운이 없었군요.

억척어멈 평화 때문에 난 끝장이 났어요. 군목의 충고를 듣고 최근에 물건을 사들였거든요. 이제 다들 뿔뿔이 흩어져 버리고 난 물건 더미 위에 앉아 있어야 해요.

취사병 어떻게 군목 말을 들을 수 있소? 내가 그때 시간이 있었더라면 당신에게 군목을 조심하라고 주의를 줬을 텐데. 그 사람은 허풍쟁이요. 그래서 당신한테 흰소리를 친 거지.

억척어멈 하지만 군목은 그릇들을 씻어 주고 마차 끄는 것도 도왔어요.

취사병 그자가 마차를 끌어? 내가 아는데 종종 당신에게 농을 걸었을 거요. 계집에 대해 음탕한 생각을 가지고 있으니. 그자를 고쳐 보려 했지만 소용이 없었어요. 믿을 수가 없는 사람이오.

억척어멈 당신은 믿을 수 있는 사람이에요?

취사병 난 별거 아니지만 믿을 수는 있지. 건배!

억척어멈 별거 아니지만, 믿을 수 있다. 난 다행히도 믿을 만한 사람을 하나 알고 있었죠. 그때처럼 뼈 빠지게 일한 적이 없었어요. 그자는 봄이면 아이들 이불을 팔아먹고, 내 하모니카를 기독교적이지 않다고 뭐라 했죠. 당신이 스스로 믿을 만하다고 자처하는 게 좋아 보이지는 않네요.

취사병 여전히 공격적이군. 그래서 내 당신을 좋아하는 거요.

억척어멈 내가 드세서 좋아한다고 말하지 마세요!

취사병 어쨌거나 우린 여기 함께 앉아 있지 않소. 평화의 종소리를 들으며, 당신이 따라 주는 브랜디를 마시며. 당신 브랜디가 최고지.

억척어멈 지금 평화의 종소리가 무슨 대수요. 저들이 밀려 있는 급료를 어떻게 지불할지, 참. 이 판국에 내 소문난 브랜디가 무슨 소용이 있겠어요? 도대체 급료를 받긴 했어요?

취사병 (머뭇거리며) 아니오. 그래서 우린 다 뿔뿔이 흩어졌지. 이런 상황에서 내게 뭐가 남아 있나 생각하다가 그 사이 친구들을 방문하기로 했지. 그래서 지금 내가 당신하고 마주 앉아 있는 거고.

억척어멈 말하자면 당신은 무일푼이란 말이군요.

취사병 정말 저 종소리 좀 그쳤으면 좋겠구먼, 진짜로. 뭔가 장사를 하고 싶소. 더 이상 취사병은 하기 싫어요. 나무뿌리랑 신발 가죽 같은 걸로 음식을 만들어 내야 하다니. 그러고 나서 맛이 없다고 내 얼굴에다 뜨거운 수프를 붓는다니까. 요즘 취사병 인생은 개 같은 인생이요. 차라리 군 복무가 낫지. 하지만 물론 지금은 평화 시니까. (군목이 옛날 사제복을 입고 나타난다) 그 얘기는 다음에 계속합시다.

군목 좀이 좀 슬었지만 아직 괜찮아.

취사병 왜 그렇게 애쓰는지 모르겠구려. 다시 군목으로 채용될 것도 아닌데. 이제 대체 목숨을 걸고 싸워서 봉급을 성실하게 벌라고 누구한테 설교할 거요? 게다가 난 당신하고 결판 지을 일이 있소. 당신이 전쟁이 영원할 거라며 부인에게 쓸데없이 물건들을 사라고 했다지요.

군목 (열을 내며) 무슨 상관이오?

취사병 왜냐하면 양심이 없는 일이니까, 그런 건! 당신은 어떻게 바라지도 않는 충고를 하고, 다른 사람의 사업에 감 놔라 배 놔라 하시오?

군목 누가 감 놔라 배 놔라 한다고 이래요? (억척어멈에게) 당신이 이 사람의 가까운 여자 친구이고, 내가 이 사람에게 해명까지 해야 되는 사이인지 난 몰랐소.

억척어멈 그렇게 흥분하지 마세요. 취사병은 그저 개인적인 생각을 말한 것뿐이에요. 그래도 전쟁에 대한 당신 예측이 꽝이라는 건 부인할 수 없잖아요.

군목 평화를 욕되게 하지 말아요, 억척이! 당신은 전쟁터의 하이에나요.

억척어멈 내가 뭐라고요?

취사병 내 여자 친구를 모욕하다니 나랑 한판 붙읍시다.

군목 당신과는 말하지 않겠소. 당신 의도가 너무 뻔해. (억척어멈에게) 하지만 당신이 마치 코 묻은 손수건을 엄지와 집게손가락으로 집듯이 평화를 더러운 것 대하듯 하니 인간적으로 정말 화가 납니다. 당신이 평화를 원하지 않고 전쟁을 원한다는 걸 알기 때문이오. 전쟁에서 이익을 남겨야 하니까. 하지만 옛 속담을 잊지 마시오.〈악마와 함께 아침 식사를 하려거든 긴 숟가락을 가지고 있

어야 한다!〉[46]

억척어멈 난 전쟁을 좋아하지 않아요. 전쟁도 날 좋아하지 않고. 어쨌든 하이에나는 사양하겠어요. 하이에나와 난 서로 아무 관계가 없어요.

군목 그럼 다른 사람들은 다 안도의 숨을 쉬고 있는데 당신은 왜 평화에 대해 불평을 늘어놓는 거요? 당신 마차에 있는 낡은 잡동사니 때문에?

억척어멈 내 물건이 낡은 잡동사니는 아니죠. 그걸로 내가 먹고살고 당신도 이제껏 그랬잖아요.

군목 그래, 전쟁으로 먹고살았다고! 아하!

취사병 (군목에게) 성인이라면 충고를 하지 말았어야 합니다. (억척어멈에게) 이런 상황에서 가격이 곤두박질치기 전에 빨리 물건을 처분하는 거 말고는 다른 방도가 없소. 어서 옷을 입고 출발하시오. 지체할 시간이 없소!

억척어멈 아주 이성적인 충고네요. 내 생각에도 그래요.

군목 취사병의 말이기 때문이겠지.

억척어멈 그럼 당신은 왜 그런 말을 안 한 거예요? 그이 말이 맞아요. 시장에 가는 게 좋겠어요. (마차 안으로 들어간다)

취사병 한 가지만 말합시다, 군목. 당신은 냉정하지 못하군요. 이렇게 말했어야죠. 〈내가 당신한테 충고를 했다고? 난 기껏해야 정치 이야기를 했소!〉 당신이 나랑 똑같이 굴면 안 되지. 이런 닭싸움에 당신 사제복은 어울리지

---

[46] 적과 결탁할 때는 항상 조심해야 한다는 독일의 속담이다.

않소!

군목 주둥이 닥치지 않으면 사제복과 어울리든 어울리지 않든 당신을 죽여 버리겠소.

취사병 (장화를 벗고 발싸개를 풀면서) 당신이 이런 불경한 부랑배가 아니라면, 이렇게 평화가 찾아왔을 때 다시 사제관으로 갈 수 있으련만. 요리할 게 없으니 취사병은 필요 없지만, 믿는 사람들은 항상 있으니까. 그건 변하지 않지.

군목 람프 씨, 부탁인데 나를 여기에서 자꾸 밀어내지 마시오. 이렇게 타락한 이후로 난 오히려 더 나은 인간이 되었소. 더 이상 설교를 할 수가 없소.

이베트 포티에가 검은 옷을 입고 요란하게 꾸민 채 지팡이를 들고 온다. 그녀는 훨씬 더 늙고, 뚱뚱해지고, 분으로 떡칠을 했다. 그녀의 뒤에 하인이 따라온다.

이베트 어머나, 여러분! 여기 억척어멈네 아닌가요?
군목 맞소. 성함이 어떻게 되시는지?
이베트 슈타르헴베르크 대령 부인이에요. 억척네는 어디 있죠?
군목 (마차 안에 대고 소리친다) 슈타르헴베르크 대령 부인이 당신을 찾아왔어요!
억척어멈의 목소리 곧 가요!
이베트 이베트예요!

억척어멈의 목소리 아, 이베트!

이베트 그저 어떻게 지내나 보려고요! (취사병이 기겁을 해서 몸을 돌린다) 피터!

취사병 이베트!

이베트 이런 일이! 당신 어떻게 여기에 왔어?

취사병 마차로 왔소.

군목 아, 당신들 서로 아는 사이요? 은밀한?

이베트 난 그렇다고 생각하고 싶어요. (취사병을 유심히 훑어본다) 뚱뚱해졌군.

취사병 당신도 이제 날씬한 축에는 못 끼겠는데.

이베트 어쨌든 당신을 만나 기뻐, 이 사기꾼아. 이제 당신에 대한 내 생각을 말할 수 있겠네.

군목 찬찬히 말해 보시오. 하지만 억척이가 나올 때까지 잠깐만 기다려요.

억척어멈 (갖가지 물건을 가지고 나온다) 이베트!

(서로 껴안는다) 근데 왜 상복을 입었어?

이베트 나한테 안 어울려? 내 남편인 대령이 몇 년 전에 죽었어요.

억척어멈 내 마차를 살 뻔했던 그 노인이?

이베트 그의 형님.

억척어멈 그럼, 상황이 나쁘지는 않겠군! 적어도 한 사람은 전쟁에서 이득을 얻었네.

이베트 좋았다 나빴다 다시 좋아진 거죠.

억척어멈 대령님들에 대해서 나쁜 말은 하지 말자고. 그들은 떼돈을 버는 사람들이니까!

군목 (취사병에게) 내가 당신이라면 신발을 다시 신겠소. (이베트에게) 당신이 저 남자를 어떻게 생각하는지 말하기로 했지요, 대령 부인.

취사병 이베트, 여기서 시비 걸지 마.

억척어멈 이베트, 이 사람은 내 친구야.

이베트 이 사람이 바로 곰방대 피터예요.

취사병 별명을 부르지 마! 난 람프야.

억척어멈 (웃는다) 곰방대 피터라고! 계집들을 미치게 했던! 당신, 곰방대를 내가 보관하고 있는데.

군목 그걸로 담배도 피웠지!

이베트 저자를 조심하라고 당신에게 말해 줄 수 있다니 다행이네요. 플랑드르 해변을 이리저리 휘젓고 돌아다녔던 최고의 악질이죠. 저자가 불행하게 만든 여자들을 열 손가락으로 꼽을 수도 있다고요.

취사병 오래전 얘기야. 절대 진실이 아니야.

이베트 귀부인이 대화를 청할 때는 좀 일어나! 내가 이런 인간을 사랑했다니! 저자는 다리가 휜 자그마한 흑인 여자와 나를 동시에 사귀었어요. 물론 그 여자도 불행해졌죠.

취사병 내가 당신을 행복하게 만들어 준 거지, 보시다시피.

이베트 입 닥쳐. 몰골이 참담하군! 당신은 저자를 조심해야 해요. 저런 놈은 저 꼬락서니가 돼서도 위험하니까.

억척어멈 (이베트에게) 같이 가세. 가격이 떨어지기 전에 내 물건을 처분해야 돼. 아마 자네 연줄이 연대에서 물건을 파는 데 도움이 될지도 몰라. (마차 안에 대고 소리친다) 카트린, 교회는 안 되겠다. 그 대신 시장에 갔다 올게. 아일립이 오면, 마실 걸 좀 줘라. (이베트와 함께 퇴장한다)

이베트 (퇴장하면서) 저런 인간 때문에 내가 구렁텅이에 빠졌다니! 그래도 출세할 수 있었던 건 다 운이 좋았기 때문이지. 당신 같은 인간이 더 이상 연애질을 못하게 만들었다고 언젠가 저 위에서 칭찬받을 거야, 곰방대 피터.

군목 우리 대화를 이런 말로 뒷받침하고 싶소. 신의 물레방아는 천천히 돌아간다.[47] 이제 내 위트에 대해 이의를 제기해 보시지!

취사병 재수 없군! 있는 그대로 말하겠소. 난 따뜻한 밥이나 먹을까 했소. 난 배고파 죽겠는데 당신들은 나에 대해 이렇다 저렇다 말들만 많고 억척어멈은 나를 완전히 오해했소. 내 생각에 억척어멈이 오기 전에 내가 사라지는 게 낫겠어.

군목 내 생각도 그렇소.

취사병 군목, 평화라면 진저리가 나오. 인류는 대포와 칼로 멸망할 겁니다. 처음부터 죄를 지었으니. 어디 있는지도 모르는 용병대장에게 다시 기름진 수탉이나 구워 줄 수 있으면 좋겠소. 겨자 소스에 당근을 조금 곁들여서.

군목 빨간 양배추지. 수탉에는 빨간 양배추가 제격이오.

---

47 바로크 시대의 시인 프리드리히 폰 로가우Friedrich von Logau의 격언시 「신의 복수」에서 인용. 나쁜 일을 저지르면 당장 벌을 받지는 않아도 언젠가는 신에게 심판을 받게 된다는 의미이다.

취사병 맞아요. 하지만 용병대장은 당근을 좋아했소.

군목 뭘 모르는 게지.

취사병 당신도 함께 게걸스럽게 먹어 댔죠.

군목 마지못해 그런 거요.

취사병 어쨌든 그때가 좋은 시절이었다는 걸 인정하셔야죠.

군목 어쩌면 인정할 수도 있겠지.

취사병 당신이 억척어멈을 하이에나라고 불렀으니 당신도 이제 여기에 있기 힘들겠소. 도대체 뭘 그렇게 멍청히 보시오?

군목 아일립! (아일립이 저쪽에서 오고, 그 뒤를 창을 든 병사들이 따른다. 그의 손은 묶여 있고 얼굴은 백지장처럼 하얗게 질려 있다). 도대체 무슨 일이냐?

아일립 엄마는 어디 있어요?

군목 시내에 갔다.

아일립 엄마가 여기 계시다고 들었는데. 저들이 엄마를 찾아가도 된다고 허락해 줬어요.

취사병 (병사들에게) 이 아이를 대체 어디로 데려가는 거요?

병사 좋은 데는 아니요.

군목 이 애가 무슨 일을 저질렀소?

병사 한 농부의 집에 침입해 농부의 아낙네를 죽였소.

군목 어떻게 그런 일을 저질렀니?

아일립 전이랑 다른 일을 한 게 아니에요.

취사병 하지만 지금은 평시잖니.

아일립 닥쳐. 엄마가 올 때까지 앉아도 되겠소?

병사 시간이 없다.

군목 전시에는 그런 일을 했다고 칭찬해 주고 그를 용병대장의 오른편에 앉혔지. 그땐 용감한 일이었으니까. 군법 무관과 얘기를 할 수 있겠소?

병사 아무 소용 없소. 농부의 가축을 약탈한 게 무슨 용맹한 일이겠소?

취사병 멍청한 짓이지!

아일립 내가 멍청했다면 굶어 죽었을 거야, 이 잘난 체하는 인간아.

취사병 그럼 넌 영리해서 머리가 떨어져 나가겠구나.

군목 카트린이라도 데리고 나와야겠소.

아일립 그냥 둬요! 소주 한 모금이나 주시오.

병사 그럴 시간 없어, 가자!

군목 그럼 어머니에게 뭐라고 전할까?

아일립 엄마에게 특별한 일을 한 게 아니라고 말해 주세요. 예전이랑 똑같은 일을 했다고. 아니면 아무 말도 하지 마세요.

병사들이 그를 데려간다.

군목 너의 마지막 길을 같이 가겠다.

아일립 목사는 필요 없어요.

군목 아직 몰라서 그래. (아일립을 따라간다)

취사병 (그들 뒤에 대고 소리친다) 어머니에게 아들을 보게 될 거라고 말해야만 하겠지!

군목 차라리 아무 말도 마시오. 말하려거든 아들이 왔다 갔고 다시 올 거라고 하시오. 아마도 내일. 아니, 그 사이 내가 돌아와서 억척어멈에게 말하리다. (서둘러 떠난다. 취사병이 머리를 절레절레 흔들며 그들의 뒤를 바라보다가, 안절부절못하면서 이리저리 왔다 갔다 한다. 결국 그는 마차로 다가선다)

취사병 이봐! 나오지 않겠니? 네가 평화를 두려워해서 숨는 건 이해해. 나도 그러고 싶으니까. 난 용병대장의 취사병이야. 나 모르겠어? 어머니가 돌아올 때까지 뭐 먹을 것 좀 없을까? 베이컨이나 빵도 괜찮은데. 그저 입이 심심해서. (마차 안을 들여다본다) 머리에 이불을 뒤집어쓰고 있군.

뒤에서 대포 소리가 들린다.

억척어멈 (뛰어온다. 숨을 헐떡이는데 물건을 아직도 가지고 있다) 취사병, 평화가 다시 끝났어요! 사흘 전부터 다시 전쟁이래요. 그 얘기를 듣고 내 물건들을 처분하지 않았어요. 다행이에요! 시내에서 사람들이 루터교도들과 총질을 하고 있어요. 우린 당장 마차를 끌고 떠나야 해요. 카트린, 짐을 싸라! 당신 왜 그렇게 당황하죠? 무슨 일이에요?

취사병 아무것도 아니오.

억척어멈 아니에요. 뭔가 있어요. 당신 얼굴에 쓰여 있어요.

취사병 전쟁이 다시 시작됐다니 그런 거지. 내일 저녁이나 돼야 따뜻한 음식으로 배를 채울 수 있겠군.

억척어멈 거짓말 마요, 취사병.

취사병 아일립이 왔었소. 근데 바로 다시 떠나야만 했소.

억척어멈 아일립이 왔었다고요? 그럼 행군할 때 다시 볼 수 있겠네요. 난 이제 우리 식구들을 데리고 가야해요. 아일립은 어때요?

취사병 항상 똑같지.

억척어멈 그 애는 변하지 않을 거예요. 전쟁도 내게서 그 애를 빼앗아 갈 수 없었죠. 그 애는 영리하거든요. 짐 싸는 걸 도와 주시겠우? (짐을 싸기 시작한다) 그 애가 무슨 얘길 했어요? 용병대장하고는 잘 지낸대요? 용감한 일을 했다고는 안 해요?

취사병 (어두운 표정으로) 내가 듣자니 옛날에 한 일을 또 했다더군.

억척어멈 나중에 얘기해 줘요, 지금은 떠나야 하니. (카트린이 나타난다) 카트린, 평화가 지나갔단다. 우린 계속 가야 해. (취사병에게) 당신은 어떻게 할 거예요?

취사병 군대에 지원해야지.

억척어멈 내가 제안하고 싶은 건……. 그런데 군목은 어디에 있죠?

취사병 아일립과 함께 시내로 갔소.

억척어멈 그럼 좀 같이 가요, 람프. 당신 도움이 필요해.

취사병 이베트와의 일은······.

억척어멈 내가 알고 있던 당신과 별로 다르지 않던데요. 오히려 그 반대죠. 아니 땐 굴뚝에 연기 나겠어요? 그러니 우리랑 같이 가실 거죠?

취사병 아니라고는 말하지 않겠소.

억척어멈 제12연대는 벌써 출발했어요. 끌채를 잡으세요. 여기 빵 한 조각이 있어요. 우린 뒤로 돌아서 루터파 병사들에게 가야해요. 어쩌면 오늘 밤에 아일립을 보겠군요. 그건 내가 가장 바라는 일인데. 짧은 평화가 있었지만 이제 다시 떠나야 해요. (취사병과 카트린이 마차를 끌 채비를 하는 동안 노래를 부른다)

    울름에서 메츠까지, 메츠에서 매렌까지!
    억척어멈이 거기에 있네!
    전쟁은 사람들을 먹여 살릴 것이니
    화약과 탄알만 필요할 뿐.
    아니, 화약과 탄알만으로도 안 되지.
    전쟁에는 사람도 필요한 법!
    그러니 어서들 연대로 가시오.
    그렇지 않으면 전쟁이 망해요!
    그러니 오늘까지 모이시오!

제9장

위대한 종교 전쟁이 이미 16년 동안 계속되었다. 독일은 국민의 반 이상을 잃었다. 학살에 살아남은 사람들마저 심한 전염병에 걸려 죽었다. 일찍이 풍요로웠던 지역에 굶주림이 기승을 부렸다. 불에 타 무너진 도시엔 늑대들이 어슬렁거렸다. 1634년 가을, 우리는 스웨덴 군대가 행군하는 군사 도로에서 좀 떨어진, 독일 피히텔게비르게[48]에서 억척어멈을 만나게 된다. 그해 겨울은 유독 빨리 오고 매우 혹독하다. 장사가 잘 안 돼서 구걸 밖에는 할 일이 없다. 취사병은 우트레히트에서 편지 한 통을 받고 이별을 고한다.

거의 무너져 가는 사제관 앞. 초겨울의 흐린 아침. 바람이 몹시 분다. 억척어멈과 취사병은 낡아 빠진 양가죽을 두른 채 마차 옆에 있다.

취사병 아직 사방이 어둡고, 아무도 안 일어났군.
억척어멈 하지만 사제관이니, 누군가 종을 치러 침대 밖으

[48] 독일 바이에른 주 북동쪽에 있는 산악 지대이다.

로 기어 나올 텐데. 그래야 따뜻한 수프를 먹지요.

취사병 이미 봤듯이 마을 전체가 재가 됐는데 어디서 기어 나와?

억척어멈 하지만 누군가 아직 살고 있어요. 좀 전에 개가 짖었다고요.

취사병 아무리 목사 나부랭이가 가진 게 있다고 해도 우리한테 주겠어?

억척어멈 어쩌면 우리가 노래를 한다면…….

취사병 갑자기 지겨워졌어. 우트레히트에서 편지 한 통을 받았는데, 어머니가 콜레라로 돌아가셔서 음식점이 내 것이 되었소. 당신이 믿지 않는다면 자, 여기 편지가 있소. 이모가 내 인생이 어떻게 변할지 뭐라고 썼든 당신에게는 상관없겠지만, 편지를 보여 주겠소.

억척어멈 (편지를 읽는다) 람프, 나도 돌아다니는 게 지쳐요. 내가 마치 푸줏간 집 개 같다고요. 손님들을 위해 고기를 끌고 다니지만 정작 자기는 먹지도 못하고 말이에요. 난 더 이상 팔 것이 없고 사람들은 낼 돈이 없으니. 작센에서는 넝마를 입은 한 사내가 계란 두 개에 양피지 장정본 한 더미를 내게 떠넘기려 했어요. 뷔르템베르크에서는 사람들이 소금 한 자루를 얻으려고 쟁기를 내려놨다고 하더라고요. 하긴 뭐 땜에 쟁기질을 하겠어요. 더 이상 자라는 것도 없고 온통 가시덤불뿐이니. 폼메른 지방에서는 마을 사람들이 어린아이들을 잡아먹었다고도 하고, 약탈하는 수녀들을 붙잡았다고도 하더라고요.

취사병 세상이 다 죽어 가고 있어.

억척어멈 가끔 내가 마차를 끌고 지옥과 천국을 오가면서 석탄을 팔고, 방황하는 영혼들에게 길거리 음식을 파는 게 아닌지 싶어요. 아직 남아 있는 아이들과 함께 총탄에 무너지지 않은 장소를 찾을 수 있다면 몇 년 그냥 조용히 살고 싶어요.

취사병 우린 식당을 열 수 있을 거요. 안나, 한번 생각해 봐요. 오늘 밤에 난 결심했소. 당신과 함께든 당신 없이든 우트레히트로 돌아가기로. 그것도 오늘.

억척어멈 카트린과 얘기를 해봐야 해요. 그런데 좀 급작스럽군요. 춥고 배고플 때 결정을 하고 싶지는 않아요. 카트린! (카트린이 마차에서 기어 나온다) 카트린, 네게 할 말이 있다. 취사병과 내가 우트레히트로 가려고 한다. 취사병이 거기서 음식점을 물려받았거든. 넌 거기서 정착해서 남자를 사귈 수도 있단다. 사람들은 안정적인 여자를 좋아할 거야. 외모가 다가 아니지. 난 찬성이다. 취사병과 뜻이 맞아. 그는 장사 수완이 있는 사람이라고 말해야겠지. 먹을 걱정은 안 해도 될 거야. 좋지 않니? 안 그래? 너에게 걸맞은 잠자리를 얻게 되고, 어때? 언제까지나 실서리에서 살 수는 없잖니. 그러면 사람이 망가져. 벌써 이가 득실거리잖니. 우린 결정을 해야 돼. 왜냐, 스웨덴군과 함께 북쪽으로 갈 수 있거든. 스웨덴군이 그리로 갈 테니까. (왼쪽을 가리킨다) 결정해라. 카트린.

취사병 안나, 당신하고 단둘이 할 말이 있는데.

억척어멈 마차로 돌아가라, 카트린.

카트린이 마차로 기어올라 간다.

취사병 당신 말을 끊었소. 당신이 오해를 한 거 같아서. 당연한 것이라 따로 얘기할 필요가 없다고 생각했소. 하지만 당신에게 얘기해야겠군. 당신이 딸애를 데려가는 건 말도 안 되는 소리요. 이해해 주리라 생각하오.

카트린이 그들 뒤에서 마차 밖으로 고개를 내밀고 엿듣는다.

억척어멈 카트린을 남겨 둬야 한다는 건가요?
취사병 어떻게 생각하오? 음식점이 좁아요. 방이 세 개나 되는 그런 데가 아니요. 우리가 열심히 하면 우리 둘이야 먹고살지. 하지만 셋은 안 돼요. 어림도 없소. 카트린은 마차를 가지면 되잖소.
억척어멈 난 딸애가 우트레히트에서 남자를 만날 수 있을 거라 생각했어요.
취사병 웃기지도 않는군! 저 애가 어떻게 남자를 만나? 벙어리에다 얼굴에 상처까지 있는데! 게다가 저 나이에?[49]
억척어멈 그렇게 큰 소리로 말하지 마요!
취사병 조용히 말하든 큰 소리로 말하든 사실은 사실이지. 그리고 그게 내가 저 애랑 식당에서 같이 살 수 없는 이

---

49 카트린은 서른 살이다.

유기도 하지. 손님들이 저런 꼴을 만날 보고 싶어 하겠어? 그렇다고 손님들을 나쁘다고 할 순 없어요.

억척어멈 아가리 닥쳐. 그렇게 떠들지 말라고 말했잖아.

취사병 사제관에 불이 켜졌어. 노래를 불러야지.

억척어멈 취사병, 딸애가 어떻게 혼자 마차를 끌 수 있다고 생각하지? 저 애는 전쟁을 무서워해요. 전쟁을 견디지 못한다고요. 저 애가 밤마다 무슨 꿈을 꾸는지, 밤이면 끙끙거리는 소리가 들리거든요. 특히 전투가 있는 날이면 더해요. 저 애가 꿈에서 뭘 보는지 모르겠어요. 동정심에 괴로워하는 거죠. 최근에는 우리 마차에 치인 고슴도치를 저 애가 숨겨 둔 걸 찾아냈어요.

취사병 그래도 음식점이 너무 작아. (소리친다) 경애하는 주인장 나리, 그리고 하인들과 집에 사시는 여러분들! 솔로몬과 율리우스 카이사르처럼 위대한 정신이 소용이 없었던 위인들의 노래를 불러 드리겠나이다.[50] 그러니 우리 역시 착실한 사람들이고 그래서 특히 겨울을 나기가 힘들다는 걸 알아주십시오.

현명한 솔로몬을 보았죠.

그가 어떻게 되었는지 아실 거예요.

---

50 브레히트는 「서푼짜리 오페라」의 「솔로몬의 노래」를 변형시켜 사용하고 있다. 「서푼짜리 오페라」에서는 이 노래가 현명한 솔로몬, 아름다운 클레오파트라, 용감한 카이사르, 인색하지 않은 매키스 씨에 대한 네 개의 연으로 구성되어 있다. 여기 노래에 등장하는 인물들은 억척어멈과 자식들의 특성을 대변하고 있다. 「서푼짜리 오페라」의 「솔로몬의 노래」는 쿠르트 바일이 작곡했고, 여기에서는 파울 데사우가 거리 발라드 가수의 음악으로 곡을 붙였다.

그에게 모든 게 분명했지만
태어난 시간을 저주하고
모든 것이 허황됨을 알게 되었죠.
솔로몬은 얼마나 위대하고 현명했는지!
보세요, 아직 밤이 오기도 전에
세상은 이미 그 결말을 보았죠.
지혜가 그를 그렇게 만들었으니
부럽구나, 지혜 없는 자여!

말하자면 온갖 덕목은 이 아름다운 노래가 보여 주듯 이 세상에서는 위험합죠. 차라리 덕목 대신 안락한 삶과 따뜻한 수프 같은 아침 식사를 누리는 편이 나아요. 난 먹을 수프가 없으니 단지 수프를 원할 뿐이에요. 난 병사입니다. 그런데 내 용감성이 이 전투에서 내게 무슨 소용이 있었나요. 아무 소용도 없었어요. 난 배가 고파요. 그러니 겁쟁이라는 소리를 들으며 고향에 있는 게 더 나을 뻔했죠. 왜냐?

그다음에는 용감한 카이사르를 보았죠.
그가 어떻게 되었는지 아실 거예요!
신처럼 제단에 앉아 있다가
암살당했죠, 그대들도 알다시피.
가장 위대했던 시기에.
어찌나 크게 외쳤던지, 〈내 아들아, 너마저도!〉
보세요, 아직 밤이 오기도 전에
세상은 이미 그 결말을 보았죠.

용감함이 그를 그렇게 만들었나니!

부럽구나, 용감하지 않은 자여!

(낮은 목소리로) 내다보지도 않네. (큰 소리로) 경애하는 주인 나리, 그리고 하인들과 집에 거주하시는 여러분! 당신들은 이렇게 말하시겠죠. 용맹이 밥 먹여 주냐, 정직함으로 승부해 봐라! 그러면 배불리 먹거나 적어도 쫄쫄 굶진 않겠지. 그럼 정직함은 어떨까요?

그대들 정직한 소크라테스[51]를 보았죠.

늘 진리를 말하는.

아, 안 돼요, 그대들 그에게 감사할 줄을 몰랐죠.

오히려 윗분들은 악의에 차 그에게

독배를 건네주었죠.

민중의 위대한 아들은 얼마나 정직했던가!

그러니 보시오, 아직 밤이 오기도 전에

세상은 이미 그 결말을 보았죠.

정직함이 그를 이 지경까지 만들었나니!

부럽도다, 정직하지 않은 자여!

그래요, 이기적이지 않고 가진 걸 나누라는 말이 있죠. 하지만 가진 게 없다면? 자선가도 쉽지만은 않다는 걸 다들 알고 있어요. 다만, 뭔가 있어야만 하죠. 그래요, 이타심은 보기 드문 덕목이에요. 이득이 안 되니까.

---

51 Socrates(B.C. 469~B.C. 399). 고대 그리스의 철학자로 아테네에 살면서 많은 제자들을 교육시켰는데, 그의 사상 활동은 아테네 법에 위배된다 하여 독배를 마시고 사형을 당했다.

성스러운 마르틴, 그대들이 알다시피
낯선 이의 곤궁을 참지 않았죠.
그는 눈 속에서 한 가난한 사람을 보았어요.
그래서 자기 외투 반쪽을 그에게 주었죠.
그리고는 둘 다 얼어 죽었어요.[52]
그는 지상의 대가를 바라지 않은 거죠!
그러니 보시오, 아직 밤이 오기도 전에
세상은 이미 그 결말을 보았죠.
이타심이 그를 이 지경으로 만들었나니!
부럽도다, 이타심이 없는 자여!

우리도 그래요! 우리는 착실한 사람들이고 서로서로 돕죠. 훔치지도 살인하지도 않고 방화도 안 해요! 그런데 사람들은 이렇게 말하죠, 우리가 점점 더 몰락해 간다고. 우리를 보면 노래 내용이 증명된답니다. 아무리 착실해도 수프는 구하기 힘드니까요. 하지만 우리가 달랐더라면, 만약 도둑이나 살인자였더라면, 우린 아마 배부르게 먹었을 거예요! 왜냐하면 덕목이 대가를 지불하지 않기 때문이죠, 다만 악덕만이 대가를 줘요. 이런 세상이지만, 그래서는 안 되잖아요!

그대들 여기 착실한 사람들을 보세요.
십계명을 지키는.
하지만 그것은 이제껏 우리에게 아무 소용이 없었죠.

---

52 전해 오는 이야기에 따르면 투르의 성자 마르틴은 어떤 거지에게 자신의 외투를 주었다. 그래서 얼어 죽었다는 이야기는 브레히트의 상상이다.

따뜻한 난롯가에 앉아 있는 그대들
우리의 커다란 곤궁을 덜어 주시오!
우리는 얼마나 성실했던가!
그러나 보시오, 아직 밤이 오기도 전에
세상은 이미 그 결말을 보았죠.
경건함이 우리를 이 지경으로 만들었나니!
부럽도다, 경건함이 없는 자!

목소리 (위에서) 거기 너희들! 이리 올라와! 밀가루 죽은 먹을 수 있을 게야.

억척어멈 람프, 난 아무것도 목에 넘어갈 거 같지 않아요. 당신 말이 틀리다고는 말 못 해요. 하지만 그게 당신의 마지막 결정이지요? 우리가 서로 잘 통했다고 생각했는데…….

취사병 내 마지막 결정이야. 생각해 봐.

억척어멈 생각할 필요도 없어요. 딸애를 여기 남겨 둘 수 없어.

취사병 그것도 틀리진 않아. 나라도 달리 어쩔 수 없었을 거야. 난 잔인한 사람이 아니야. 다만 음식점이 너무 작아서. 이제 위로 올라가야지. 안 그러면 여기서도 죽도 못 얻어먹어. 추위에 떨며 노래를 부른 게 허사가 된다고.

두 사람이 퇴장한다.

마차에서 카트린이 보따리를 하나 들고 기어 나온다. 그녀는 두 사람이 없는지 둘러본다. 그러고 나서 마차 바퀴 위에 취사병의 헌 바지와 엄마의 치마를 눈에 잘 띄도록 나란히 정리해 놓는다. 일을 끝내고 보따리를 가지고 떠나려고 하는데, 억척어멈이 집 밖으로 나온다.

억척어멈 (수프 접시를 들고) 카트린! 거기 서! 보따리 들고 어디 가니? 너 정신 나갔니? (보따리를 들여다본다) 네 물건만 쌌구나! 들었니? 내가 그이에게 말했단다. 우트레히트, 그 더러운 음식점이 대수냐고! 우리가 거기 가서 뭘 하겠니? 너나 나나, 우리는 음식점에는 안 맞아. 전쟁터에 아직 우리에게 필요한 것들이 있는데. (바지와 치마를 본다) 멍청하긴. 네가 떠나고 나서 내가 저걸 보면 무슨 생각이 들겠니? (가려고 하는 카트린을 꽉 잡는다) 너 때문에 내가 그 남자랑 헤어졌다고 생각하지 마라. 마차 때문이야. 이 정든 마차를 떠날 수 없단다. 절대 너 때문이 아니야. 마차 때문이지. 우리 다른 방향으로 가자. 취사병 물건은 내려놓고. 찾아가겠지. 멍청한 인간. (마차에 기어 올라가서 몇 가지 취사병의 소지품들을 던진다) 자, 그자는 이제 우리 장사에서 빠질 거고, 이제 어느 누구도 껴주지 말자. 자, 이제 출발하자. 언제나 그랬지만 겨울도 곧 끝나 가는구나. 채비를 해라. 눈이 올지도 모르겠으니.

그들은 마차 앞에서 채비를 하고 마차를 돌려 출발한다. 취사병이 와서, 놀란 채 자기 물건을 쳐다본다.

제10장

1635년 내내[53] 억척어멈과 딸 카트린은 점점 몰락해 가는 군대를 따라 중부 독일의 국도를 지나간다.

국도. 억척어멈과 카트린이 마차를 끌고 온다. 그들이 어느 한 농가를 지나는데 노랫소리가 들린다.

목소리   정원 한복판에
소담스럽게 핀
장미 한 송이 우리에게 기쁨을 주었네.
3월에 심었으니
수고가 헛되지 않았네.
정원을 가진 자들은 복되도다.
장미가 저리도 곱게 피었으니.

---

53 스웨덴 군대는 1634년 뇌르틀링겐에서 패배한 후 1635년 중부 독일을 어렵게 확보할 수 있었다.

눈보라가 휘몰아치고
전나무가 뒤흔들려도
우리는 별일 없어요.
이끼와 짚으로 막아
지붕을 얹었으니
지붕을 가진 자들은 복되도다.
저렇게 눈보라가 몰아쳐도.

억척어멈과 카트린이 노래를 듣기 위해 잠시 멈춰 섰다가 다시 마차를 끌고 간다.

제11장

1636년 1월. 황제 군대가 신교 도시인 할레를 위협한다. 돌이 말하기 시작한다.[54] 억척어멈은 딸을 잃고 혼자서 계속 마차를 끈다. 전쟁은 전혀 끝날 기미가 보이지 않는다.

남루해진 포장마차가 농가 옆에 서 있다. 농가의 커다란 초가지붕은 암벽에 기대어져 있다. 밤이다. 수풀 속에서 기수 한 명[55]과 중무장한 세 명의 병사들이 나타난다.

기수 소란 피우고 싶지 않아. 그러니까 소리를 지르는 자가 있으면 창으로 후려쳐.
첫 번째 병사 길잡이를 하나 구하려면 우선 문을 두드려 저들을 불러내야겠지요.
기수 문을 두드리는 소리는 부자연스러운 소음은 아니지.

---

54 「루가의 복음서」 19장 40절 참조.
55 이 장면의 기수는 제4장에 나오는 항변하는 젊은 병사이다. 위대한 항복이 이 사람을 냉정하고 잔인한 장교로 만들었다.

암소가 이리저리 뒹굴다 마구간 벽에 부딪힐 수도 있으니까.

병사들이 농가의 문을 똑똑 두드린다. 농부의 아내가 문을 연다. 그들이 그녀의 입을 틀어막는다. 병사 두 명이 들어간다.

안쪽에서 남자의 목소리   뭐야?

병사들이 농부와 그 아들을 데리고 나온다.

기수 (카트린이 마차에서 나오자 마차를 가리킨다) 저기 또 한 명이 있어. (한 병사가 카트린을 끌고 나온다) 여기 사는 것들이 너희들 뿐이냐?
농부 부부 이건 우리 아들이고, 저 여자는 벙어리입죠. 쟤 엄마는 시내로 장사할 물건을 사러 갔습니다. 사람들이 피난을 가면서 물건들을 싸게 내놔서요. 저들은 떠돌아다니는 사람들입죠. 종군 상인이니까.
기수 너희들에게 경고하건대 얌전히 굴어. 찍소리라도 내면 창으로 대갈통을 날려 주겠다. 시내로 가는 길을 안내할 사람이 하나 필요하다. (젊은 농부를 가리킨다) 너, 이리 와!
젊은 농부 난 샛길을 모르오.
두 번째 병사 (씩 웃으며) 저자가 샛길을 모른답니다.
젊은 농부 난 구교를 도와주진 않소.

기수 (두 번째 병사에게) 창으로 옆구리를 꽉 찔러!

젊은 농부 (무릎을 꿇리고 창으로 위협당한다) 죽어도 못 하오.

기수 저자가 머리를 굴리는군. (마구간으로 다가간다) 암소 두 마리랑 황소 한 마리라. 잘 들어라. 네가 정신을 못 차리면 저 가축들을 칼로 베어 죽여 버리겠다.

젊은 농부 가축은 안 돼요!

농부의 아내 (운다) 용병대장 나리, 우리 가축은 건드리지 말아 주세요. 안 그러면 우린 다 굶어 죽어요.

기수 저자가 고집을 부리면 가축은 다 죽어.

첫 번째 병사 황소 먼저 시작해 볼까.

젊은 농부 (농부에게) 내가 정말 해야 합니까? (농부의 아내가 고개를 끄덕인다) 하겠소.

농부의 아내 정말 감사합니다. 용병대장 나리. 우리를 해치지 않으시니. 영원히. 아멘.

부인이 계속 고맙다고 하자 농부가 말린다.

첫 번째 병사 황소가 너희들에게 그렇게 중요하진 몰랐네!

젊은 농부의 안내를 받으며 기수와 병사들이 길을 떠난다.

농부 저들이 무슨 짓을 하려는지 알겠어. 예감이 안 좋아.

농부의 아내 아마 정찰병들일 거예요. 뭐 하려고요?

농부 (사다리를 지붕에 대고 기어 올라가면서) 저들뿐인지 보려고. 저 위쪽 수풀에서 뭔가 움직여. 저 아래 채석장에도 뭔가 보이네. 숲 속의 빈터에도 무장한 사람들이 있어. 그리고 대포도 하나 있어. 1개 연대는 더 되겠는데. 도시와 거기 있는 사람들에게 자비를.

농부의 아내 도시에 불이 켜져 있어요?

농부 아니. 지금 다 자고 있지. (기어 내려온다) 저들이 밀고 들어가 다 찔러 죽일 거야.

농부의 아내 초소에서 때맞춰 발견하겠죠.

농부 저 위 산 중턱 망루의 보초병도 틀림없이 죽였을 거야. 그렇지 않으면 벌써 나팔을 불었을 텐데.

농부의 아내 우리 수가 좀 많았더라면…….

농부 이 위에서 저 병신을 데리고…….

농부의 아내 우리가 할 수 있는 일은 아무것도 없죠? 당신…….

농부 아무 것도 못해.

농부의 아내 우리가 뛰어 내려갈 수도 없고. 이 한밤중에.

농부 산 중턱 전체가 저들로 득실거려. 신호도 보낼 수 없고.

농부의 아내 여기 위에 있는 우리까지 죽일까요?

농부 그래, 우리가 할 수 있는 일은 없어.

농부의 아내 (카트린에게) 기도나 해라, 가엾은 것, 기도나 해! 우린 피비린내 나는 학살을 막을 방도가 없구나. 네가 말은 못해도 기도는 할 수 있겠지. 아무도 네 말을 들을 수는 없지만 그분은 들으신단다. 널 도와주마. (모두 무릎을 꿇는다. 카트린도 농부 부부의 뒤에 무릎을 꿇는다) 하늘에 계신 우리 아버지, 우리 기도를 들어주소서. 도시에서 아무것도 모르고 단잠을 자고 있는 모든 사람들이 무사하고 도시가 멸망하지 않게 하소서. 사람들을 깨우셔서 그들이 성벽 위로 올라가게 하소서. 한밤중에 산 중턱에서 초원을 가로질러 창과 대포를 가지고 그들에게 다가가는 저들을 보게 하소서. (카트린을 돌아보며) 우리 어머니를 보살펴 주시고, 보초병이 잠에서 깨어나게 하소서. 그러지 않으면 너무 늦습니다. 우리 시동생을 도와주소서. 도시 안에 자식 4명과 함께 살고 있습니다. 그들이 죽지 않도록 해주소서. 그들은 무고하고 아무것도 모르고 있습니다. (신음하고 있는 카트린에게) 하나는 두 살도 채 되지 않았고, 제일 큰 것이 이제 일곱 살입니다. (카트린이 놀라 일어선다) 우리 아버지, 이 기도를 들어주소서. 당신만이 우리를 도우실 수 있습니다. 우리는 멸망할 것입니다. 왜냐하면 우리는 너무 약하고 창도, 아무것도 없습니다. 믿을 만한 게 아무것도 없고, 우리 가축과 농장도 당신 손에 달려 있습니다. 도시 역시 마찬가지입니다. 적은 막강한 힘을 가지고 성벽 앞까지 왔습니다.

가트린이 눈치채지 못하게 마차로 기어가서 뭔가 꺼내 앞치마 아래 숨기고는 사다리를 타고 지붕 위로 기어 올라간다.

위험에 빠진 아이들을 기억하소서. 특히 제일 어린 것을. 꼼작도 할 수 없는 노인들과 모든 생명들을 기억하소서.

농부 우리가 우리에게 죄진 자들을 용서했듯이 우리 죄를 용서하소서. 아멘

카트린이 지붕 위에 앉아 앞치마 아래서 북을 꺼내 치기 시작한다.

농부의 아내 맙소사, 저 애가 뭐하는 거야?
농부 정신이 나갔군.
농부의 아내 저 애를 끌어내려요, 어서!

농부가 사다리로 달려가자 카트린이 사다리를 지붕 위로 끌어 올려 버린다.

저 애가 우리를 망하게 할 거예요.
농부 당장 멈춰, 이 병신아!
농부의 아내 황제의 군대가 이쪽으로 올 거야.
농부 (땅바닥에서 돌을 찾는다) 돌을 던지겠다.
농부의 아내 넌 동정심도 없니? 감정도 없어? 저들이 우리한테 달려와서 우리를 죽일 거라고! 우리를 찔러 죽일 거야.

카트린이 멀리 도시를 응시하며 계속 북을 친다.

(농부에게) 그래서 내가 말했잖아요. 저런 상것들을 우리

집에 들이지 말라고. 그나마 남은 우리 가축이 빼앗긴다 해도 쟤네가 관심이나 있겠어요.

기수 (병사들과 젊은 농부가 함께 달려온다) 저것들을 아주 묵사발을 내줄 테다!

농부의 아내 장교 나리. 저희는 죄가 없습니다요. 저희는 책임이 없습니다요. 저 애가 몰래 기어 올라갔어요. 모르는 여자예요.

기수 사다리 어디 있어?

농부 저 위에요.

기수 (위를 향해) 명령이다. 북을 아래로 던져!

카트린이 계속 북을 친다.

너희들 모두 한통속이지. 모두 살아남지 못할 줄 알아.

농부 저기 숲 속에 사람들이 소나무를 베어 놓았는데. 나무 밑동을 가져다가 저 애를 아래로 떨어뜨리면…….

첫 번째 병사 제안을 하나 하도록 허락해 주십시오. (그가 기수에게 뭔가 귓속말을 한다. 기수가 고개를 끄덕인다) 들어라, 네게 선의의 제안을 한 가지 하겠다. 내려와서 우리와 같이 시내로 가서 네 어머니를 만나 보자. 그러면 어머니는 안전할 게다.

카트린이 계속 북을 친다.

기수 (병사를 거칠게 밀어제친다) 네 말을 안 믿잖아. 네 주둥아리가 그렇지. (위를 향해 소리친다) 내가 한마디 해도 되겠지? 난 장교인데 명예를 걸고 약속하마.

카트린이 더 세게 북을 친다.

안하무인이군.
젊은 농부 장교 나리. 저 여자는 어머니 때문에 저러는 게 아닙니다.
첫 번째 병사 더 이상 계속하게 해서는 안 됩니다. 도시 사람들이 분명 저 소리를 들을 겁니다.
기수 어떤 수단을 써서라도 북소리보다 더 큰 소리를 내야 돼. 뭐로 큰 소리를 낼 수 있지?
첫 번째 병사 소음을 내면 안 된다면서요.
기수 그냥 소리 말이야, 이 바보야. 전투하는 소리 말고.
농부 도끼로 나무를 패면 되죠.
기수 그래, 그럼 나무를 패. (농부가 도끼를 들고 나무 밑동을 찍는다) 더 패! 더! 죽도록 패!

카트린이 여기에 귀를 기울이느라 나직하게 북을 친다. 불안하게 주변을 살펴보다가 다시 힘껏 북을 친다.

(농부에게) 너무 약해. (첫 번째 병사에게) 너도 나무를 찍어.
농부 도끼가 하나밖에 없소. (도끼질을 멈춘다)

기수 농가에 불을 놔야겠다. 불을 펴서 저 애를 끌어 내려야지.

농부 소용없습니다, 용병대장 나리. 도시에 있는 사람들이 여기서 불난 걸 보면 다 알아차릴 거요.

카트린이 북을 치며 다시 귀를 기울인다. 그녀가 웃는다.

기수 저 여자가 우리를 비웃고 있어, 봐. 더 이상 참을 수가 없다. 일을 다 망친다 해도……. 총알 상자 가져와!

병사 두 명이 달려간다. 카트린은 계속 북을 친다.

농부의 아내 묘책이 있어요, 용병대장 나리. 저기 저 여자의 마차가 있어요. 저걸 부수면 저 여자가 멈출 거예요. 저 여자네는 마차 말고는 아무것도 가진 게 없거든요.

기수 (젊은 농부에게) 저걸 부숴라. (위를 향해) 네가 북치는 걸 멈추지 않는다면 마차를 부술 게다.

젊은 농부가 포장마차를 몇 번 툭툭 친다.

농부의 아내 그만둬, 이 짐승아!

카트린이 절망적으로 마차를 뚫어지게 쳐다보면서 고통스럽게 소리를 내지른다. 하지만 북 치는 걸 멈추지는 않는다.

기수 총알 상자를 가지러 간 놈들은 어디 있는 거야?
첫 번째 병사 도시 사람들이 아직 아무 소리도 못 들었을지 몰라요. 들었으면 대포 쏘는 소리가 났을 텐데.
기수 (위를 향해) 사람들은 네 소리를 못 들어. 게다가 이제 너한테 총을 쏠 거다. 마지막이다. 북을 아래로 던져라!
젊은 농부 (갑자기 각목을 내던진다) 계속 북을 쳐! 그러지 않으면 모두 다 죽어! 계속 쳐, 계속…….

  병사가 그를 때려눕히고 창으로 두들겨 팬다. 카트린이 울기 시작한다. 하지만 북 치는 걸 멈추지 않는다.

농부의 아내 개 등은 때리지 마오! 아이고, 우리 아들을 때려 죽이네!

  병사들이 총알 상자를 들고 뛰어온다.

두 번째 병사 대령께서 입에 거품을 물고 계십니다. 기수님. 우린 군사 재판을 받게 될 겁니다.
기수 발사 준비! 발사 준비! (무기를 끌채에 세우는 동안 위를 향해) 최후통첩이다. 북 치는 걸 멈춰! (카트린이 울면서도 할 수 있는 한 크게 북을 친다) 발사!

  병사들이 총을 쏜다. 카트린이 맞고 몇 번 더 북을 친 후 천천히 쓰러진다.

그만 시끄럽게 해!

카트린의 마지막 북소리에 도시의 대포 소리가 뒤따른다. 멀리서 미친 듯이 울려 대는 종소리와 우레와 같은 대포 소리가 들린다.

첫 번째 병사 저 여자가 해냈군요.

제12장

새벽녘. 멀리 행군하는 군대의 북소리와 호각 소리가 들린다. 포장마차 앞의 딸 옆에 억척어멈이 쪼그리고 앉아 있다. 그 옆에는 농부 부부가 서 있다.

농부 부부 부인, 떠나셔야죠. 이제 남은 연대가 하나밖에 없어요. 혼자는 떠날 수 없잖소.
억척어멈 아마 저 애가 잠이 들었나 봐요. (노래한다)
  자장자장[56]
  밀집 속에서 뭐가 바스락거리지?
  옆집 애들은 질질 짜고 있는데
  내 새끼는 즐거워하는구나.
  옆집 애들은 넝마를 입고 가는데
  넌 천사의 외투로 만든

---

56 브레히트는 브렌타노 형제의 옛 민요집 『소년의 마술 피리. 옛 독일 노래들*Des Knaben Wunderhorn. Alte Deutsche Lieder*』에 전해져 내려오는 자장가를 인용한다.

비단옷을 입고 있구나.
옆집 수탉은 빵 부스러기도 못 얻어먹는데
넌 파이를 먹고 있구나.
파이가 너무 말랐거든
한마디만 해라.
자장자장
밀집 속에서 뭐가 부스럭거리지?
한 아이는 폴란드에 누워 있고
다른 아이가 어디 있는지 아무도 모른다네.

이제 이 애가 잠이 들었어요. 당신들이 시동생 애들 얘기를 하지 말았어야 했는데.

농부 부부 당신이 한몫 챙기러 도시에 가지만 않았어도 아무 일도 일어나지 않았을 거예요.

억척어멈 이 애가 자니 다행이에요.

농부 부부 이 애는 자는 게 아니에요. 딸이 죽었다는 걸 아셔야 해요. 이제 그만 떠나셔야죠. 저기 늑대들이 있어요. 더 끔찍한 건 약탈을 일삼는 낙오병들이죠.

억척어멈 (일어선다) 그래요. (마차에서 죽은 딸을 덮을 홑이불을 가져온다)

농부 부부 달리 아무도 없소? 어디로 갈 거요?

억척어멈 있어요, 하나요. 아일립이라고.

농부 부부 그 애를 찾아야겠군요. 저 애를 잘 묻어 주리다. 걱정 붙들어 매시오.

억척어멈 (떠날 채비를 하기 전에) 여기 장례 치를 돈이요.

그녀는 농부의 손에 돈을 세어 쥐여 준다. 농부 부부가 그녀와 악수를 하고 농부와 아들이 카트린을 들고 퇴장한다.

농부의 아내 (퇴장하면서) 서두르세요!
억척어멈 나 혼자 마차를 끌 수 있어야 할 텐데. 마차가 잘 굴러가겠지. 그 안에 물건이 별로 없으니까.

다른 연대가 뒤에서 호각 소리와 북소리를 내며 지나간다.

여보시오, 나도 데려 가시오!

그녀는 마차를 끌기 시작한다. 뒤에서 노랫소리가 들린다.

> 행운과 위험을 싣고
> 전쟁, 그것은 질질 오래도 끄네.
> 전쟁, 그것은 백 년 동안 계속 되지만
> 천민에게는 이득이 없다네.
> 그의 양식은 쓰레기, 그의 외투는 넝마!
> 봉급 반은 연대가 훔쳐 가네.
> 하지만 어쩌면 기적이 일어날 수도!
> 출정이 아직 끝나지 않았으니!
> 봄이 온다네! 깨어나라, 너 기독교도여!
> 눈은 녹아 사라지고! 죽은 자들은 안식하네!
> 아직 죽지 않은 것들은

이제 출발을 서두르는구나.

역자 해설
진정한 리얼리스트 브레히트, 연극을 통해 세상 낯설게 보기

1. 베르톨트 브레히트

 베르톨트 브레히트Bertolt Brecht, 그는 누구인가? 한국에서 브레히트는 1988년까지 마르크스주의자로서 작품의 정치적 경향 때문에 일명 〈금지된 작가〉였다. 따라서 그 이전까지는 학교나 학계에서만 암암리에 연구되었을 뿐 그의 작품을 번역하거나 공연할 수 없었다. 비로소 〈88 서울 올림픽〉을 계기로 해금이 되면서 브레히트의 작품을 자유롭게 번역하고 무대에 올릴 수 있었다.
 그는 마르크스주의자였지만 그 자신의 말처럼 공산주의자는 아니었다. 독일 제3제국 시절 나치의 파시즘에 쫓겨 미국에서 망명 생활을 할 때, 공산주의자를 색출하기 위한 매카시즘이 미국 사회를 휩쓸었다. 그는 적색분자로 의심받아 〈반미 행위 조사 위원회〉에 소환되었는데 그 자리에서 자신이 공산주의자가 아님을 분명히 했다. 그는 마르크스주의자였지만 평생 한 번도 공산당에 가입한 적은 없었으며, 동독으로 귀향한 후에도 동독 정부의 반동적 경향에 맞서 문학과 문화계에서 끊임없는 잡음을 만들어 냈다.

1920년대, 현실 비판적이고 날카로운 혜안과 저돌적인 문학적 열정을 가진 젊은 브레히트는 전통적인 연극 미학으로는 자본주의의 현실 사회를 더 이상 묘사할 수 없다는, 작가로서의 치명적인 난관에 봉착했다. 한 인간이 감당해야 하는 고통과 문제를 개인의 성격이나 운명으로 돌리기에는 당시 독일 사회와 경제는 벌써 자본주의의 논리에 폭넓게 포획되었던 것이다. 작가로서 더 이상 글을 쓸 수 없는 이런 고통의 암담한 터널 속에서 마르크시즘은 자본주의 경제 체제와 개인의 삶을 결합시켜 형상화할 수 있는 이론적 기반을 제공했다. 브레히트는 이렇게 마르크시즘과 유물 변증법적 인식론을 통해 자본주의라는 거시적 차원과 개인이라는 미시적 차원을 결합시킬 수 있었던 것이다.

따라서 브레히트가 현실 비판적이고 정치적 작가였던 것은 틀림없으나, 그의 이념은 문학과 예술의 하녀가 아니라 다만 작가로서의 현실 인식과 이를 바탕으로 한 연극 미학의 이론적인 틀일 뿐이었다. 그는 현실을 살아가는 우리의 삶을 연극을 통해 사실적으로 묘사하고자 했던 진정한 리얼리스트였으며, 현실을 호도하는 연극적 환상에 대항하여 관객에게 은폐된 현실을 폭로하고, 진정한 현실 인식과 변화를 요구했던 현실주의자였다고 할 수 있다.

브레히트는 1898년 2월 독일의 아우크스부르크라는 지방의 유복한 중산층 가정에서 태어났다. 그는 스무 살 때 부모의 권유로 뮌헨 대학교에 입학해 의학 공부를 시작했다. 하지만 이미 김나지움(독일의 인문계 중, 고등학교) 시절부터 작가적 재능을 보인 브레히트는 문학과 예술에 관심을 기울이며 특히 표현주의 연극에 심취했고, 그 당시 유럽에서 유명세를 떨쳤던 희극 배우 칼 발렌틴Karl Valentin의 카바레 공연을 찾아다니고, 창작 활동을 하는 등 의학 공부와는 다른 길을 갔다. 결국 학업을 중단하고 본격적인 창작 활동을 시작하여 뮌헨과 아우크스부르크를 오가며 창작뿐만 아니라 평론, 연출 등의 활동을 병행한다.

1924년에 베를린으로 거처를 옮기면서 브레히트의 문학은 새로운 국면을 맞게 된다. 제1차 세계 대전에서의 패전으로 혼란스러운 대도시에서 브레히트는 〈정글의 법칙〉이 지배하는 대도시의 소외된 삶을 경험하고, 인간의 문제를 개인 간의 갈등으로 묘사하는 전통적인 극작법에 회의를 느끼고 절필한다. 앞서 언급했듯 그 기간 동안 브레히트는 마르크스를 읽기 시작하고 자본주의 현실을 꿰뚫어 보는 마르크시즘을 현실 인식의 틀로 받아들인다.

브레히트는 1919년과 1933년 사이에 실험적인 일련의 〈학습극〉을 발표한다. 「린드버그들의 비행Lindberghflug」, 「동의에 관한 바덴의 학습극Das Badener Lehrstück vom Einverständnis」, 「조치Die Maßnahme」, 「긍정자, 부정자Der Jasager, Der Neinsager」 등이 〈학습극〉에 속하는데 이것으로 브레히트는 전통적인 연극에 대한 개혁 작업을 착수한다. 일반적으로 길이가 짧고 소수의 인물이 등장하는 학습극은 관객과 배우의 구분 없이 각자가 자기 자신을 위해 연기하는 연극으로, 관객을 적극적인 생산자의 위치로 끌어올리는 〈생산자 예술〉의 대표적인 본보기라 할 수 있다.

1933년 1월 극우 진영인 나치스가 정권을 잡고 히틀러가 제국 수상에 오르면서, 대다수의 좌파 지식인들처럼 브레히트 역시 망명을 떠난다. 그는 독일을 떠나 1948년 동독으로 돌아올 때까지 17년 동안 오스트리아, 스위스, 프랑스, 덴마크, 스웨덴, 러시아, 미국 그리고 다시 스위스로 〈신발보다 나라를 더 자주 바꾸어〉 가며 망명지를 돌아다녔다. 독일어로 작품 활동을 했던 브레히트는 자신의 작품을 읽어 줄 독자와 자신의 연극을 봐줄 관객으로부터 유리되어 있어서 〈책상 서랍에 넣어 두기 위해〉 작품을 썼다고 한다. 하지만 오히려 이 시기는 그에게 있어서 〈서사극〉이라 일컫는 그의 대표작인 「갈릴레이의 생애Leben des Galilei」, 「억척어멈과 자식들Mutter Courage und ihre Kinder」, 「푼틸라 씨와 그의 하인 마티Herr Puntila und sein Knecht Matti」, 「아르투로 우이의 출세Der aufhaltsame Aufstieg des Arturo Ui」, 「사천의 선인Der gute Mensch von Sezuan」, 「코카서스의 백묵원Der kaukasische Kreidekreis」 등과 연극 이론들을 구상하고 집필하는 황금 시기가 되었다. 그럼 여기에서 브레히트 연극 이론의 핵심인 〈서사극〉에 대해 잠깐 짚고 넘어가자.

〈서사극〉은 전통적인 환상주의 연극을 비판하고 현실 사회를 살아가는 우리의 삶을 진정하게 묘사할 수 있는 새로운 연극 형태를 찾아가는 과정에서 만들어졌다. 전통적인 연극

이란 아리스토텔레스의 『시학』에 기반하여, 감정 이입과 카타르시스를 기본 원리로 하는 연극을 말한다. 즉, 배우는 자기 자신을 역할에 완전히 몰입시키고, 관객 역시 이러한 배우에 의해 체현된 인물에 감정 이입을 해서 같이 울고 웃는 가운데 감정을 정화하는 것을 미적 체험의 목표로 하는 것이다. 이러한 연극은 그리스 비극에서 현대 TV 드라마에 이르기까지 현실을 충실히 재현해 무대에서 일어나는 모든 행위가 현실이라는 환상을 자아내는 〈요지경 무대〉의 형태를 취한다. 브레히트에 의하면 이러한 전통 연극은 오히려 현실을 호도하며 제대로 묘사하지 못한다. 또한 관객은 현실에서는 불가능한 대리 만족을 얻을 뿐 진정한 현실을 인식하지 못하게 된다. 이러한 브레히트의 진단을 이해하기란 어렵지 않다. 현대 TV 드라마에 등장하는 무수한 〈신데렐라〉 캐릭터들, 변종 신데렐라로서 〈캔디〉와 〈줌마렐라〉 캐릭터들을 떠올리면 된다. 요즘 트렌디 드라마에는 평범하고, 가난하고, 애 딸린 이혼녀나 유부녀를 사랑하는 수많은 재벌 2세들과 회장님의 아들들과 〈본부장님〉들이 등장하니 말이다. 브레히트에 의하면 이러한 연극은 마취제의 역할만 할 뿐 현실을 은폐하고 관객들의 에너지를 헛되이 소모시킨다.

그래서 환상주의 연극을 극복하기 위해서는 극작가는 작품의 생산 단계에서부터 현실과 현실 속 작품 소재를 의심의 눈초리로 관찰해야 하며, 이를 정확히 인식하고 〈낯설게〉 묘사해야 한다. 〈알려져 있는 것은 무엇이든, 그것이 알려져 있다는 이유 때문에 제대로 인식되지 못하고 있다〉는 헤겔의 명제에서 비롯된 이러한 자세는 역시 관객에게도 요구된다.

관객의 수동적 관람 태도를 배격한 브레히트는 연극의 환상을 파괴하기 위해 여러 가지 연극적 장치를 동원한다. 조명이 환하게 켜진 상태에서 연극을 진행시키고, 무대 커튼을 반쯤 닫은 채로 무대 장치와 소품을 교체한다. 또한 각 장면의 줄거리를 미리 알려 줌으로써 관객이 무대 사건에 몰입하는 것을 방해하는데, 화자를 이용한 청각적 내용 요약과 영사막(요즈음은 스크린)을 이용한 시각적 내용 요약을 사용한다. 뿐만 아니라 극중 역할을 연기하던 배우가 갑자기 자기 역할에서 빠져 나와 관객에게 말을 걸기도 하고, 노래를 통해 연극적 사건에 대한 메타 커뮤니케이션을 가능하게 하기도 한다. 이러한 실험적 기법들은 브레히트 이후 형식적인 측면에서 반연극과 부조리 연극, 포스트모더니즘 연극, 〈포스트드라마〉 연극 등 현대 연극에 수많은 영향을 주고 있다.

1948년 고국인 독일을 떠난 지 17년 만에 동독으로 돌아왔을 때 브레히트는 자신의 머리가 아직 회색이 아니어서 기쁘며, 산을 넘는 노력을 뒤로 하고 이젠 평원의 노력만이 앞에 놓여 있다고 했다. 그는 1949년 전문 극단인 〈베를리너 앙상블Berliner Ensemble〉을 창단하고 그동안 묻어 두었던 작품들을 꺼내 무대에 올리기 시작했지만 그의 앞에 놓인 〈평원〉은 그리 길지 않았다. 1956년 8월 그는 『코카서스의 백묵원』 영국 초청 공연을 준비하던 중 심장 마비로 갑작스럽게 생을 마감한다. 그리고 지금 베를린 도로테아 공동묘지에, 평생 존경했던 철학자 헤겔의 맞은편에 묻혀 있다.

그의 생은 끝났지만 그의 작품은 아직도 우리에게 남아 살아 있다. 그는 작품을 통해 자본주의의 현실에 대해 끊임없이 비판하고, 그 사회적 모순을 묘사함으로써 〈불편한 진실〉을 폭로하고자 노력했던 작가였으며, 현실의 갈등을 개인의 문제로 치부하지 않고 사회적 차원에서 조망하고자 했던 서사적 작가였다. 정치적 해빙 이후 우리는 이데올로기로부터 보다 자유롭게 브레히트 작품을 접할 수 있게 되었다. 하지만 자본주의가 여전히 승승장구하고 있는 한, 세계화의 바람을 타고 신자유주의와 금융 자본의 열풍 속에 빈부의 격차가 극대화되고 다수의 사람들이 자본의 논리에 포획되어 고통 받고 있는 한, 브레히트의 냉철하고 예리한 연극적 혁명과 문학적 문제 제기는 쉽게 사그라지지 않을 것이다.

2. 「서푼짜리 오페라」

2.1 「서푼짜리 오페라」는 어떻게 만들어졌는가?

시민적 모럴과 자본주의를 비판하고 있는 「서푼짜리 오페라Die Dreigroschenoper」를 만들기 위해 베르톨트 브레히트는 우선 영국의 극작가 존 게이John Gay의 「거지 오페라The Beggar's Opera」를 개작했다. 1728년 런던에서 초연되어 인기를 끌었던 존 게이의 「거지 오페라」는 1920년대에 들어서자 런던을 비롯한 영국의 여러 도시에서 다시 공연되기 시작했고, 브레히트의 비서인 엘리자베트 하우프트만Elisabeth

Hauptmann이 이를 번역하여 브레히트가 접하게 된다. 브레히트는 1928년 5월 1차 대본을 완성하여 〈뚜쟁이의 오페라〉라는 제목을 붙이지만 공연 연습과 함께 일부 대본이 삭제 및 보완되었고 제목도 「서푼짜리 오페라」로 바뀌었다. 그리고 쿠르트 바일Kurt Weill의 곡을 붙여 〈음악이 있는 연극〉으로 1928년 8월 31일 베를린의 시프바우어담 극장에서 초연되었다.

존 게이와 작곡가 페푸시Johann Christoph Pepusch의 「거지 오페라」는 영국 사회의 부패상을 풍자하는 새로운 형식의 발라드 오페라로서, 그 당시 유행하던 이탈리아의 궁정 오페라나 헨델의 오페라에 대한 대안으로 만들어졌다. 바로크 오페라에서는 마지막에 궁정 시인이 오페라의 끝을 장엄하게 장식하지만 여기에서는 이에 대한 패러디로 거지가 등장한다.

「거지 오페라」는 시민 계급이 형성되어 가는 18세기 초를 배경으로 하지만 브레히트는 작품의 배경을 1837년 빅토리아 여왕의 대관식으로 옮겨 놓는다. 이는 시대적 상황이 이미 산업화가 시작되고 시민 사회가 확립되었음을 의미하는데, 사실 이 작품에 나오는 사회적 상황은 오늘날의 전형적인 사회적 현상들과 다르지 않다. 1920년대 복고풍을 타고 헨델의 오페라가 다시 유행했지만 브레히트와 바일의 오페라는 귀족적 오페라에 대한 패러디로서 단순히 존 게이의 작품을 번안한 것이 아니다. 그들은 작품을 사회 비판에 이용하고자 했다. 따라서 독점 자본주의적인 특성을 가진 사업가 피첨과 갱단의 두목인 매키스의 대결 구도를 통해 자본주의

시민 사회의 질서를 약탈과 착취의 질서로 폭로한다. 그러므로 브레히트의 작품에서 인물 간의 관계나 극의 사건 진행은 세부적인 측면에서 존 게이의 작품과 많은 차이가 있다.

2.2 줄거리와 작품 속 인물들

〈거지들의 친구〉라는 회사의 사장 피첨은 19세기 런던에서 각 구역의 거지들에게 구걸 허가증을 발급하면서 사람들의 동정심을 이용한 사업을 성황리에 운영하고 있다. 한편 매키 메서라고도 불리는 매키스 대장은 노상 강도단을 이끄는 두목이다. 그런데 피첨의 딸 폴리는 여자를 잘 울리는 이 매력적인 범죄자와 사랑에 빠진다. 훔친 물건들을 이용해 즉석에서 식장으로 꾸민 마구간에서 폴리와 매키는 도둑 일당들을 하객 삼아 결혼식을 올린다. 하객들 중에 〈호랑이 브라운〉이라는 경찰청장이 있는데 그는 맥의 오랜 전우였다. 브라운은 매키의 범죄를 덮어 주고, 그 대가로 매키의 사업에서 이익을 나눠 가진다. 딸의 결혼 사실을 안 피첨과 피첨 부인은 매키를 밀고하도록 그의 전 동거녀인 창녀 제니를 매수한다. 매키는 돈벌이가 되는 은행 사업으로 업종 변경을 하려 하지만, 피첨이 자신을 경찰청에 고발할 거라는 말을 폴리에게 듣고 런던을 떠나려 한다. 하지만 매주 목요일이면 사창가에 가던 습관을 떨쳐 버리지 못하고 사창가에 나타났다가 제니의 밀고로 경찰에 연행된다. 그는 감옥에서 그의 〈세컨드〉이자 브라운의 딸인 루시의 도움으로 감옥을 탈출하지만 똑같은 실수를 저질러 또다시 창녀들에게 배신당한다. 브라운은 이제 더 이상 매키를 돕지 못한다. 피첨이 거지 떼를 몰고 가 대관식 행사를 망쳐 놓겠다고 협박했기 때문이다. 매키를 처형할 교수대는 이미 마련되었다. 이때 갑자기 말 탄 사자가 나타난다. 대관식 기념으로 여왕이 매키를 사면하고 세습 귀족의 칭호와 성 그리고 종신 연금을 하사한다는 것이다. 하지만 우리네 인생에서는 언제나 국왕의 말 탄 사신이 오지는 않는 법. 이렇게 연극은 〈구원되었도다, 구원되었도다〉라는 장중한 피날레와 함께 엉뚱한 해피 엔드로 끝이 난다.

2.3 노래의 활용

「서푼짜리 오페라」는 원래 오페라가 아니며 〈음악과 노래가 있는 연극〉으로 작곡가 쿠르트 바일이 브레히트의 자작시와 키플링Joseph Rudyard Kipling, 비용François Villon의 시에 음을 붙였다. 이 작품은 모두 3막 9장으로 구성되어 있는데 막이 끝날 때마다 〈서푼짜리 피날레〉가 흐른다. 서사극을 구상하는 도중에 발표된 이 작품에서 두드러진 기법은 노래의 서사적 활용이다. 기존의 연극에서 노래의 활용이 주로 인물의 개성을 강화하고 인물의 심리적 정황을 묘사하고 극적 분위기를 고조시키는 데 기여한다면, 서사극에서 노래의 기능은 이와 달리 작용한다. 예를 들어 「매키 메서의 거리 발라드」, 「대포의 노래」, 「해적 제니」 등의 노래들은 극적 사건을 중단하고 해설하기 시작한다. 연출가 에리히 엥겔Erich Engel은 노래와 극적 사건을 명백하게 구분하기 위해 노래가 나올 때 조명을 황금빛으로 바꾸고, 오르간을 밝게 비추게 했다. 노래를 부르는 배우들은 자신의 역할에서 빠져나와 다른 자세를 취하거나 다른 인물을 보여 주어야 한다. 무대 위에서는 등 세 개가 매달려 내려오고, 노래의 제목은 칠판에 써서 제시한다.

이는 연극에서 각각의 예술 장르들이 분리되어야 한다는 브레히트의 요구에 따른 서사적 기법이라고 할 수 있다. 즉, 노래는 연극에서 극적 사건과 분리되어 극적 사건을 해설하고 성찰하며, 연극에서 관객에게 메타 커뮤니케이션의 차원을 가능하게 한다. 이를 위해 오케스트라는 관객석에서 보이지 않는 오케스트라석이 아니라 무대 위 보이는 곳에 자리 잡아야 하며, 이로써 관객의 극적 환상을 배가시키는 것이 아니라 오히려 파괴해야 한다.

2.4 〈우선 처먹고 나서야 다음이 도덕이라는 것을〉

브레히트가 묘사하는 세상은 영국의 철학자 토마스 홉스 Thomas Hobbes의 주장대로 강한 자의 권리가 지배적이고, 만인에 의한 만인의 투쟁이 실현되는 곳이다. 모든 사람들은 자신의 이익을 염두에 두고, 이를 위해서라면 어떠한 충성과 신의도 포기한다. 매키와 그의 부하들 간의 관계가 그렇고, 매키와 폴리, 매키와 창녀들 간의 관계도 마찬가지이다. 모든 사람은 매매될 수 있고, 매수될 수 있다. 대도시 거리 곳곳의 모퉁에는 배반과 이기심이 공공연하게 매복해 있다. 감상적인 브라운조차 결국 무너지고, 낭만적인 폴리도 매키한테서 손을 뗀다. 우정도 사랑도 결국 공급과 수요라는 자본의 논리에 포획되어 있다. 브레히트가 이렇게 인간의 저급한 본능을 과도하게 강조하는 데는 두 가지 이유가 있다.

한 가지는 〈우선 처먹고 난 다음에야 도덕〉이기 때문이다. 굶주린 배는 다른 이를 생각하지 않으며 살아남기 위해 발버둥을 친다. 다른 한 가지는 위선적인 부르주아의 도덕 역시 조금도 나을 게 없기 때문이다. 그래서 맥은 이렇게 되묻는다. 〈주식에 비해 도둑의 곁쇠가 뭐 대수요?〉, 〈은행을 세우는 것에 비하면 은행을 터는 것이 뭐 대수요?〉 브레히트의 마르크시즘적 견해에 의하면 은행은 효과적으로 도적질을 하는 도둑이기 때문이다. 그래서 맥이 〈합법적 도적질〉로 업종 변경을 하려 하지 않았는가? 이 작품에서 시민은 곧 도적이요, 도적은 곧 시민이다. 하루아침에 귀족 신분이 되는 매키 메서를 봐도, 수완이 좋은 사업가인 거지왕 피첨을 봐도, 도적과 날강도 같은 상류 계층 간의 차이는 별로 없다. 전자는 궁핍해서 직업적으로 도적질을 하는 것이고 후자는 명예로운 방식으로 도적질을 할 뿐이다. 매키는 도적질과 약탈을 통해 결국 사회적으로 신분이 상승되고, 착취에 기반한 자본주의는 사람들을 착취하게 만든다. 그래서 매키는 이렇게 노래한다. 〈매 순간 인간을 괴롭히고, 벗겨먹고, 덮치고, 목 조르고, 먹어 치우며 살지. 자신이 인간이라는 걸 까맣게 잊어버려야만 인간은 살 수 있다네.〉

브레히트는 진정한 도덕이 이러한 사회에서는 불가능하다고 생각한다. 그래서 피첨은 누구나 자기의 권리를 누리며, 평화롭고 착하게 살고 싶지만 〈하지만 상황이, 상황이 그렇지 않다〉고 노래한다. 여기에 이 작품의 혁명적 측면이 있다. 브레히트는 이러한 측면을 그가 활동하던 시대로 옮겨 놓고자 했다. 인간 적대적이고 소외적인 경제 체계에서 인간은 상품이 된다. 폴리는 그녀의 아버지 피첨에게 사업상의 광고물이며 노후 대책이다. 또한 폴리와 루시는 매키를 가운데 두고 소유권 다툼을 벌인다. 제니는 돈을 받고 매키를 경찰에 넘겨준다. 이렇게 인간이 물화되는 비인간적 상황은 부가 정당하게 분배되는 사회로의 변화를 요구한다. 인간이 인간의 권리를 누리고 착한 성품을 발휘하며, 평화롭게 살 수 있는 사회, 합리적이고 이상적인 사회에 대한 소망을 작가는 품고 있는 것이다.

2.5 작품의 공연과 수용

반시민적이고 혁명적인 내용에도 불구하고 이 작품은 1928년 8월 31일 초연 이후 언론의 주목을 끌었고, 바이마르 공화국에서 최고의 성공을 거두었다. 1933년 즈음에 18개 언어로 번역되었고 수백 번에 걸쳐 공연될 정도였다. 1931년에는 게오르그 빌헬름 팝스트Georg Wilhelm Pabst가 연출한 영화인 「서푼짜리 오페라」가 상연되었다. 개작 과정에서 브레히트의 의도가 고려되지 않았기 때문에 법정 다툼까지 갔지만, 항소심 공판일 직전에 합의가 되어 소송은 일단락되었다. 브레히트는 〈사회학적 실험〉이라는 부제가 붙은 「서푼짜리 소송Dreigroschenprozeß」에서 이 소송 사건을 다루면서 자본주의 체제 안에서 자본의 논리에 예속될 수밖에 없는 예술과 영화의 속성을 비판하고 있다. 1934년에 그는 『서푼짜리 소설 Dreigroschenroman』을 출간하는데 작품의 배경을 20세기 자본주의로 옮겨 놓는다.

한편 「서푼짜리 오페라」는 오늘날까지 계속해서 영화화되고, 방송극으로 만들어지고 수많은 예술가들이 「서푼짜리 오페라」에서 나온 노래들을 불렀다. 특히 2006년에는 브레히트 서거 50주년을 맞이하여 「서푼짜리 오페라」가 〈서울예술의 전당〉에서 홀거 테시케Holger Teschke의 연출로 공연되었고, 베를린 아드미랄팔라스트에서 클라우스 마리아 브란다우어Klaus Maria Brandauer 연출로 새롭게 무대에 올랐다.

3. 「억척어멈과 자식들」

3.1 작품의 시작

이 작품의 부제 〈30년 전쟁의 연대기〉에서 〈연대기〉라는 명칭은 작품의 서사적 특징을 드러낸다. 전통적으로 〈연대기〉로서의 역사 서술은 정치와 역사를 결정하고 이끌어 가는 위대한 인물들의 관점에서 이루어진다. 하지만 브레히트는 이 작품에서 그 관점을 바꿔 놓는다. 즉, 전쟁의 현실적 고통을 짊어져야 하는 사람들에 대한 〈민중적 시각〉에서 역사를 서술하는 것이다. 따라서 이 작품은 유럽의 30년 종교 전쟁의 연대기라기보다는 이것을 배경으로 하는, 안나 피어링이라는 종군 상인의 비극적 인생의 연대기라 할 수 있다.

브레히트는 〈억척어멈Mutter Courage〉이라는 이름을 그리멜스하우젠Grimmelshausen의 소설 『부랑녀 쿠라쉐 Courasche』에서 가져왔다. 1670년에 나온 이 소설은 부랑녀 쿠라쉐를 통해 30년 전쟁의 혼란이 가져온 도덕률과 인간의 황폐화를 묘사하고 있다. 이 작품이 억척어멈의 선례가 된 것은 확실하나 인물 설정에 있어서는 공통점보다 차이점이 많다.

어쨌든 「억척어멈과 자식들」은 1938년 제2차 세계 대전이 발발하기 전, 스칸디나비아에서 쓰였다. 브레히트는 국경 너머의 사업에 적당히 참여하여 경제적 이익을 얻으려는 스칸디나비아 국가들을 의식해서 이 작품을 썼다고 한다. 하지만 작품을 완성하기 전에 제2차 세계 대전이 일어났다. 이 작품은 1939년 가을에 나왔고 자본주의 사회에서 전쟁의 본질을 폭로하고, 전쟁이 소시민의 삶을 어떻게 황폐하게 하는지 묘사하고 있다. 처음에는 공연을 위한 대본만으로 사용되었다가 1941년 취리히 공연을 위해 처음으로 출판되었다. 1941년 취리히 샤우슈필하우스 공연에서 이 작품이 〈니오베의 비극〉으로 관객에게 오해되자 브레히트는 작품을 수정했고, 이 수정본은 1949년 주어캄프 출판사에서 출간되었다.

3.2 줄거리와 작품 속 인물들

억척어멈이라고 불리는 안나 피어링은 30년 전쟁 중이었던 1624년 아일립, 슈바이처카스, 벙어리 딸 카트린과 함께 마차를 끌고 전쟁터를 쫓아다니며 물건을 팔다가, 다를레네에서 폴란드 원정을 위해 병사를 모집하는 상사 한 사람과 모병관을 만난다. 그녀는 아들을 전쟁에 나가지 못하게 하려 하지만 상사와 물건 값을 흥정하다가 큰아들 아일립을 모병관에게 빼앗긴다. 억척어멈은 1625에서 1626년 사이에 영웅이 된 아일립을 폴란드에서 다시 만나게 되는데, 농부를 때려죽이고 가축을 약탈한 아들의 영웅적 행동에 억척어멈은 위험을 무릅쓰고 영웅심을 발휘한 아들의 뺨을 때린다.

3년 후 억척어멈은 핀란드 연대 일부와 함께 가톨릭 군대에 포로로 잡히지만 연대에 종군 상인이 없는 바람에 장사를 계속할 수 있었다. 아들 슈바이처카스는 정직하기 때문에 연대의 출납계장이 되어 연대의 금고를 관리하고 있었는데 금고를 가톨릭 군대 몰래 숨기려 하다가 잡혀서 처형당한다. 억척어멈은 마차를 저당 잡히거나 팔아서 그 돈으로 아들의 목숨을 구하려 했지만, 아들의 목숨 값을 너무 오래 흥정하다가 슈바이처카스를 잃는다. 큰아들 아일립도 평화 시에 한 농부의 아낙네를 죽인 죄로 처형된다. 1636년에는 딸 카트린 역시 가톨릭 군대로부터 할레 도시를 구하려다 총에 맞아 죽는다. 아일립의 죽음을 아직 모르는 억척어멈은 자신의 어리석은 행동으로부터 아무것도 깨닫지 못한 채 다시 마차를 끌고 전쟁터를 찾아 길을 재촉한다.

브레히트는 전쟁의 비극을 통해 아무런 교훈도 얻지 못하는 억척어멈을 통해 관객에게 전쟁의 본질과 어리석은 소시민에 대한 통찰을 촉구한다. 이것이 바로 억척어멈의 이야기가 니오베의 비극처럼 〈새끼를 둔 어미의 감동적이고 슬픈 이야기〉로 이해되어서는 안 되는 이유이다.

〈전쟁은 곧 사업이다〉라는 신조를 가지고 세 아이들을 부양하기 위해 전쟁터를 쫓아다니던 억척어멈은 자신의 아이들만은 전쟁에 휘말리지 않기를 원한다. 억척어멈은 전쟁이 위대한 양반들이 이익을 위해 한다는 것을 알고 있고 자신도 전쟁이라는 거대한 사업에 참여하여 이익을 얻고자 한다. 사실 그녀의 장사는 위대한 인물들의 위대한 전쟁에 비하면 보잘것없다. 그러나 장사로 전쟁을 지원하면서 전쟁에는 관여하지 않으려는 모순성을 보인다. 그녀의 모순성은 결적정인 순간 모성애와 장사꾼의 근성이 충돌하면서 극명하게 드러난다. 그녀는 상사에게 물건을 팔다가 큰아들 아일립을 잃고, 작은아들 슈바이처카스 역시 돈 욕심 때문에 뇌물 액수를 가지고 너무 오래 흥정을 하다가 돌이킬 수 없는 상황이 된다. 마찬가지로 딸 카트린이 폭행을 당한 것이나 할레 시를 구하려다 죽게 된 것도 억척어멈이 사업 때문에 자리를 비웠을 때였다. 억척어멈의 마지막 모순성은 전쟁의 본질과 역사에 대해 민중적 시각을 갖고 있음에도 불구하고 자신의 사업이 사실상 전쟁을 지지한다는 것을 인식하지 못하는 것이며, 자식을 다 잃어버린 뒤에도 자신의 어리석음을 깨닫지 못하고 다시 전쟁을 찾아 떠나는 점이다. 마지막 장면에서 억척어멈이 끌고 가는 마차의 바퀴처럼 전쟁은 지루하게 영원히 계속될 듯하다.

이 작품에 나오는 인물 중 억척어멈의 큰아들인 아일립은 억척어멈을 떠나 병사가 된다. 그는 어머니처럼 용감해서 전쟁에서 농부들을 잔인하게 학살하고 가축을 약탈해서 전쟁 영웅이 된다. 용맹함으로 전쟁에서 두각을 나타내지만 평화가 온 뒤에도 똑같이 행동했다가 범죄자가 되어 처형당한다.

슈바이처카스는 억척어멈의 둘째 아들이다. 그는 성실하고 정직해서 연대의 출납계장이 되었고, 자신의 목숨이 위협을 받을 때조차 금고를 적에게 내주지 않았다. 그는 자신의 안위를 염두에 두지 않고 어머니가 가르친 대로 정직하게 행동하다가 결국 적에게 죽임을 당한다.

카트린은 억척어멈의 유일한 딸이다. 순수한 그녀는 어린 시절 병사에게 폭행을 당해 벙어리가 되었는데 억척어멈과는 대조적인 인물이다. 억척어멈이 기존 질서에 부합함으로써 이로부터 이익을 취하려는 반면, 그녀는 기존 질서를 파괴할 수 있는 탈출구를 발견하는 인물이다. 그녀의 동정심과 모성애는 여러 장면에서 나타난다. 제5장에서 군목이 부상자를 치료하기 위해 붕대로 쓸 천을 억척어멈에게 요구하지만 억척어멈은 자기 코가 석자라며 거절한다. 이에 카트린은 억척어멈을 설득하려 하지만 통하지 않자 각목을 들고 억척어멈을 위협한다. 같은 장면에서 폭격을 받아 불타는 농가에서 갓난아기의 울음소리가 들리자 카트린은 집이 무너질지도 모르는 위험에도 아랑곳하지 않고 들어가 아기를 구해 낸다. 제11장에서는 억척어멈이 시내로 물건을 구입하러 간 사이, 그들이 묵고 있는 농가에 가톨릭 군대가 들이닥친다. 그녀는 한밤중에 가톨릭 군대가 할레 시로 몰래 쳐들어가는 것을 알고, 할레 시민들을 구하기 위해 농가의 지붕 위로 올라가 북을 친다. 농부 부부와 가톨릭 군대의 온갖 회유에도 불구하고 카트린은 끝까지 북을 치다가 총탄을 맞고 쓰러진다. 그러나 결국 그 순간까지도 북을 쳐서 마침내 할레 시를 깨운다.

브레히트에 의하면 카트린은 단순하거나 동물적인 모성애를 가진 인물이 아니라, 처음부터 이지적인 인물로 제시되어야 한다. 그는 작품의 가장 극적인 장면에서 카트린을 통해 영웅적인 허상이 나타나서는 안 된다고 경고한다. 카트린은 영웅적인 인물이 아니라, 고립무원에 빠진 무력한 인간이며, 할레 시와 자신에게 닥친 위험에 떠는 나약한 인간이다. 하지만 카트린은 자신의 나약함을 극복하고 희생을 바탕을 한 사회적 행동으로 할레 시를 구함으로써, 기존 질서에 순응하고 영합하는 억척어멈과 대립된다. 즉, 사람들은 침묵하고 〈돌〉이 말하기 시작한 것이다.

〈솔로몬의 노래〉에 나오는 위인들처럼 억척어멈의 세 자녀는 모두 자신의 덕성으로 죽음을 맞이한다. 아일립은 카이사르의 용맹성으로, 슈바이처카스는 소크라테스의 정직함으로, 키트린은 성 마틴의 동정심으로 비극적인 운명에 빠진다. 하지만 카트린의 동정심과 희생적 행동은 아일립이나 슈바이처카스와는 다른 차원의 탈출구를 열어 놓는다. 농부의 아들은 카트린의 북소리를 멈추게 하기 위해 포장마차를 부수던 행위를 중지하고, 갑자기 카트린을 응원하기 시작한 것이다. 즉, 카트린의 사회적 행동은 개인적 행동에 그치지 않고 사회 구성원의 동조를 불러일으켜 한 줄기 사회 개혁의 가능성을 비추게 한 것이다.

3.3 〈전쟁은 사업이다 – 치즈 대신 탄약을 쓸 뿐〉

〈30년 종교 전쟁의 연대기〉인 이 작품은 종교 전쟁이라는 역사적 사건을 배경으로 억척어멈과 세 자녀들의 소시민적 운명을 조명하는 〈민중의 연대기〉라 할 수 있다. 정사를 서술하는 역사 서술 방식에서 벗어나 민중의 관점에서 역사를 서술하는 것은 정사(正史)의 이데올로기적 위선을 폭로한다. 크고 작은 전쟁으로 점철된 인류의 역사는 전쟁의 역사이며, 전쟁을 일으킨 위대한 인물들의 역사라 해도 과언이 아니다. 30년 종교 전쟁 또한 위대한 분들이 〈경건심〉에서 우러나서 〈위대한 신앙〉을 위해 전쟁을 한다고 하지만 이것은 단지 명목일 뿐, 다른 역사 속의 전쟁과 마찬가지로 자신들의 이익을 위한 것뿐이다. 억척어멈은 이를 간파하고 〈그러지 않았다면 자기와 같은 소시민들도 참여하지 않을 것〉이라고 말한다. 그녀는 전쟁은 〈장사〉 이외는 아무것도 아니며, 〈치즈〉 대신 〈탄약〉을 쓸 뿐이라는 말을 함으로써 〈전쟁은 다른 수단을 사용한 정치의 연장〉이라는 카를 폰 클라우제비츠 Carl von Clausewitz의 『전쟁론 *Vom Kriege*』을 변형하면서 〈전쟁의 상업성〉을 확신한다. 하지만 전쟁이라는 위대한 사업에 억척어멈과 같은 소시민은 이득을 챙기기 힘들다. 그러나 〈커다란 숟가락〉을 가진 자들만이 이익을 나눠 가진다는 것을 억척어멈은 끝까지 깨닫지 못한다. 결국 억척어멈은 장사로 전쟁을 후원했지만 결국 전쟁의 희생자로 남는다. 경건함, 종교, 휴머니즘, 반(反)테러리즘과 같은 위대한 이념이 무색할 정도로, 전쟁의 승리와 패배는 민중의 이해관계와는 무관하게 결정되고 번복되며, 그 대가는 항상 민중의 몫인 것이다.

3.4 장면 제목의 활용

브레히트의 대표적 서사극 「억척어멈과 자식들」은 여러 가지 서사적 기법을 활용하고 있다.

이 작품은 아리스토텔레스적 비극의 형식을 따르지 않는다. 〈30년 종교 전쟁의 연대기〉라고 하지만 30년 종교 전쟁이 1618년에서 1648년까지 지속된 반면, 이 희곡은 1624년부터 1636년에 일어난 억척어멈의 이야기를 다루고 있으며, 사실상 시작도 끝도 없다.

작품의 구조는 열두 개의 장면으로 연결되어 있다. 각각의 장면 앞에는 장면의 내용을 요약하는 장면 제목이 활용되고 있다. 각 장면에서 진행될 사건을 미리 요약해서 보여 줌으로써 관객의 관심을 〈무엇이 일어나는지〉에서 〈왜, 어떻게 그런 사건이 일어나는지〉로 향하게 한다. 보통 연극은 부족한 정보로 관객의 호기심을 자극하고 이로 인해 관객을 극적 사건에 더 몰입시키고 극적 긴장감을 더 고조시킨다. 이에 비해 이 극의 장면 제목은 앞으로 일어날 사건을 미리 알려 준다. 즉 극적 사건의 진행 과정과 그 원인에 대해 관객들이 사고하고 성찰하게끔 하기 위한 서사적 장치인 것이다. 장면 제목은 공연에 따라 칠판이나 현수막, 스크린과 같은 시각적 자료로 제공되기도 하고, 무대 뒤 음성과 같이 청각적 자료로 제공되기도 한다.

이외에도 노래와 이중 장면,[1] 게스투스[2] 등의 서사적 기법들이 다양하게 활용되어 가히 서사극의 대표작이라 할만하다.

3.5 작품의 공연 및 수용

이 작품의 초연은 1941년 4월 19일 취리히의 샤우슈필하우스에서 레오폴드 린트베르크Leopold Lindtberg의 연출로 이루어졌다. 샤우슈필하우스는 이 공연으로 제2차 세계 대전 후에도 독일어권에서 최고의 무대로서의 명성을 누렸다. 작곡과 지휘는 파울 부르크하르트Paul Burkhard가 맡았고, 테레제 기제Therese Giehse가 억척어멈 역할을 연기했는데 브레히트는 최고의 억척어멈이라고 극찬을 아끼지 않았다고 한다. 무대 장치는 테오 오토Teo Otto가 맡았고, 이 무대 장치는 브레히트의 일종의 연출 기록인 『억척어멈 모델 1949 Das Courage-Modell von 1949』에 수록되어 억척어멈 공연의

---

1 무대 위에서 두 개의 장면을 동시에 보여 줌으로써 관객의 집중을 방해할 뿐만 아니라 관객이 등장인물보다 더 많은 것을 보고, 더 많은 정보를 얻게 되는 것을 말한다. 이러한 서사적 기법을 통해 궁극적으로 관객에게 서사적 관점이 가능해진다.
2 인물의 양식화된 제스처로서 인물 간의 사회적, 경제적 관계를 보여 준다. 브레히트에 의하면 게스투스란 〈한 인물의 총체적 태도〉와 관련된 것으로 한 인물의 〈세계관을 구체화시켜 주는 행위〉이다. 또한 롤랑 바르트는 게스투스를 〈사회적 상황의 전체가 읽힐 수 있는 몸짓의 단위〉라고 정의했다.

모델이 되었다.

「억척어멈과 자식들」이 독일에서 처음으로 공연된 것은 1949년 1월 11일 베를린의 도이체스 테아터에서였다. 취리히 초연에서 관객이 억척어멈을 비극적이고 슬픈 어머니 상으로 받아들인 데에 실망한 브레히트는 텍스트를 수정하여 억척어멈이 결국 아무런 깨달음에 이르지 못한다는 점을 부각시켰다. 브레히트와 에리히 엥겔Erich Engel이 공동 연출했으며, 브레히트의 부인인 헬레네 바이겔Helene Weigel이 주연을 맡았다. 작곡은 파울 데사우Paul Dessau가 했으며 무대 장치는 테오 오토의 것을 사용했다. 브레히트는 이 공연을 『억척어멈 모델 1949』에 상세히 기록해서 차후 억척어멈 공연의 본보기로 제시했는데, 이 과정에서 다른 연출가들과 갈등을 빚기도 했다. 그럼에도 대대적인 성공을 거둔 이 공연은 연극사에 길이 남을 공연이 되었고 이후 서사극 공연의 모범적인 기준이 되었다.

1951년 9월 11일에는 브레히트와 그의 부인 헬레나 바이겔이 세운 극단인 〈베를린 앙상블〉에서 공연되었다. 이 공연은 프랑스, 오스트리아, 러시아 등의 해외 공연에서 열광적인 호응을 얻었으며, 이로써 베를린 앙상블은 1950년대 독일에서 가장 중요한 극단으로서의 명성을 누리게 됐다.

「억척어멈과 자식들」의 최근 공연에서는 30년 전쟁이라는 시대적 배경을 현재로 전치시키는 시도가 이루어졌다.

2006년 브레히트 서거 50주년을 맞아 이윤택 연출로 연희단 거리패가 공연한 「억척어멈과 자식들」은 〈한국 전쟁의 한 연대기〉라는 부제를 달고 있다. 이윤택은 극의 배경을 한국전쟁으로 바꾸고, 남원 지방의 방언과 판소리 그리고 전통적인 춤사위를 섞어 한국적인 어머니상인 억척어멈을 창조한다. 자식들을 먹여 살리기 위해 억척스럽게 전쟁터를 쫓아다니지만, 결국 전쟁으로 자식들을 다 잃고 마는 비운의 어머니, 그럼에도 마지막에 그녀는 마차를 꾸려 전쟁터를 찾아 길을 떠난다.

2005에서 2006년, 마우리시오 셀레돈Mauricio Celedón이 연출한「연옥의 억척어멈과 자식들」은 칠레와 프랑스 극단인 테아트로 델 실렌시오Teatro del Silencio와 스페인 극단인 칼릭 단사 테아트로Karlik Danza Teatro 극단의 공동 프로젝트로 공연되었다. 이 공연은 〈아일랜드 콜웨이 아트 페스티벌〉 등 유럽 각지와 남미의 많은 축제에서 크게 호평을 받았으며 브레히트 서거 50주년을 기념하여 〈의정부 국제 음악극 축제〉의 무대에도 올려졌다. 여기에서는 장면 제목 대신 무대 뒤 음성을 통해 이 극의 배경이 현재이며 이라크 전쟁과 같이 세계 각지에서 진행되고 있는 국지전임을 암시한다. 이 공연에서 브레히트의「억척어멈과 자식들」은 해체되어 단지 사건 진행의 대략적 틀을 제공할 뿐이며, 텍스트는 최대한 축소되어 많은 부분이 무용, 팬터마임, 음악, 서커스로 처리된다. 좀처럼 끝나지 않는 연옥과 같이, 인간의 역사가 굴러가는 한 위대한 이념을 등에 지고 끝도 없이 지속되는 사업으로서의 전쟁 그리고 그 와중에 고통받고 울부짖는 인간의 영혼과 육체가 배우의 몸과 움직임, 소리와 음악을 통해 시각적, 청각적 이미지로 조각난 파노라마처럼 무대에 투영된다.

이은희

베르톨트 브레히트 연보

1898년 출생 2월 10일 독일 아우크스부르크에서 아버지 베르톨트 프리드리히 브레히트Berthold Friedrich Brecht와 어머니 조피 브레히트 Sophie Brecht의 장남으로 태어남.

1904년 6세 초등학교 입학.

1908년 10세 아우크스부르크 실업 김나지움(자연 과학과 현대 언어에 중점을 둔 중·고등학교)에 입학.

1916년 18세 연인 파울라 반홀처Paula Banholzer를 알게 됨.

1917년 19세 제1차 세계 대전 때 김나지움 졸업. 뮌헨 의대에 입학. 의학 공부를 진지하게 하지 않고 문학과 관련된 일을 하려고 결심함.

1918년 20세 7월 「바알Baal」의 초판본 완성. 10월 1일 야전 병원의 위생병으로 입대. 11월에 노동자·군인 위원회의 회원이 됨.

1919년 21세 1월에서 2월까지 「한밤의 북소리Trommeln in der Nacht」 집필. 7월 30일 반홀처와의 사이에서 아들이 태어남. 기을에 다섯 편의 단막극 「결혼식Die Kleinbürgerhochzeit」, 「거지 또는 죽은 개Der Bettler oder Der tote Hund」, 「그가 악마를 몰아내다Er treibt einen Teufel aus」, 「어둠 속의 빛Lux in Tenebris」, 「고기잡이Der Fischzug」와 「초원Prärie」 집필.

1921년 23세 학업을 중단함. 냉혹한 대도시 베를린의 체험을 바탕으로 희곡「정글 속에서Im Dickicht」집필 시작.

1922년 24세 9월 29일 뮌헨에서「한밤의 북소리」초연. 첫 번째 드라마『바알』출간. 11월 3일 오페라 가수 마리안네 조프Marianne Zoff와 결혼.

1923년 25세 3월에 마리안네 조프와의 사이에서 딸이 태어남.「한밤의 북소리」의 베를린 초연에서 헬레네 바이겔Helene Weigel을 알게 됨. 5월「정글 속에서」초연. 그해 여름부터 시작해 다음 해 2월까지「영국왕 에드워드2세의 생애Leben Eduards des Zweiten von England」집필. 12월「바알」초연.

1924년 26세 9월 베를린으로 이주해서 드라마투르크인 칼 추크마이어 Carl Zuckmayer와 함께 독일 극단에서 막스 라인하르트Max Reinhardt를 위해 일함. 11월 헬레네 바이겔과의 사이에서 아들이 태어나고, 평생의 동료인 엘리자베트 하우프트만Elisabeth Hauptmann을 만남.

1926년 28세 8월 미완성 희곡「이기주의자 요한 파처의 몰락Der Untergang des Egoisten Johann Fatzer」집필 시작. 9월「남자는 남자다Mann ist Mann」초연. 10월 마르크스의『자본론Das Kapital』을 탐독. 이후 마르크스에 심취.

1927년 29세 1월 첫 시집『가정 기도서*Hauspostille*』출간.「정글 속에서」를「도시의 정글 속에서Im Dickicht der Städte」로 개작. 11월 마리안네 조프와 이혼. 에르빈 피스카토어의 극장에서 일함.「서푼짜리 오페라Die Dreigroschenoper」집필 시작.「마하고니시의 흥망성쇠Aufstieg und Fall der Stadt Mahagonny」집필 시작.

1928년 30세 쿠르트 바일Kurt Weill과「거지 오페라The Beggar's Opera」를 완전히 개작하고, 8월 최초의 서사극이라 할 수 있는「서푼짜리 오페라」를 베를린의 시프바우어담 극장에서 초연하여 대대적인 성공을 거둠. 12월부터 1929년 7월까지 학습극「린드버그들의 비행Der Ozeanflug」집필.

1929년 ^{31세} 「동의에 관한 바덴의 학습극Das Badener Lehrstück vom Einverständnis」 집필. 4월 10일 바이겔과 결혼. 5월 발터 벤야민Walter Benjamin과의 첫 만남. 「린드버그들의 비행」, 「동의에 관한 바덴의 학습극」 초연.

1930년 ^{32세} 2월부터 12월까지 「조처Die Maßnahme」 집필. 라이프치히에서 3월 「마하고니시의 흥망성쇠」 초연, 5월 「긍정자」 초연, 8월 「서푼짜리 소송Der Dreigroschenprozeß」 집필, 10월 28일 바이겔과의 사이에서 딸이 태어남. 12월 「조처」 초연. 저널 형식의 실험적 출판 형태인 『시도』의 첫 두 권 출간.

1931년 ^{33세} 「예외와 관습Die Ausnahme und die Regel」 집필. 영화 「서푼짜리 오페라」 상영. 프롤레타리아의 문제점을 보여 주는 영화 「쿨레 밤페 또는: 세상이 누구에게 속해 있나?Kuhle Wampe, oder: Wem gehört die Welt」 대본 작업. 막심 고리키Maxim Gorky의 동명 소설을 희곡으로 각색한 「어머니Die Mutter」 집필. 「뾰족 머리와 둥근 머리Die Rundköpfe und die Spitzköpfe」 집필. 마가레테 슈테핀Margarete Steffin과의 첫 만남. 12월 「도살장의 성 요한나Die heilige Johanna der Schlachthöfe」 출판.

1932년 ^{34세} 3월 31일 베를린의 영화 심의 위원회에서 영화 「쿨레 밤페」를 금지함. 하지만 강력한 항의를 한 후 수정해서 5월 30일 첫 상영.

1933년 ^{35세} 2월 28일 독일 국회 의사당 방화 사건 다음 날, 가족과 함께 독일을 떠나 프라하를 거쳐, 빈, 스위스, 덴마크로 감. 4월에서 6월에 걸쳐 「소시민의 칠거지악Die sieben Todsünden der Kleinbürger」 집필. 8월 덴마크에서 루트 베를라우Ruth Berlau를 만남. 망명 기간 중에 반(反)파시즘을 주제로 한 많은 시들을 씀. 그 당시 발터 벤야민과 한스 아이슬러Hanns Eisler와 함께 일을 함.

1935년 ^{37세} 6월 나치스에 의해 국적을 박탈당함. 파리에서 제1회 국제 작가 회의에 참석. 1935년 9월까지 「호라치 사람들과 쿠리아치 사람들Die Horatier und die Kuriatier」 집필.

1937년 39세　10월 16일 파리에서 「카라 부인의 무기Die Gewehre der Frau Carrar」가 바이겔 주연으로 초연됨. 7월부터 다음 해 6월까지 「제3제국의 공포와 참상Furcht und Elend des Dritten Reiches」 집필.

1938년 40세　5월 파리에서 「제3제국의 공포와 참상」 초연. 잡지 『말 Das Wort』을 통해 표현주의 논쟁 시작. 봄부터 다음 해 9월까지 「갈릴레이의 생애Leben des Galilei」 집필.

1939년 41세　5월 전쟁의 위험으로 스웨덴으로 이주. 봄에서 초여름까지 「단젠Dansen」, 「철근 값이 얼마에요?Was kostet das Eisen?」 집필. 3월부터 1941년 1월까지 「사천의 선인Der gute Mensch von Sezuan」 집필. 6월 「스벤보르 시집Svendborger Gedichte」 출간. 9월부터 11월까지 「억척어멈과 자식들Mutter Courage und ihre Kinde」 집필. 라디오 극 「로쿨루스 심문Das Verhör des Lukullus」 집필.

1940년 42세　독일 군대가 덴마크와 노르웨이로 진군해 오자 핀란드로 이주. 9월 「푼틸라 씨와 하인 마티Herr Puntila und sein Knecht Matti」 집필.

1941년 43세　1935년과 1936년 미국 여행에서 영감을 받아, 핀란드 망명 기간 중 「아르투로 우이의 출세Der aufhaltsame Aufstieg des Arturo Ui」 집필. 4월 19일 테레제 기제Therese Giehse 주연으로 취리히에서 「억척어멈과 자식들」 초연. 5월 미국으로 이주할 것을 결정. 5월 하순 가족과 루트 베를라우, 마가레테 슈테핀과 함께 모스크바에 도착. 폐결핵이 악화된 슈테핀을 남겨 두고 시베리아 횡단 열차를 타고 블라디보스토크에 도착. 기차 속에서 연인 슈테핀의 사망 전보를 받음. 7월 미국 로스앤젤레스에 도착. 8월 할리우드의 산타 모니카에 정착. 12월부터 다음 해 12월까지 「시몬 마샤르의 환상Die Gesichte der Simone Machard」 집필.

1942년 44세　영화 대본 「형리들도 역시 죽는다Hangmen Also Die!」 집필. 가을에 시집 『할리우드 비가Hollywoodelegien』 완성.

1943년 45세　뉴욕에서 수많은 망명 지식인들을 만남. 〈민주 독일 위원회〉의 회원이 됨. 2월 취리히에서 「사천의 선인」 초연. 3월부터 1946년 초까지 「맬피 공작부인The Duchess of Malfi」 집필. 여름부터 가을까지 「슈베이크Schweyk im Zweiten Weltkrieg」 집필. 9월 취리히에서 「갈릴레이의 생애」가 「갈릴레오 갈릴레이」라는 제목으로 초연됨.

1944년 46세 3월부터 6월까지 「코카서스 백묵원Der kaukasische Kreidekreis」 초판 집필. 갈릴레이 역을 맡게 될 찰스 로턴Charles Laughton과 함께 12월부터 1947년 6월까지 「갈릴레이의 생애」의 영어판 「갈릴레오」 집필.

1945년 47세 히로시마와 나가사키 원자 폭탄 투하 후 「갈릴레이 갈릴레이」를 수정함. 6월 캘리포니아 버클리 대학교에서 「제3제국의 공포와 참상」이 영어로 각색되어 공연됨.

1946년 48세 4월부터 9월까지 데사우가 「억척어멈과 자식들」을 작곡함. 주로 뉴욕에 거주함.

1947년 49세 비버리 힐즈에서 「갈릴레오 갈릴레이」 공연. 워싱턴에서 〈비미국적 행위에 대한 위원회〉에 소환됨. 그 후 바로 미국에서 스위스로 거처를 옮김. 11월 취리히에 도착. 11월부터 12월까지 「소포클레스의 안티고네Die Antigone des Sophokles」 집필.

1948년 50세 6월 취리히에서 「푼틸라 씨와 하인 마티」 초연. 7월에서 8월 「연극을 위한 작은 지침서Kleines Organ für das Theater」 집필. 10월 22일 프라하를 거쳐 동베를린으로 여행.

1949년 51세 1월 11일 베를린에서 헬레나 바이겔이 억척어멈 역을 맡은 「억척어멈과 자식들」이 초연됨. 헬레나 바이겔과 함께 베를린 앙상블 창단. 동베를린으로 이주. 11월 12일 베를린 앙상블이 「푼틸라 씨와 하인 마티」로 대중에게 소개됨. 브레히트는 극장의 첫 번째 감독직을 맡음. 1950년까지 「가정 교사Der Hofmeister」 집필.

1950년 52세 독일 예술 아카데미 회원이 됨. 베를린 앙상블에서 「가정 교사」 연출. 「수달피 외투와 화재Biberpelz und roter Hahn」 집필.

1951년 53세 5월부터 1953년까지 셰익스피어의 「코리올란Coriolanus」 번안. 10월 7일 예술과 문학 부문에서 동독 정부가 수여하는 국가상 수상함. 베를린 앙상블에서 「어머니」 공연. 1952년 3월까지 몰리에르 Molière의 「돈주앙Don Juan」 번안.

1952년 54세 1월 클라이스트의 「깨어진 항아리Der zerbrochene Krug」 연출 및 공연. 3월부터 4월까지 「초고 파우스트Urfaust」 연출 및 공연. 11월 안나 제거스Anna Seghers의 「1431년 루왕의 잔다르크 재판Der Prozess der Jeanne d'Arc in Rouen 1431」 각색.

1953년 55세 5월 국제 펜 클럽의 다섯 번째 총회의 회장으로 선출됨. 6월 동베를린의 노동자 봉기에 대해 노동자의 요구를 옹호하는 서한을 수상 발터 울브리히트Walter Ulbricht에게 보냄. 노동자 봉기를 주제로 한 시집 『부코우 비가*Buckower Elegien*』를 통해 당으로부터 거리를 취함. 「투란도트 또는 결백 조작 대회Turandot oder Der Kongreß der Weißwäscher」 집필.

1954년 56세 6월 독일 예술 아카데미 부원장이 됨. 베를린 앙상블이 시프바우어담 극장으로 이사함. 12월 8일 스탈린 평화상 수상. 「팀파니와 트럼펫Pauken und Trompeten」 집필.

1955년 57세 사진 시집 『전쟁 교본*Kriegsfibel*』 출간.

1956년 58세 독일 작가 회의에 참석. 1월부터 3월까지 「갈릴레이의 생애」 공연 준비. 8월 「코뮌 시절Die Tage der Kommune」 공연 준비. 8월 14일 심장 마비로 사망. 도로테아 공동 묘지에 안장됨.

열린책들 세계문학 200 서푼짜리 오페라

옮긴이 이은희 고려대학교 독어독문학과를 졸업하고, 같은 대학교 대학원에서 석사 및 독어독문학 문학 박사 학위를 받았다. 독일 뮌스터 대학에서 수학했으며, 현재 고려대학교에서 독어독문학을 가르치고 있다. 옮긴 책으로는 『세상에서 가장 아름다운 꽃과 나무 이야기』, 『진화는 진화한다』, 『심리학이 들려 주는 사랑의 기술』, 『내 인생을 바꿔 준 괴테의 말 한마디』, 『임멘 호수, 백마의 기사』 등이 있다.

지은이 베르톨트 브레히트 **옮긴이** 이은희 **발행인** 홍예빈
발행처 주식회사 열린책들 **주소** 경기도 파주시 문발로 253 파주출판도시
전화 031-955-4000 **팩스** 031-955-4004
홈페이지 www.openbooks.co.kr **이메일** literature@openbooks.co.kr
Copyright (C) 주식회사 열린책들, 2012, *Printed in Korea.*
ISBN 978-89-329-1200-4 04850 **ISBN** 978-89-329-1499-2 (세트)
발행일 2012년 2월 20일 세계문학판 1쇄 2025년 6월 30일 세계문학판 6쇄

이 도서의 국립중앙도서관 출판예정도서목록(CIP)은 서지정보유통지원시스템 홈페이지(http://seoji.nl.go.kr)와 국가자료공동목록시스템(http://www.nl.go.kr/kolisnet)에서 이용하실 수 있습니다.(CIP제어번호:CIP2012000508)

열린책들 세계문학
Open Books World Literature

001 **죄와 벌** 표도르 도스또예프스끼 장편소설 | 홍대화 옮김 | 전2권 | 각 408, 512면

003 **최초의 인간** 알베르 카뮈 장편소설 | 김화영 옮김 | 392면

004 **소설** 제임스 미치너 장편소설 | 윤희기 옮김 | 전2권 | 각 280, 368면

006 **개를 데리고 다니는 부인** 안똔 체호프 소설선집 | 오종우 옮김 | 368면

007 **우주 만화** 이탈로 칼비노 단편집 | 김운찬 옮김 | 416면

008 **댈러웨이 부인** 버지니아 울프 장편소설 | 최애리 옮김 | 296면

009 **어머니** 막심 고리끼 장편소설 | 최윤락 옮김 | 544면

010 **변신** 프란츠 카프카 중단편집 | 홍성광 옮김 | 464면

011 **전도서에 바치는 장미** 로저 젤라즈니 중단편집 | 김상훈 옮김 | 432면

012 **대위의 딸** 알렉산드르 뿌쉬낀 장편소설 | 석영중 옮김 | 240면

013 **바다의 침묵** 베르코르 소설선집 | 이상해 옮김 | 256면

014 **원수들, 사랑 이야기** 아이작 싱어 장편소설 | 김진준 옮김 | 320면

015 **백치** 표도르 도스또예프스끼 장편소설 | 김근식 옮김 | 전2권 | 각 504, 528면

017 **1984년** 조지 오웰 장편소설 | 박경서 옮김 | 392면

018 **수용소군도** 알렉산드르 솔제니찐 기록문학 | 김학수 옮김 | 464면

019 **이상한 나라의 앨리스** 루이스 캐럴 환상동화 | 머빈 피크 그림 | 최용준 옮김 | 336면

020 **베네치아에서의 죽음** 토마스 만 중단편집 | 홍성광 옮김 | 432면

021 **그리스인 조르바** 니코스 카잔차키스 장편소설 | 이윤기 옮김 | 488면

022 **벚꽃 동산** 안똔 체호프 희곡선집 | 오종우 옮김 | 336면

023 **연애 소설 읽는 노인** 루이스 세풀베다 장편소설 | 정창 옮김 | 192면

024 **젊은 사자들** 어윈 쇼 장편소설 | 정영문 옮김 | 전2권 | 각 416, 408면

026 **젊은 베르테르의 슬픔** 요한 볼프강 폰 괴테 장편소설 | 김인순 옮김 | 240면

027 **시라노** 에드몽 로스탕 희곡 | 이상해 옮김 | 256면

028 **전망 좋은 방** E. M. 포스터 장편소설 | 고정아 옮김 | 352면

029 **까라마조프 씨네 형제들** 표도르 도스또예프스끼 장편소설 | 이대우 옮김 | 전3권 | 각 496, 496, 460면

032 **프랑스 중위의 여자** 존 파울즈 장편소설 | 김석희 옮김 | 전2권 | 각 344면

034 **소립자** 미셸 우엘벡 장편소설 | 이세욱 옮김 | 448면

035 **영혼의 자서전** 니코스 카잔차키스 자서전 | 안정효 옮김 | 전2권 | 각 352, 408면

037 **우리들** 예브게니 자먀찐 장편소설 | 석영중 옮김 | 320면

038 **뉴욕 3부작** 폴 오스터 장편소설 | 황보석 옮김 | 480면

039 **닥터 지바고** 보리스 빠스쩨르나끄 장편소설 | 박형규 옮김 | 전2권 | 각 400, 512면

041 **고리오 영감** 오노레 드 발자크 장편소설 | 임희근 옮김 | 456면

042 **뿌리** 알렉스 헤일리 장편소설 | 안정효 옮김 | 전2권 | 각 400, 448면

044 **백년보다 긴 하루** 친기즈 아이뜨마또프 장편소설 | 황보석 옮김 | 560면

045 **최후의 세계** 크리스토프 란스마이어 장편소설 | 장희권 옮김 | 264면

046 **추운 나라에서 돌아온 스파이** 존 르카레 장편소설 | 김석희 옮김 | 368면

047 **산도칸 – 몸프라쳄의 호랑이** 에밀리오 살가리 장편소설 | 유향란 옮김 | 428면

048 **기적의 시대** 보리슬라프 페키치 장편소설 | 이윤기 옮김 | 560면

049 **그리고 죽음** 짐 크레이스 장편소설 | 김석희 옮김 | 224면

050 **세설** 다니자키 준이치로 장편소설 | 송태욱 옮김 | 전2권 | 각 480면

052 **세상이 끝날 때까지 아직 10억 년** 스뜨루가츠끼 형제 장편소설 | 석영중 옮김 | 224면

053 **동물 농장** 조지 오웰 장편소설 | 박경서 옮김 | 208면

054 **캉디드 혹은 낙관주의** 볼테르 장편소설 | 이봉지 옮김 | 232면

055 **도적 떼** 프리드리히 폰 실러 희곡 | 김인순 옮김 | 264면

056 **플로베르의 앵무새** 줄리언 반스 장편소설 | 신재실 옮김 | 320면

057 **악령** 표도르 도스또예프스끼 장편소설 | 박혜경 옮김 | 전3권 | 각 328, 408, 528면

060 **의심스러운 싸움** 존 스타인벡 장편소설 | 윤희기 옮김 | 340면

061 **몽유병자들** 헤르만 브로흐 장편소설 | 김경연 옮김 | 전2권 | 각 568, 544면

063 **몰타의 매** 대실 해밋 장편소설 | 고정아 옮김 | 304면

064 **마야꼬프스끼 선집** 블라지미르 마야꼬프스끼 선집 | 석영중 옮김 | 384면

065 **드라큘라** 브램 스토커 장편소설 | 이세욱 옮김 | 전2권 | 각 340, 344면

067 **서부 전선 이상 없다** 에리히 마리아 레마르크 장편소설 | 홍성광 옮김 | 336면

068 **적과 흑** 스탕달 장편소설 | 임미경 옮김 | 전2권 | 각 432, 360면

070 **지상에서 영원으로** 제임스 존스 장편소설 | 이종인 옮김 | 전3권 | 각 396, 380, 496면

073 **파우스트** 요한 볼프강 폰 괴테 희곡 | 김인순 옮김 | 568면

074 **쾌걸 조로** 존스턴 매컬리 장편소설 | 김훈 옮김 | 316면

075 **거장과 마르가리따** 미하일 불가꼬프 장편소설 | 홍대화 옮김 | 전2권 | 각 364, 328면

077 **순수의 시대** 이디스 워튼 장편소설 | 고정아 옮김 | 448면

078 **검의 대가** 아르투로 페레스 레베르테 장편소설 | 김수진 옮김 | 384면

079 **예브게니 오네긴** 알렉산드르 뿌쉬낀 운문소설 | 석영중 옮김 | 328면

080 **장미의 이름** 움베르토 에코 장편소설 | 이윤기 옮김 | 전2권 각 440, 448면

082 **향수** 파트리크 쥐스킨트 장편소설 | 강명순 옮김 | 384면

083 **여자를 안다는 것** 아모스 오즈 장편소설 | 최창모 옮김 | 280면

084 **나는 고양이로소이다** 나쓰메 소세키 장편소설 | 김난주 옮김 | 544면

085 **웃는 남자** 빅토르 위고 장편소설 | 이형식 옮김 | 전2권 각 472, 496면

087 **아웃 오브 아프리카** 카렌 블릭센 장편소설 | 민승남 옮김 | 480면

088 **무엇을 할 것인가** 니꼴라이 체르니셰프스끼 장편소설 | 서정록 옮김 | 전2권 각 360, 404면

090 **도나 플로르와 그녀의 두 남편** 조르지 아마두 장편소설 | 오숙은 옮김 | 전2권 각 408, 308면

092 **미사고의 숲** 로버트 홀드스톡 장편소설 | 김상훈 옮김 | 424면

093 **신곡** 단테 알리기에리 장편서사시 | 김운찬 옮김 | 전3권 각 292, 296, 328면

096 **교수** 샬럿 브론테 장편소설 | 배미영 옮김 | 368면

097 **노름꾼** 표도르 도스또예프스끼 장편소설 | 이재필 옮김 | 320면

098 **하워즈 엔드** E. M. 포스터 장편소설 | 고정아 옮김 | 512면

099 **최후의 유혹** 니코스 카잔차키스 장편소설 | 안정효 옮김 | 전2권 각 408면

101 **키리냐가** 마이크 레스닉 장편소설 | 최용준 옮김 | 464면

102 **바스커빌가의 개** 아서 코넌 도일 장편소설 | 조영학 옮김 | 264면

103 **버마 시절** 조지 오웰 장편소설 | 박경서 옮김 | 408면

104 **10 1/2장으로 쓴 세계 역사** 줄리언 반스 장편소설 | 신재실 옮김 | 464면

105 **죽음의 집의 기록** 표도르 도스또예프스끼 장편소설 | 이덕형 옮김 | 528면

106 **소유** 앤토니어 수전 바이어트 장편소설 | 윤희기 옮김 | 전2권 각 440, 488면

108 **미성년** 표도르 도스또예프스끼 장편소설 | 이상룡 옮김 | 전2권 각 512, 544면

110 **성 앙투안느의 유혹** 귀스타브 플로베르 희곡소설 | 김용은 옮김 | 584면

111 **밤으로의 긴 여로** 유진 오닐 희곡 | 강유나 옮김 | 240면

112 **마법사** 존 파울즈 장편소설 | 정영문 옮김 | 전2권 각 512, 552면

114 **스쩨빤치꼬보 마을 사람들** 표도르 도스또예프스끼 장편소설 | 변현태 옮김 | 416면

115 **플랑드르 거장의 그림** 아르투로 페레스 레베르테 장편소설 | 정창 옮김 | 512면

116 **분신** 표도르 도스또예프스끼 장편소설 | 석영중 옮김 | 288면

117 **가난한 사람들** 표도르 도스또예프스끼 장편소설 | 석영중 옮김 | 256면

118 **인형의 집** 헨리크 입센 희곡 | 김창화 옮김 | 272면

119 **영원한 남편** 표도르 도스또예프스끼 장편소설 | 정명자 외 옮김 | 448면

120 **알코올** 기욤 아폴리네르 시집 | 황현산 옮김 | 352면

121 **지하로부터의 수기** 표도르 도스또예프스끼 장편소설 | 계동준 옮김 | 256면

122 **어느 작가의 오후** 페터 한트케 중편소설 | 홍성광 옮김 | 160면

123 **아저씨의 꿈** 표도르 도스또예프스끼 장편소설 | 박종소 옮김 | 312면

124 **네또치까 네즈바노바** 표도르 도스또예프스끼 장편소설 | 박재만 옮김 | 316면

125 **곤두박질** 마이클 프레인 장편소설 | 최용준 옮김 | 528면

126 **백야 외** 표도르 도스또예프스끼 소설선집 | 석영중 외 옮김 | 408면

127 **살라미나의 병사들** 하비에르 세르카스 장편소설 | 김창민 옮김 | 304면

128 **뻬쩨르부르그 연대기 외** 표도르 도스또예프스끼 소설선집 | 이항재 옮김 | 296면

129 **상처받은 사람들** 표도르 도스또예프스끼 장편소설 | 윤우섭 옮김 | 전2권 | 각 296, 392면

131 **악어 외** 표도르 도스또예프스끼 소설선집 | 박혜경 외 옮김 | 312면

132 **허클베리 핀의 모험** 마크 트웨인 장편소설 | 윤교찬 옮김 | 416면

133 **부활** 레프 똘스또이 장편소설 | 이대우 옮김 | 전2권 | 각 308, 416면

135 **보물섬** 로버트 루이스 스티븐슨 장편소설 | 머빈 피크 그림 | 최용준 옮김 | 360면

136 **천일야화** 앙투안 갈랑 엮음 | 임호경 옮김 | 전6권 | 각 336, 328, 372, 392, 344, 320면

142 **아버지와 아들** 이반 뚜르게네프 장편소설 | 이상원 옮김 | 328면

143 **오만과 편견** 제인 오스틴 장편소설 | 원유경 옮김 | 480면

144 **천로 역정** 존 버니언 우화소설 | 이동일 옮김 | 432면

145 **대주교에게 죽음이 오다** 윌라 캐더 장편소설 | 윤명옥 옮김 | 352면

146 **권력과 영광** 그레이엄 그린 장편소설 | 김연수 옮김 | 384면

147 **80일간의 세계 일주** 쥘 베른 장편소설 | 고정아 옮김 | 352면

148 **바람과 함께 사라지다** 마거릿 미첼 장편소설 | 안정효 옮김 | 전3권 | 각 616, 640, 640면

151 **기탄잘리** 라빈드라나트 타고르 시집 | 장경렬 옮김 | 224면

152 **도리언 그레이의 초상** 오스카 와일드 장편소설 | 윤희기 옮김 | 384면

153 **레우코와의 대화** 체사레 파베세 희곡소설 | 김운찬 옮김 | 280면

154 **햄릿** 윌리엄 셰익스피어 희곡 | 박우수 옮김 | 256면

155 **맥베스** 윌리엄 셰익스피어 희곡 | 권오숙 옮김 | 176면

156 **아들과 연인** 데이비드 허버트 로런스 장편소설 | 최희섭 옮김 | 전2권 | 각 464, 432면

158 **그리고 아무 말도 하지 않았다** 하인리히 뵐 장편소설 | 홍성광 옮김 | 272면

159 **미덕의 불운** 싸드 장편소설 | 이형식 옮김 | 248면

160 **프랑켄슈타인** | 메리 W. 셸리 장편소설 | 오숙은 옮김 | 320면

161 **위대한 개츠비** | 프랜시스 스콧 피츠제럴드 장편소설 | 한애경 옮김 | 280면

162 **아Q정전** | 루쉰 중단편집 | 김태성 옮김 | 320면

163 **로빈슨 크루소** | 대니얼 디포 장편소설 | 류경희 옮김 | 456면

164 **타임머신** | 허버트 조지 웰스 소설선집 | 김석희 옮김 | 304면

165 **제인 에어** | 샬럿 브로테 장편소설 | 이미선 옮김 | 전2권 | 각 392, 384면

167 **풀잎** | 월트 휘트먼 시집 | 허현숙 옮김 | 280면

168 **표류자들의 집** | 기예르모 로살레스 장편소설 | 최유정 옮김 | 216면

169 **배빗** | 싱클레어 루이스 장편소설 | 이종인 옮김 | 520면

170 **이토록 긴 편지** | 마리아마 바 장편소설 | 백선희 옮김 | 192면

171 **느릅나무 아래 욕망** | 유진 오닐 희곡 | 손동호 옮김 | 168면

172 **이방인** | 알베르 카뮈 장편소설 | 김예령 옮김 | 208면

173 **미라마르** | 나기브 마푸즈 장편소설 | 허진 옮김 | 288면

174 **지킬 박사와 하이드 씨** | 로버트 루이스 스티븐슨 소설선집 | 조영학 옮김 | 320면

175 **루진** | 이반 뚜르게네프 장편소설 | 이항재 옮김 | 264면

176 **피그말리온** | 조지 버나드 쇼 희곡 | 김소임 옮김 | 256면

177 **목로주점** | 에밀 졸라 장편소설 | 유기환 옮김 | 전2권 | 각 336면

179 **엠마** | 제인 오스틴 장편소설 | 이미애 옮김 | 전2권 | 각 336, 360면

181 **비숍 살인 사건** | S. S. 밴 다인 장편소설 | 최인자 옮김 | 464면

182 **우신예찬** | 에라스무스 풍자문 | 김남우 옮김 | 296면

183 **하자르 사전** | 밀로라드 파비치 장편소설 | 신현철 옮김 | 488면

184 **테스** | 토머스 하디 장편소설 | 김문숙 옮김 | 전2권 | 각 392, 336면

186 **투명 인간** | 허버트 조지 웰스 장편소설 | 김석희 옮김 | 288면

187 **93년** | 빅토르 위고 장편소설 | 이형식 옮김 | 전2권 | 각 288, 360면

189 **젊은 예술가의 초상** | 제임스 조이스 장편소설 | 성은애 옮김 | 384면

190 **소네트집** | 윌리엄 셰익스피어 연작시집 | 박우수 옮김 | 200면

191 **메뚜기의 날** | 너새니얼 웨스트 장편소설 | 김진준 옮김 | 280면

192 **나사의 회전** | 헨리 제임스 중편소설 | 이승은 옮김 | 256면

193 **오셀로** | 윌리엄 셰익스피어 희곡 | 권오숙 옮김 | 216면

194 **소송** | 프란츠 카프카 장편소설 | 김재혁 옮김 | 376면

195 **나의 안토니아** | 윌라 캐더 장편소설 | 전경자 옮김 | 368면

196 **자성록** 마르쿠스 아우렐리우스 명상록 | 박민수 옮김 | 240면

197 **오레스테이아** 아이스킬로스 비극 | 두행숙 옮김 | 336면

198 **노인과 바다** 어니스트 헤밍웨이 소설선집 | 이종인 옮김 | 320면

199 **무기여 잘 있거라** 어니스트 헤밍웨이 장편소설 | 이종인 옮김 | 464면

200 **서푼짜리 오페라** 베르톨트 브레히트 희곡선집 | 이은희 옮김 | 320면

201 **리어 왕** 윌리엄 셰익스피어 희곡 | 박우수 옮김 | 224면

202 **주홍 글자** 너대니얼 호손 장편소설 | 곽영미 옮김 | 360면

203 **모히칸족의 최후** 제임스 페니모어 쿠퍼 장편소설 | 이나경 옮김 | 512면

204 **곤충 극장** 카렐 차페크 희곡선집 | 김선형 옮김 | 360면

205 **누구를 위하여 종은 울리나** 어니스트 헤밍웨이 장편소설 | 이종인 옮김 | 전2권 | 각 416, 400면

207 **타르튀프** 몰리에르 희곡선집 | 신은영 옮김 | 416면

208 **유토피아** 토머스 모어 소설 | 전경자 옮김 | 288면

209 **인간과 초인** 조지 버나드 쇼 희곡 | 이후지 옮김 | 320면

210 **페드르와 이폴리트** 장 라신 희곡 | 신정아 옮김 | 200면

211 **말테의 수기** 라이너 마리아 릴케 장편소설 | 안문영 옮김 | 320면

212 **등대로** 버지니아 울프 장편소설 | 최애리 옮김 | 328면

213 **개의 심장** 미하일 불가코프 중편소설집 | 정연호 옮김 | 352면

214 **모비 딕** 허먼 멜빌 장편소설 | 강수정 옮김 | 전2권 | 각 464, 488면

216 **더블린 사람들** 제임스 조이스 단편소설집 | 이강훈 옮김 | 336면

217 **마의 산** 토머스 만 장편소설 | 윤순식 옮김 | 전3권 | 각 496, 488, 512면

220 **비극의 탄생** 프리드리히 니체 | 김남우 옮김 | 320면

221 **위대한 유산** 찰스 디킨스 장편소설 | 류경희 옮김 | 전2권 | 각 432, 448면

223 **사람은 무엇으로 사는가** 레프 톨스또이 소설선집 | 윤새라 옮김 | 464면

224 **자살 클럽** 로버트 루이스 스티븐슨 소설선집 | 임종기 옮김 | 272면

225 **채털리 부인의 연인** 데이비드 허버트 로런스 장편소설 | 이미선 옮김 | 전2권 | 각 336, 328면

227 **데미안** 헤르만 헤세 장편소설 | 김인순 옮김 | 264면

228 **두이노의 비가** 라이너 마리아 릴케 시 선집 | 손재준 옮김 | 504면

229 **페스트** 알베르 카뮈 장편소설 | 최윤주 옮김 | 432면

230 **여인의 초상** 헨리 제임스 장편소설 | 정상준 옮김 | 전2권 | 각 520, 544면

232 **성** 프란츠 카프카 장편소설 | 이재황 옮김 | 560면

233 **차라투스트라는 이렇게 말했다** 프리드리히 니체 산문시 | 김인순 옮김 | 464면

234 **노래의 책** 하인리히 하이네 시집 | 이재영 옮김 | 384면

235 **변신 이야기** 오비디우스 서사시 | 이종인 옮김 | 632면

236 **안나 카레니나** 레프 톨스토이 장편소설 | 이명현 옮김 | 전2권 | 각 800, 736면

238 **이반 일리치의 죽음·광인의 수기** 레프 톨스토이 중단편집 | 석영중·정지원 옮김 | 232면

239 **수레바퀴 아래서** 헤르만 헤세 장편소설 | 강명순 옮김 | 272면

240 **피터 팬** J. M. 배리 장편소설 | 최용준 옮김 | 272면

241 **정글 북** 러디어드 키플링 중단편집 | 오숙은 옮김 | 272면

242 **한여름 밤의 꿈** 윌리엄 셰익스피어 희곡 | 박우수 옮김 | 160면

243 **좁은 문** 앙드레 지드 장편소설 | 김화영 옮김 | 264면

244 **모리스** E. M. 포스터 장편소설 | 고정아 옮김 | 408면

245 **브라운 신부의 순진** 길버트 키스 체스터턴 단편집 | 이상원 옮김 | 336면

246 **각성** 케이트 쇼팽 장편소설 | 한애경 옮김 | 272면

247 **뷔히너 전집** 게오르크 뷔히너 지음 | 박종대 옮김 | 400면

248 **디미트리오스의 가면** 에릭 앰블러 장편소설 | 최용준 옮김 | 424면

249 **베르가모의 페스트 외** 옌스 페테르 야콥센 중단편 전집 | 박종대 옮김 | 208면

250 **폭풍우** 윌리엄 셰익스피어 희곡 | 박우수 옮김 | 176면

251 **어셴든, 영국 정보부 요원** 서머싯 몸 연작 소설집 | 이민아 옮김 | 416면

252 **기나긴 이별** 레이먼드 챈들러 장편소설 | 김진준 옮김 | 600면

253 **인도로 가는 길** E. M. 포스터 장편소설 | 민승남 옮김 | 552면

254 **올랜도** 버지니아 울프 장편소설 | 이미애 옮김 | 376면

255 **시지프 신화** 알베르 카뮈 지음 | 박언주 옮김 | 264면

256 **조지 오웰 산문선** 조지 오웰 지음 | 허진 옮김 | 424면

257 **로미오와 줄리엣** 윌리엄 셰익스피어 희곡 | 도해자 옮김 | 200면

258 **수용소군도** 알렉산드르 솔제니찐 기록문학 | 김학수 옮김 | 전6권 | 각 460면 내외

264 **스웨덴 기사** 레오 페루츠 장편소설 | 강명순 옮김 | 336면

265 **유리 열쇠** 대실 해밋 장편소설 | 홍성영 옮김 | 328면

266 **로드 짐** 조지프 콘래드 장편소설 | 최용준 옮김 | 608면

267 **푸코의 진자** 움베르토 에코 장편소설 | 이윤기 옮김 | 전3권 | 각 392, 384, 416면

270 **공포로의 여행** 에릭 앰블러 장편소설 | 최용준 옮김 | 376면

271 **심판의 날의 거장** 레오 페루츠 장편소설 | 신동화 옮김 | 264면

272 **에드거 앨런 포 단편선** 에드거 앨런 포 지음 | 김석희 옮김 | 392면

273 **수전노 외** 몰리에르 희곡선집 | 신정아 옮김 | 424면

274 **모파상 단편선** 기 드 모파상 지음 | 임미경 옮김 | 400면

275 **평범한 인생** 카렐 차페크 장편소설 | 송순섭 옮김 | 280면

276 **마음** 나쓰메 소세키 장편소설 | 양윤옥 옮김 | 344면

277 **인간 실격·사양** 다자이 오사무 소설집 | 김난주 옮김 | 336면

278 **작은 아씨들** 루이자 메이 올컷 장편소설 | 허진 옮김 | 전2권 | 각 408, 464면

280 **고함과 분노** 윌리엄 포크너 장편소설 | 윤교찬 옮김 | 520면

281 **신화의 시대** 토머스 불핀치 신화집 | 박중서 옮김 | 664면

282 **셜록 홈스의 모험** 아서 코넌 도일 단편집 | 오숙은 옮김 | 456면

283 **자기만의 방** 버지니아 울프 지음 | 공경희 옮김 | 216면

284 **지상의 양식·새 양식** 앙드레 지드 지음 | 최애영 옮김 | 360면

285 **전염병 일지** 대니얼 디포 지음 | 서정은 옮김 | 368면

286 **오이디푸스왕 외** 소포클레스 비극 | 장시은 옮김 | 368면

287 **리처드 2세** 윌리엄 셰익스피어 희곡 | 박우수 옮김 | 208면

288 **아내·세 자매** 안톤 체호프 선집 | 오종우 옮김 | 240면

289 **폭풍의 언덕** 에밀리 브론테 장편소설 | 전승희 옮김 | 592면

290 **조반니의 방** 제임스 볼드윈 장편소설 | 김지현 옮김 | 320면

291 **의무론** 마르쿠스 툴리우스 키케로 지음 | 김남우 옮김 | 312면

292 **밤에 돌다리 밑에서** 레오 페루츠 지음 | 신동화 옮김 | 360면

293 **한낮의 열기** 엘리자베스 보엔 장편소설 | 정연희 옮김 | 576면

294 **아바나의 우리 사람** 그레이엄 그린 장편소설 | 최용준 옮김 | 392면